CHARLIE RICHARDS

Die Wölfe von Stone Ridge

Band 13

Lockmittel für einen Wolf
Der Vampir und sein Geek

Eine Sammlung homoerotischer Liebesromane für Erwachsene

Me and the Muse
Publishing

ME AND THE MUSE PUBLISHING
www.meandthemuse.com

ISBN-13: 9781672254519

Inhalt

Lockmittel für einen Wolf

KAPITEL 1

Schmerz schoss durch Deke Sommers' Schläfe. Er stolperte zur Seite und schlug mit der Hüfte gegen den Beistelltisch. Deke schrie auf und versuchte, sich um den Tisch zu drehen und von den Händen weg, die nach ihm griffen.

„Geht weg!"

Deke schlug erfolglos mit einer Hand nach den Männern, die nach ihm griffen, während er das Handtuch um seine Taille mit der anderen hielt. Eine schwere Hand umklammerte seinen Oberarm und hinderte ihn an einem weiteren Rückzug. Deke wand sich, konnte sich aber nicht losreißen. Der Druck von dem Griff ließ Schmerz durch seine Schulter und seinen Arm schießen.

„Lass los!", heulte Deke. „Lass mich in Ruhe!"

„Deke! Hey, ruhig! Es ist alles in Ordnung. Dir passiert

nichts.“

Der Klang von jemandes beruhigenden Worten drang in Dekes Verstand ein, und plötzlich wirkte alles ein bisschen verschwommen. Er drehte sich wieder von den Händen weg, die ihn festhielten. Dann erstarrte er, als ihm klar wurde, dass sie ihn nicht festhalten wollten. Stattdessen streichelten sie seine Arme und seinen Rücken.

Deke riss die Augen auf, unsicher, wann er sie geschlossen hatte. Anstatt ein hell erleuchtetes Apartmentfoyer zu sehen, befand er sich in einem schwach beleuchteten Schlafzimmer. Deke quietschte, Angst erfüllte ihn. Wann hatten sie es geschafft, ihn in ein Schlafzimmer zu schleppen?

Dann durchflutete Licht den Raum und ließ Deke blinzeln.

„Ruhig, Deke“, drängte eine sanfte, melodische Stimme. „Es ist in Ordnung. Du bist sicher.“

Deke spähte durch den Raum und spürte, wie seine Brust sich bewegte, als er versuchte, sein rasendes Herz zu beruhigen und genug Luft in seine Lungen zu bekommen. Er lag im Bett. Die Laken, die sich um seinen Körper schmiegten, fühlten sich feucht und kalt auf seiner verschwitzten Haut an. Deke sah den Mann an, der neben seiner Hüfte auf dem Bett saß und sanft seine Schulter streichelte. Diesmal errötete er vor Verlegenheit.

Dekes bester Freund, Dirk Lemans, legte seine Hand auf seine Schulter. Sein Gesichtsausdruck war besorgt, als der schlanke Rotschopf Dekes kalte Haut sanft berührte. Sebastian Russo, ein Vampir und Dirks Liebhaber, stand hinter Dirk.

„Scheiße“, zischte Deke und stöhnte. „Habe ich alle

geweckt?“

Während Dirk das Gesicht verzog, schenkte Sebastian ihm ein verständnisvolles Lächeln. „Du befindest dich in einem Haus voller Paranormaler mit sehr empfindlichem Gehör. Ich schätze schon.“

Stöhnend erhob sich Deke in eine sitzende Position und rieb mit den Händen über sein Gesicht. *Paranormale … richtig.* Ein paar Jahre zuvor war Dirk in den Urlaub gefahren und von Dingowandlern entführt worden. Er war schließlich geflohen und nach Sacramento zurückgekehrt. Deke hatte Wochen gebraucht, um seinen Freund dazu zu bringen, die Geschichte – oder das meiste davon – mit ihm zu teilen. Das war ihre erste Erfahrung in der paranormalen Welt.

Zum Glück für Dirk war es nicht das letzte Mal gewesen.

Vor ein paar Monaten war Dirk zu einem Kongress nach Las Vegas geflogen. Sebastian hatte ihn im Flugzeug angesprochen und ihn dann auf der Convention erneut getroffen. Dirk war ausgeflippt, da er dachte, Sebastian sei ein Gestaltwandler, und hatte Deke in Panik kontaktiert.

Als Deke daraufhin dort angekommen war, hatte er herausgefunden, dass Dirk und Sebastian sich geküsst und beruhigt hatten. Dann hatte der neue Liebhaber seines Freundes sich mit ihnen hingesetzt und ihnen die paranormale Welt erklärt. Deke wurde an diesem Tag mit einer Reihe von Vampiren und Wandlern bekannt gemacht.

Das Bild eines blonden Mannes mit breiten Schultern drang in seinen Kopf. Luther Caldwell. Blond, gebräunt, sexy, groß und breit gebaut mit fesselnden blauen Augen, in denen sich Deke gerne verlieren würde. Luther hatte auch schnell darauf hingewiesen, dass er eine Tochter hatte.

Naja. Er ist dennoch tolles Masturbationsmaterial.

„Willst du darüber reden?“

Deke drehte sich zu Dirk um und erinnerte sich, wo er war und warum. Schade. Es war viel schöner, an den sexy, aber nicht an Männern interessierten Wolfswandler zu denken, als an seine aktuelle Situation.

Nicht, dass ich mich jetzt um solche Scheiße kümmern muss, schalt Deke sich selbst.

„Nein“, grummelte Deke. „Ich möchte nicht darüber reden.“ Er hätte gelogen und gesagt, er erinnere sich nicht, aber er hatte es einmal versucht … und Sebastian hatte ihn erwischt. Offensichtlich konnten Paranormale eine Lüge riechen. *Verdammt unpraktisch.* „Es ist sowieso derselbe Scheiß“, murmelte er.

Nachdem er von Sebastian den Arsch aufgerissen bekommen hatte – und nicht auf die Art, die er mochte –, hatte Deke erzählt, warum er Kalifornien mitten am Tag mit einem Badetuch bekleidet verlassen hatte. Er wollte jetzt ganz sicher auch nicht darüber nachdenken.

„Willst du eine Tasse Tee?“, bot Dirk an.

Deke nickte und schaute zum Fenster. Er entdeckte die blassen Sonnenstrahlen, die gerade erst den Himmel erhellten. „Das wäre schön“, räumte er ein. Er konzentrierte sich wieder auf seinen Freund und zwang sich zu einem Lächeln. „Zuerst aber duschen.“

Sebastian, der hinter Dirk stand, nickte. „Ich werde das Wasser für dich anstellen.“

Bevor Deke sagen konnte, dass er selbst die verdammte Dusche anstellen konnte, tätschelte Sebastian seinen Geliebten auf die Schulter, drehte sich dann um und ging. Dirk drückte Dekes Schulter, ließ ihn los und rappelte sich auf. „Kräuter oder schwarz?"

Deke warf seine Decke von sich und schwang die Beine über die Bettkante. Er ruhte sich ein paar Augenblicke aus, da seine Muskeln immer noch von dem Albtraum zitterten, und rieb sich das Gesicht. „Mmm, *Earl Grey,* wenn du welchen hast", murmelte er zwischen seinen Fingern hindurch.

„Habe ich. Wir sehen uns in der Küche."

Deke nickte abwesend, aber er bemühte sich nicht, seinen Freund weggehen zu sehen. Stattdessen drehte er den Kopf, als er hörte, wie das Wasser im Badezimmer, das dem Schlafzimmer angeschlossen war, anging, und beobachtete, wie Sebastian aus dem Zimmer kam.

„Warte ein paar Minuten, bis sich der Dampf aufgebaut hat", riet der Vampir leise. „Die Hitze wird helfen, den Druck in deinem Kopf zu klären."

Deke hob die Brauen und murmelte: „Du wirst nicht krank, also woher weißt du das?"

Sebastian zwinkerte. „Ich hatte auch schon ein paar Kater", witzelte er, bevor er den Raum verließ und die Tür leise hinter sich schloss.

Deke nickte abwesend und konnte nicht anders als den Arsch des Mannes zu beobachten, bis die Tür seine Sicht versperrte. *Verdammt schöner Anblick in dieser Schlafhose.* Deke rieb sich erneut das Gesicht und verdrehte die Augen über sich selbst. Obwohl er wusste, dass Dirk ihm einen Blick nicht übelnehmen würde, würde er niemals versuchen, den Mann seines besten Freundes anzubaggern … selbst, wenn er nicht wüsste, dass verbundene Vampire niemals ihren Geliebten betrogen.

„Schade, dass ich keinen eigenen habe", murmelte Deke und erhob sich schließlich von der Matratze. Er schob seine Schlafhose runter und stieß sie von sich, während er grummelte: „Als ob ich mich mit einem weiteren überheblichen, kontrollierenden Alpha-Mann einlassen möchte."

Deke schlurfte durch den Raum. Er hielt seine Unterlippe mit den oberen Schneidezähnen und benutzte den Schmerz, um fokussiert und in Bewegung zu bleiben. Sein Kopf tat weh, die Ränder seines Sichtfeldes waren mit schwarzen Flecken übersät und seine Muskeln schmerzten, als ob er einen Marathon gelaufen wäre.

Als er die Tür öffnete, traf ihn eine Wand aus Dampf. Er atmete tief ein, nahm die heiße, feuchte Luft in sich auf und spürte sofort die Auswirkungen auf seine Kopfschmerzen. Es war, als würde man den Dampf aus einer riesigen Tasse Tee einatmen. Verdammt, der Dampf schien sogar zu duften. Deke sah sich um und entdeckte die kleine Schüssel mit erhitzten Steinen im Regal.

Lavendel.

Das erklärte den Geruch.

Seufzend ging Deke zur Dusche und trat in die große Kabine. Er drehte die Temperatur nur ein bisschen runter. Es machte keinen Sinn, seine fast haarlose Haut von seinem Körper wegzubrennen. Deke ließ sich auf dem eingebauten

Sitz nieder und lehnte sich gegen die Wand.

Der pulsierende Strahl prasselte genau im richtigen Winkel auf ihn, um seinen Schoß, seine Beine und seine untere Brust zu treffen. Er genoss das massageähnliche Gefühl, spreizte seine Beine und stöhnte, als das Wasser sanft über seinen Schwanz und seine Eier floss. Sein Kopf lehnte an der Wand, und er summte bei dem Vergnügen, das ihn durchströmte, den Stress ersetzte und den Schweiß wegwusch.

Lächelnd lugte Deke durch halb geschlossene Augenlider zur Decke, während er die Vorteile der Dusche voll ausnutzte. Ohne viel Interesse nahm er die Fliesen an den Wänden wahr. Jemand hatte eine komplizierte Arbeit geleistet, weiße, hell- und dunkelbraune Quadrate abzuwechseln, ohne dass Deke ein Muster erkennen konnte.

So schön.

Endlich spürte Deke, wie die Schauer, die seine Knochen durchdrungen hatten, durch die Wärme des Dampfes ersetzt wurden. Anspannung, derer er sich nicht bewusst gewesen war, löste sich aus seinen Muskeln. Er fühlte sich knochenlos, entspannt, fast … friedlich.

Wann habe ich mich das letzte Mal so wohl gefühlt?

Deke wusste es nicht und wollte nicht weiter darauf eingehen. Stattdessen stand er auf und wusch sich.

Vielleicht fünfzehn Minuten später schlenderte Deke, in einen Bademantel gehüllt, auf der Suche nach Tee aus seinem Zimmer. Die Sonne war so weit aufgegangen, dass lange Lichtstrahlen durch die gewaltigen Erkerfenster fielen und den Raum in sanftem Licht erstrahlen ließen.

Deke entdeckte mehrere Männer an der Theke, was ihn daran erinnerte, dass er nicht wirklich in Dirks Haus war. Als er aus Sacramento geflohen war, trieb ihn sein Instinkt nach Osten. An der ersten Tankstelle hatte er ein Handy besorgt und seinen besten Freund kontaktiert. Er hatte Dirk seit vier Monaten nicht mehr gesehen, aber das hatte seinen Freund nicht davon abgehalten, ihm eine Adresse in einer kleinen Bergstadt namens Stone Ridge, Colorado, zu geben.

Bei seiner Ankunft hatten zwei Männer, die er nicht erkannt hatte, Deke begrüßt. Er wäre fast davongelaufen, aber dann hatte der muskulöse, blonde Kerl mit den zotteligen Haaren ihn in eine schockierend sanfte Umarmung gezogen. Nach einigen Sekunden hatte der Mann ihn losgelassen und Deke mit seinen massigen Pfoten auf den Schultern auf Armeslänge von sich gehalten.

Der Mann hatte sich als Frankie Drunger vorgestellt. Er hatte eine von Dekes Schultern losgelassen, während er den anderen Arm so geschoben hatte, dass er ihn um Dekes Oberkörper legte und Deke sanft in Richtung Haus gedreht. Dann hatte Deke den anderen Mann gesehen …, der Frankie mit einem amüsierten, liebevollen Ausdruck ansah.

„Das ist mein Gefährte, Vincent Marché“, hatte Frankie weitergeplappert und Deke in Richtung Haus geführt. „Er hat gerade mit Seb gesprochen und erfahren, dass Seb und Dirk gerade am Flughafen Colin City gelandet sind. Sie sollten innerhalb einer Stunde hier sein.“

Das hatte Dekes Nerven beruhigt, ebenso wie Vincents Angebot, eine Tasse Tee zu trinken und eine Dusche zu nehmen. Er hatte die letzten drei Tage in Frankies und

Vincents Zuhause gelebt, sich in seinem Zimmer versteckt und sich erholt von –

Deke konzentrierte sich auf das Hier und Jetzt und ging auf die fünf Männer zu, die sich rund um die Theke versammelten. Er schloss sich der Gruppe an und lächelte den Neuankömmling an. „Hey, Lex“, begrüßte er den Vampir. „Wann bist du hier angekommen?“

Nachdem er nach Vegas geflogen war, um seinen Freund zu retten, hatte Deke vorgehabt, alle Paranormale zu hassen. Doch als er den großen, blonden Vampir Lexington Paistro traf, hatte er zu seiner Überraschung festgestellt, dass er den Mann mochte. Er war auch froh darüber, weil er es genoss, mit dem Mann zu flirten und es zu schätzen wusste, dass er sich keine Sorgen machen musste, dass der Mann mehr erwartete. Lex flirtete genauso wie Deke.

Lex sah ihn über seine Kaffeetasse an und ließ seine blassen braunen Augen für eine Sekunde über Dekes Gesicht huschen, bevor er antwortete: „Heute morgen um zwei.“

Deke warf einen Blick auf die Uhr und verzog das Gesicht. „Verdammt“, murmelte er, als er die Zeit auf der Mikrowelle sah. *Sechs Uhr dreizehn.* „Es tut mir leid, dass ich dich geweckt habe.“

Mit einem Schulterzucken zwinkerte Lex. „Mach dir keine Sorgen, Süßer. Ich habe schon mehrere Tage am Stück ohne Schlaf durchgemacht. Ich werde noch genug Energie haben, um dir heute Abend beim Poker in den Arsch zu treten.“

Deke schätzte es, dass der Vampir den Grund herunterspielte, warum am Samstagmorgen alle im Haus vor sieben Uhr morgens wach waren. „Wie wäre es, wenn ich stattdessen auf deinem Schoß sitze und zuschaue?“, neckte er und schlug mit den Wimpern. „Ich bin sicher, dass es uns beiden mehr Spaß machen würde.“

Er interessierte sich nicht für Poker, hatte aber den Jungs gesagt, dass er an diesem Abend mitmachen würde. Er hatte noch nie gerne den ganzen Tag zu Hause gesessen, und nachdem er so lange eingesperrt gewesen war, war er mehr als bereit, jede Gelegenheit zu nutzen, um sich unter Leute zu begeben.

Lex gluckste und sah ihn mit warmen Augen an. „Oh, Süßer, dann würde *keiner* von uns etwas gewinnen.“

Deke lachte leise, als er die Tasse nahm, die Dirk ihm anbot.

Als er in das Haus von Carson Angeni ging, musste Deke – nur vor sich selbst – zugeben, dass er ein bisschen nervös war. Er hörte das Geräusch von Dutzenden lachender Männer und erkannte, dass er von einer Menge großer Kerle umgeben sein würde. Lebendige Erinnerungen an Michaels große Freunde, die ihn packten, stürmten auf Dekes Psyche ein. Er schauderte und blieb im Flur stehen.

„Entspann dich, hier wird dir niemand weh tun“, schnurrte Lex in sein Ohr, legte einen Arm um seine Schultern und benutzte den Kontakt, um ihn wieder in Bewegung zu bringen.

Deke warf Lex einen Blick zu und schenkte dem freundlichen Vampir ein anerkennendes Lächeln. „Tut mir leid, dass ich in diesen Tagen einfach zu viel in meinem Kopf feststecke“, gab er leise zu.

Lex nickte, als er ihn weiter den Flur entlang führte, vorbei an ein paar verschlossenen Türen zu einem riesigen großen Raum. Rechts waren zwei Pokertische aufgestellt worden. Voll besetzt, saßen sechs Männer an jedem Tisch, unterhielten sich und witzelten miteinander.

Sein Herz fühlte sich an, als würde es einen Schlag in seiner Brust aussetzen. Sein Blick wurde von einem großen, blonden Mann gefesselt, der am weiter entfernten Tisch saß. *Luther Caldwell.* Deke schauderte, als er beobachtete, wie der Wolfswandler sein Bier ergriff, an die Lippen führte und aus der Dose trank. Er starrte, als der Adamsapfel des Mannes hüpfte und der Arm, der die Dose hielt, sich spannte.

Deke schluckte den Speichel in seinem Mund. Das Blut floss nach Süden und füllte seinen Schwanz. Verdammt, er wollte ein Stück davon.

„Gibt es da jemanden, dem ich dich vorstellen soll?“, neckte Lex und lehnte sich an ihn, um leise zu sprechen, direkt in sein Ohr.

Deke drehte den Kopf gerade so weit, dass er zu Lex sehen konnte, und murmelte: „Huh?“

Lex lachte leise. „Du bist gerade von jemandem erregt“, antwortete er. „Ich kann es riechen.“ Dann bewegte Lex seinen Kopf, um ihn auf Dekes Schulter ruhen zu lassen, und ließ seinen Blick durch den Raum schweifen. „Oh, schau mal, wer hier ist. Luther Caldwell. Vielleicht sollten wir mal Hallo sagen.“

„Nein, äh, nein“, antwortete Deke sofort. „Ich glaube, ich möchte etwas trinken.“ Er zog sich zurück und ging nach links, von den Pokerspielern weg und in Richtung der offenen Küche. „Willst du eins?"

Lachend folgte Lex. „Klar, dann werde ich Carson suchen und meinen Namen auf die Liste setzen, um als nächstes zu spielen. Soll ich deinen hinzufügen?"

Deke schüttelte den Kopf. „Nein. Ich möchte wirklich nicht spielen. Ich bin nur mitgekommen, um aus dem Haus zu kommen", gab er zu. In der Küche angekommen, holte er zwei Bier aus der mit Eis gefüllten Spüle und reichte Lex eines davon. „Ich sitze nicht gern zu Hause rum, auch wenn –" Er brach seinen Satz ab und verzog das Gesicht.

Lex nickte verständnisvoll. „Such dir jemanden, mit dem du reden kannst und entspann dich, Süßer", empfahl er. Dann drückte er seine Schulter und erinnerte ihn: „Hier wird dir niemand weh tun." Dann zwinkerte er. „Flirte nur nicht mit dem falschen Mann."

Dekes Kiefer klappte bei dieser Warnung herunter und er beobachtete, wie Lex davonmarschierte. Moment mal, woher sollte er wissen, wer der falsche Mann war?

„Hey, Deke", rief eine tiefe Stimme und zog Dekes Aufmerksamkeit auf sich.

Deke sah sich im Raum um und entdeckte einen massigen Afroamerikaner, der auf einem Sofa saß. Gegenüber dem großen Raum – in dem, was wahrscheinlich das Esszimmer hätte sein sollen – säumten mehrere Sofas und gepolsterte Stühle die Wände. Es bildete einen Bogen um einen großen Couchtisch, der mit unzähligen Schalen voll Chips, Dips und anderen Snacks beladen war.

Der Afroamerikaner lächelte Deke an. „Bringst du mir

ein Bier, Deke?"

Neugierig, woher der große Mann seinen Namen kannte, nickte Deke. Er schnappte sich ein weiteres Bier und ging auf den Mann zu. „Kenne ich dich?", fragte er und reichte es ihm.

„Nein", antwortete der Mann. „Nimm Platz", befahl er und deutete auf den Platz neben ihm.

Unbehaglich setzte sich Deke auf die Kante des Kissens. Er umklammerte seine Flasche mit beiden Händen und versuchte, den finsteren Ausdruck von seinem Gesicht fernzuhalten. „Wer bist du?", fragte er leise.

Der Mann streckte die Hand aus und antwortete: „Declan McIntire."

Dekes Augen weiteten sich. Er hatte diesen Namen schon gehört … *das* war der Alpha-Wolfswandler des Gebiets? Er befehligte alle anderen Wandler und deren Gefährten. Deke zögerte eine Sekunde und nahm dann die Hand des Mannes. Überraschung erfüllte ihn, als der Mann fest, aber nicht schmerzhaft und nur kurz zudrückte … nur ein normaler, zweckmäßiger Handschlag.

Declans dunkelgrauer Blick schweifte über ihn hinweg. „Danke", sagte er und überraschte Deke damit weiter. Declan grinste, zeigte dabei eine Reihe gleichmäßiger, perlweißer Zähne und fügte hinzu: „Für das Bier."

„Gern geschehen", antwortete Deke sofort. Er blickte von dem Mann zu den Männern, die sich in der Gegend aufhielten, lachten, redeten und spielten. Er fragte: „Warum spielst du nicht?" Er deutete mit seinem Bier auf die Tische.

„Ich hasse Poker", antwortete Declan. Als ob er Dekes

Verwirrung spürte, fügte Declan hinzu: „Mein Gefährte Lark spielt gerne mit seinen Freunden. Wenn wir also einen Babysitter für unsere Tochter Sara bekommen können, kommen wir her. Außerdem“, fügte er hinzu, „ist es eine großartige Möglichkeit, ein Gefühl dafür zu bekommen, wie es meinem Rudel geht.“

Deke nickte langsam. Aber warum hatte der Mann ihn eingeladen? Er gehörte nicht zum Rudel. „Dann, äh, solltest du nicht mit einigen von ihnen sprechen?“ Er versuchte, Verwirrung auszudrücken und nicht unhöflich zu erscheinen.

Declan lächelte nur und zuckte die Achseln. „Die Nacht ist noch jung.“ Er legte den Kopf schief. „Ich habe bemerkt, dass du ein Auge auf Luther geworfen hast. Hast du ihn getroffen?“

Sein Kiefer klappte herunter, und Deke starrte ihn nur an. *Wie zum Teufel?*

Glucksend hob Declan die Hand, mit der er nicht sein Bier hielt, und tippte sich an die Nase. „Ich bin der Alpha. Ich konnte es riechen.“ Sein Lächeln verblasste. „Ich habe auch ein paar andere Dinge gerochen, Deke“, fügte er hinzu. Er beugte sich vor und wurde ernst. „Lust natürlich, aber auch Schmerzen, Angst, sogar ein bisschen Panik.“ Declans Augenbrauen zogen sich zusammen. „Aber vor allem Angst. Willst du darüber reden?“

Dekes instinktive Reaktion bestand darin, es zu leugnen und zu leugnen und zu leugnen, aber als er den Mund öffnete, konnte er die Worte nicht herausbringen. Er biss die Zähne zusammen und kämpfte gegen die Tränen in seinen Augenwinkeln. Er schluckte schwer, versuchte sich zu fassen.

„Ah, Welpe", murmelte Declan. Er streckte die Hand aus, umfasste Dekes Nacken mit seiner massigen Pfote von einer Hand und massierte ihn. „Du hast etwas Schlimmes durchgemacht. Wenn du reden willst, habe ich ein offenes Ohr." Er zwinkerte. „Gehört dazu, der Alpha zu sein."

Mit gerunzelter Stirn flüsterte Deke: „Warum interessierst du dich für mich? Woher weißt du überhaupt, wer ich bin?"

Declan lächelte, und seine dunklen Augen waren warm. „Ich bin der Alpha. Es ist meine Aufgabe, mich um diejenigen zu kümmern, die zu meinem Rudel gehören. Und auch wenn du möglicherweise nicht Teil meines Rudels bist, befindest du dich in meinem Territorium. Also, über was möchtest du sprechen?"

Vielleicht lag es daran, dass der Mann direkt in Dekes Seele zu blicken schien. Vielleicht, weil er so sanft seinen Nacken massierte. Verdammt, vielleicht lag es daran, dass er ein völlig Fremder war und Deke sich unbedingt das Geschehene von der Brust reden musste, aber insgeheim ein Urteil seiner Freunde befürchtet hatte.

Deke nickte und erzählte Declan in einem rauen, abgehackten Flüstern, warum genau er vor Michael geflüchtet war.

KAPITEL 2

Ein schwacher Geruch kitzelte Luther Caldwells Sinne und lenkte ihn vom Spiel ab. Er fühlte, wie sein Blut heiß wurde, als Reaktion auf den angenehmen Geruch nach Süden floss. Er räusperte sich, bevor er einen langen Schluck von seinem Bier nahm.

„Bist du dabei?", fragte Rowen St. Paul.

Luther widmete sich wieder dem Spiel, wie er es sollte. „Ich bin raus", sagte er und warf seine Karten weg. Es machte keinen Sinn, noch mehr zu verlieren. Stattdessen sah er die Jungs am Tisch an.

Rowen, der Geschichtslehrer, saß direkt zu seiner Linken und starrte seine Karten durch eine Designerbrille an. Luther wusste, dass Rowen die getönten Gläser trug, um seine Augen abzuschirmen und mögliche verräterische Ticks zu verbergen. Leider hatte Luther es nicht übers Herz gebracht, dem dunkelhaarigen Wandler mitzuteilen, dass er mehr mit den Zuckungen seiner Lippen als mit dem Erweitern seiner Augen verriet. Es wäre besser für ihn, wenn er sich einen Ziegenbart wachsen lassen würde.

„Ich gehe mit", sagte Rowen und entschied sich schließlich. „Und erhöhe um zehn."

Als nächstes kam Parker Jones, ein Wolfswandler, der

als Bereitschaftsfeuerwehrmann arbeitete, während er in seiner Freizeit Gothic-Kriminalromane schrieb. Luther hatte Gerüchte gehört, dass der vorherige Liebhaber des Mannes, ein Mensch, sehr erfolgreich mit Aktien gewesen war und ihm ein Vermögen hinterlassen hatte, als er an Krebs gestorben war. Luther sah hinter Parkers grünen Augen eine anhaltende Traurigkeit, und er hatte nichts davon gehört, dass der Wandler sich seit Donnies Tod vor zwölf Jahren einen Liebhaber genommen hätte.

„Ich will sehen", sagte Parker leise, sein Ausdruck – beeindruckenderweise – völlig neutral.

Toby Dallow sah seine Karten hinter seiner dicken schwarzen Brille finster an. Der menschliche Forschungsassistent spitzte die Lippen und seufzte. „Ich passe", murmelte er. „Ich hol mir noch was zu trinken." Der pummelige, ein Meter fünfundsiebzig große Mensch erhob sich von seinem Platz und schob seinen Stuhl mit seinen dicken Oberschenkeln nach hinten.

„Was trinkst du?", fragte Shane Alvaro abwesend. Der Beta-Wolf sah nicht einmal von seinen Karten auf, als er entschied, was er tun sollte.

Aufgrund der Spannung in seinen Schultern musste Toby jedoch erkannt haben, dass er eine Antwort erwartete. Der Mensch schnaubte und frotzelte: „Keine Sorge. Es ist nur gesüßter Tee, Dad."

Shane drehte den Kopf und seine Brauen schossen zu seinem Haaransatz. Als Tobys Gesicht rot wurde, grinste der Beta und lachte. „Ich schätze, das habe ich verdient." Dann verengten sich seine Augen, immer noch voller Fröhlichkeit.

„Dennoch weiß ich zufällig, dass dein Geburtstag erst in ein paar Monaten ist. Kein Alkohol."

„Meine Güte", murmelte Toby. „Du bist schlimmer als meine Eltern." Trotzdem grinste der Mann. „Mach dir keine Sorgen. Ich habe Bier probiert, und ich finde es widerlich."

Die anderen Männer lachte leise, während Lark – Declan McIntires menschlicher Gefährte – der letzte Mann an ihrem Tisch, sich zu Wort meldete: „Hey, ich persönlich ziehe Margaritas vor." Der extravagante, blonde Mann zwinkerte. „Wenn du einundzwanzig bist, mache ich dir alle möglichen ausgefallenen Drinks. Wir finden bestimmt etwas Leckeres für dich."

„Ich bin dabei", stimmte Toby grinsend zu.

Nachdem Toby gegangen war, ging das Spiel weiter.

Luther beobachtete seine Mitspieler, das Spiel ging schnell voran. Innerhalb von zwei Minuten legte Parker ein Ass und einen König nieder. Zusammen mit den Gemeinschaftskarten in der Mitte des Tisches hatte er ein Full House und gewann damit.

Shane stöhnte und warf einen König mit passender Dame hin. „Scheiße, ich habe meinen Royal Straight verpasst, weil du das verdammte Ass hattest", grummelte er.

Parker grinste und sammelte die Chips ein. „Du kannst so nicht in Gegenwart deines Kleinen reden, also musst du das alles hier rauslassen, hm?", neckte er.

„Verdammt richtig", schnappte Shane.

Die Gefährtin des Betas, Caroline, hatte fast ein Jahr zuvor ihr Junges bekommen. Das ganze Rudel hatte darüber geredet, als die Wölfin Shane öffentlich ausgeschimpft hatte, weil er fluchte. Offensichtlich hatte er es sich nun zur Gewohnheit gemacht, überall wüst herumzufluchen, außer in Gegenwart seiner Gefährtin und seines Welpen.

Luther schnappte nach Luft, um zu lachen, und stöhnte beinahe, als der berauschende, süße Duft von … etwas, warte, *jemandem*, jemand, den er erkannte – *Deke Sommers!* – in seine Nase stieg. Luther biss die Zähne zusammen und schluckte schwer. Er hatte versucht, die Erinnerung an den sexy Menschen, wie er ausgesehen, gerochen, gesprochen hatte, aus seinem Kopf zu bekommen … zumindest bis er etwas deswegen unternehmen konnte. Es hatte nicht funktioniert. In den einsamen Stunden der Nacht hatte Dekes hübsches Gesicht seine Träume heimgesucht und ihn dazu gebracht, einige der erstaunlichsten feuchten Träume seines Lebens zu erleben.

Während Luther die Gefühle liebte, fürchtete er zugleich die Auswirkungen. Das Leben, das er auf den Kopf stellen wollte, war nicht nur sein eigenes. Es war auch das seiner Tochter. Er fürchtete sich davor, wie Stephani die Nachricht aufnehmen würde, dass sein Gefährte ein Mann war.

Nun warf Luther einen Blick durch den Raum. Er entdeckte Lex, einen Vampir, den er in Vegas getroffen hatte – einer, der mit Deke ein wenig zu freundlich wirkte.

„Luther, was ist los?“ Die Frage seines Betas riss Luther aus seinen Gedanken.

Luther bemerkte plötzlich, dass er leise knurrte und die Aufmerksamkeit aller am Tisch auf sich gezogen hatte. *Scheiße!* Er räusperte sich und runzelte die Stirn. „Es tut mir leid. Ich …“ Er machte eine Pause und wusste, wenn er log, würde jeder andere Wandler am Tisch es merken.

„Ich denke, das ist mein Stichwort, dass ich eine Pause brauche“, murmelte Luther. Er stieß sich vom Tisch ab. Er brauchte ein paar Sekunden, um seinen Chipstapel in seine Taschen zu stecken, und ging dann vom Tisch weg. Er rechnete damit, dass Shane ihm folgen und eine Antwort fordern würde. Als er das Spülbecken erreichte, sich ein Bier holte und sich umdrehte, um den Beta direkt hinter ihm stehen zu sehen, war Luther nicht überrascht.

Luther öffnete den Mund und plante, darum zu bitten, die Unterhaltung auf später zu verschieben, doch er schaute über Shanes Schulter und seine Kehle verengte sich. Auf dem Sofa, direkt neben Declan, saß Deke. Luther biss die Zähne zusammen, als sein Mund trocken wurde. Der schlanke Blonde trug eine bequeme dunkelgraue Hose mit einem schwarzen, figurbetonten T-Shirt. Er saß da mit einem mit einem Sneaker bekleideten Fuß unter seinem festen, runden Hintern. Der andere Fuß ruhte auf dem Boden.

Selbst konservativ gekleidet war Deke der heißeste Anblick, den Luther je gesehen hatte.

Dann bemerkte Luther die Anspannung, die Dekes schlanke Gestalt ausstrahlte. Der Mensch lehnte sich dicht an Declan. Seine Fäuste ballten sich in seinem Schoß, die Knöchel waren fast weiß, als er leise und ernsthaft sprach.

Als Antwort legte Declan seine rechte Hand auf Dekes Nacken. Seine Finger bewegten sich rhythmisch und verrieten, dass er Dekes Nacken massierte. Der Mensch schien sich in seine Berührung zu schmiegen und sich dadurch zu beruhigen, genau wie ein anderer Wandler es tun würde.

Was zum Teufel ist da los?

„Luther, was zum Teufel, Mann?", schnappte Shane, packte seinen Oberarm und schüttelte ihn hart.

Luther wandte seinen Blick von seinem offensichtlich aufgewühlten Gefährten ab und starrte den Beta an.

Ach, Scheiße! Wann habe ich angefangen, so von ihm zu denken?

„Was ist los mit dir?", fragte Shane und machte ein finsteres Gesicht. Sein Duft verriet, dass er eher besorgt als verärgert war. „Du benimmst dich plötzlich so, als hättest du einen Splitter in deiner Pfote. Was stimmt nicht?"

Luther holte tief Luft und versuchte, seinen Puls unter Kontrolle zu bringen. Er stellte das ungeöffnete Bier beiseite und konzentrierte sich voll auf Shane. „Ich möchte nicht wirklich darüber reden", murmelte er. Er steckte die Hände in die Hosentaschen und sah wieder diskret zu Deke und Declan.

Zu seiner Überraschung saß Declan nicht mehr neben Deke. Stattdessen hatte Lark den Platz des Alphas eingenommen – wann er das Pokerspiel verlassen hatte, wusste Luther nicht –, und die Hand des Alphagefährten hatte Declans abgelöst. Deke hatte den Kopf zwischen den Knien und schien einige tiefe Atemübungen zu machen. Über was auch immer sie gesprochen hatten, es hatte den Mann ernsthaft verstört.

Luthers Wolf knurrte in seinem Hinterkopf. Er musste herausfinden, was Deke so durcheinander gebracht hatte, also drückte er sich vom Tresen weg und machte sich auf den Weg. Er schaffte nur zwei Schritte, bevor zwei Dinge passierten – Shane packte ihn am Oberarm und hielt ihn zurück, und Declan erschien direkt vor ihm und blockierte seinen Weg.

„Komm mit mir", befahl Declan schroff.

Noch nie in seinem Leben hatte Luther den Wunsch verspürt, seinem Alpha nicht zu gehorchen … bis jetzt. Er wollte zu Deke gehen, ihn an sich ziehen und seine Ängste lindern, was auch immer sie sein mochten. Shane, der immer noch seinen Arm hielt, drückte zu und knurrte gerade so laut, dass Luther es hören konnte.

Luther richtete seinen Blick auf seinen Beta, schluckte und nickte. „Ja, Sir", flüsterte er, als er seinen Hintern in Bewegung setzte. Mit einem weiteren Blick in Richtung Deke sah er den Menschen für eine Sekunde an und ihre Blicke begegneten sich, bevor Lark Deke ein Schnapsglas anbot, das seine Aufmerksamkeit auf sich zog.

„Luther", grollte Declan. „Hier rein."

Luther folgte seinem Alpha in einen Raum, der als Arbeitszimmer zu dienen schien. Dort angekommen, schloss Shane die Tür hinter sich und durchquerte den Raum zu einer Bar. „Wird dies eine Runde Drinks erfordern?", fragte er grinsend.

Declan zuckte die Achseln. „Ja, warum nicht?", antwortete er schwer.

Verwirrung erfüllte Luther und er beobachtete, wie Shane drei Schnapsgläser herausnahm, dann fischte er eine Flasche mit bernsteinfarbener Flüssigkeit hinter der Theke hervor. Bevor er sich einschenken konnte, öffnete sich die Tür hinter Luther, und er trat schnell zur Seite, damit sie ihn nicht traf. Er sah zu, wie Carson und Jared sich ihnen im Raum anschlossen.

Carson lächelte Declan entschuldigend an.

„Entschuldigung, Alpha. Du weißt, dass Jared ein Problem damit hat, wenn andere in seinem Revier sind."

Declan nickte, ergriff Luthers Arm und führte ihn zu einem Stuhl. „Dann mache ich das kurz." Er zeigte auf den Stuhl. „Setzen."

Luther ließ sich auf dem Stuhl nieder. „Was ist los?", fragte er, obwohl er das eigentlich nicht wissen wollte.

Declan verschränkte die Arme vor seiner Brust. „Ist Deke Sommers dein Gefährte?"

Luther starrte zu seinem Alpha auf. „I-ich …" Er schaffte es, den Mund zu schließen, dann legte er den Kopf auf seine Handfläche. „Ja. Ja, das ist er."

„Wie lange weißt du es schon?", fragte Declan.

Mit trockenem Mund flüsterte Luther heiser: „Monate", gab er zu. „Seit Vegas."

„Und du hast deswegen nichts getan?", fragte Declan schroff, fast kalt.

Luther legte seine rechte Hand auf seinen Nacken und rieb über die plötzliche Spannung dort. „Ich muss an Stephani denken und Dirk hat mir erzählt, dass Deke in einer Beziehung war." Das klang selbst in seinen Ohren nach erbärmlichen Ausreden. Er begegnete dem Blick seines Alphas und gab zu: „Stephani geht nächsten Monat mit ihren Freunden für ein paar Wochen ins Lager. Ihr letztes bisschen Freiheit bevor die Schule wieder losgeht. Ich hatte geplant, nach Sacramento zu reisen und ihn dann zu treffen. Mal sehen, ob er überhaupt interessiert ist und ob wir kompatibel sind."

Shane schnaubte und gab ihm ein Schnapsglas. „Das Schicksal hat dich verkuppelt und du machst dir Sorgen um

Kompatibilität?“ Er schüttelte den Kopf.

Luther nahm das Glas und kippte den Alkohol hinunter. Der edle Scotch brannte genau richtig. Er räusperte sich. „Ja, wahrscheinlich eine dumme Sorge“, murmelte er. Er richtete seinen Blick auf Declan, sammelte seinen Mut und fragte: „Warum war Deke so aufgewühlt?“

Declan blickte ihn ein paar Sekunden lang an, und seine stürmischen grauen Augen verengten sich, als würde er Luther einschätzen. Schließlich seufzte er heftig. Stirnrunzelnd sagte Declan: „Deke hat durch seinen Ex-Freund etwas Traumatisches durchgemacht. Wenn du dich nicht richtig um deinen Gefährten kannst, halte dich weiterhin von ihm fern.“ Nach diesem Befehl drehte sich sein Alpha um und schritt aus dem Raum.

Luther schnappte nach Luft, seine Augen weiteten sich, als er sah, wie sein Alpha verschwand. „Oh, Götter“, wimmerte er und sein Wolf kauerte sich in seinem Hinterkopf zusammen. Er sah die anderen Männer im Raum an.

Carson verzog das Gesicht, Mitleid in seinen Augen.

Shane gab ihm einen weiteren Schuss Scotch, dem Geruch nach. „Trink“, befahl er.

Nachdem Luther ihn runtergekippt hatte, rieb er sich mit den Händen über das Gesicht. „Ich bin total am Arsch“, murmelte er.

„Na ja, zumindest weißt du, wie du es nicht mehr bist“, sagte Jared leichthin.

Luther riss seinen Blick vom Boden und starrte den Gefährten des Vollstreckers an. „Häh?“

Schnaubend lehnte Jared sich gegen die Wand. „Zieh

deinen Kopf aus deinem Arsch und beanspruche deinen Gefährten wie ein braver kleiner Wandler." Er grinste. „Das Schicksal wird dein Leben zur Hölle machen, wenn du weiter dagegen ankämpfst." Seine Augen verengten sich, verschmitzt funkelnd, und seine Stimme nahm einen rauen Unterton an. „Vertrau mir. Diese feuchten Träume sind *nicht* besser als die Wirklichkeit."

Luthers Gesicht wurde rot. „Ich werde gehen", flüsterte er. „Es scheint, als hätte ich über ein paar Dinge nachzudenken." Zum Beispiel, wie er es seiner Tochter beibringen sollte, dass sich ihr Leben auf die eine oder andere Weise ändern würde.

Eine Nacht, die er damit verbrachte, nachzudenken, im Arbeitszimmer seiner Wohnung hin und her zu marschieren und rastlos zu dösen trug nichts dazu bei, die Dinge klarer zu machen.

Luther wusste, was sein Wolf wollte ... ihren Gefährten suchen, herausfinden, was los war, und es in Ordnung bringen. Was würde das für seine Tochter bedeuten? Würde Stephani ihn wegen der Paarung mit einem Mann hassen? Er hatte nie Interesse an Männern gezeigt, wenn er sich in ihrer Gegenwart befand. Diesen Teil von sich hatte er sorgfältig versteckt, während er seine Tochter großzog.

„Hey!" Stephani kündigte ihre Anwesenheit an, als sie in den Raum spazierte, bereits mit Jeans und einem schönen Oberteil bekleidet. Sie ließ sich auf das andere Ende des Sofas fallen und schlürfte einen Schluck von ihrem Getränk. „Du siehst scheiße aus", sagte sie unverblümt. „Lange Nacht?"

Luther starrte seine Tochter böse an und schnappte: „Durch welche Interaktion zwischen uns denkst du, dass es in Ordnung ist, auf diese Weise mit mir zu sprechen?“ Er schnupperte in der Luft, rappelte sich auf und ging auf sie zu. „Gib mir das.“ Bevor Stephani antworten konnte, nahm er seiner Tochter die Tasse Kaffee weg und trank die heiße Flüssigkeit. Er wehrte sich gegen eine Grimasse bei dem zu süßen Geschmack.

„Hey!“, quietschte Stephani und sprang auf. „Gib das zurück!“

Luther hielt einige Sekunden lang den Blick seiner Tochter und streckte ihr dann den Becher hin. Als sie danach griff, zog er ihn weg. „Ausdrucksweise?“, knurrte er.

Stephani verdrehte die Augen, aber zumindest murmelte sie: „Ja, Dad.“

Luther reichte ihr die Tasse Kaffee. Es war nicht so, als wollte er den Rest davon. Er ging in die Küche, um sich einen eigenen Kaffee zu holen, und bemerkte, dass seine Tochter folgte.

„Also, was ist los?“, fragte Stephani und setzte sich auf einen Barhocker. „Ich habe das Auto draußen gesehen, aber du siehst aus, als wärst du verkatert. Du bist nicht betrunken gefahren, oder?“

Luthers Augen weiteten sich, als er seine Tasse schwarzen Kaffees fast an den Lippen hatte. Er machte eine Pause und murmelte „Natürlich nicht“, bevor er einen Schluck nahm. „Ich habe mich nicht betrunken. Ich hatte nur Probleme beim Schlafen“, grummelte er. „Ich hatte viel im Kopf.“

„Hast du deshalb die Türklingel komplett überhört?“

Als Stephani die Worte aussprach, trat Leopold – Leo für seine Freunde – Caldwell in den Raum. „Morgen!“, grüßte der andere Mann. Dann zog er die Augenbrauen zusammen, als er Luther mit offensichtlicher Besorgnis ansah. „Verdammt, bist du gerade erst aufgestanden?“

„Eigentlich habe ich nicht wirklich geschlafen“, murmelte Luther, reagierte auf Leos viel stärkeren Wolf, anstatt erst zu denken. Verdammt, das zeigte nur, wie müde er war. Knurrend sah er zu seiner Tochter. „Bist du bereit für das Training heute Nachmittag?“

Stephanis Augen verengten sich, aber nach ein paar Sekunden nickte sie. „Ja. Wirst du wach genug sein, um den Aufpasser zu spielen?“

Luther nickte. „Du willst heute früh mit deinen Freundinnen einkaufen gehen“, sagte er. „Leo hat ein Geschäftsmeeting.“ Er zuckte die Achseln. „Ich werde ein Nickerchen machen und um eins fertig sein. Stell nur sicher, dass du nicht zu spät nach Hause kommst“, erinnerte er und zeigte auf sie. „Ich weiß, wie sehr du beim Einkaufen die Zeit vergisst.“

Stephani schnaubte. „Wie auch immer.“ Auf echte Teenager-Art stand sie auf und stakste aus dem Raum. „Ich werde pünktlich sein“, rief sie über ihre Schulter.

Luther sah den besorgten Blick seines Cousins, aber er ignorierte ihn zugunsten von mehr Kaffee.

KAPITEL 3

Deke wusste nicht, wie er sich dazu überreden gelassen hatte. Seine Worte, dass er nicht gern im Haus herumhockte, hatten ihm sicherlich in den Arsch gebissen. Er schüttelte den Kopf und sah sich um, während er zusah, wie die Autos kamen und gingen, als Wandler ihre Kinder zum Training absetzten.

Eine Gruppe von Erwachsenen, angeführt von Frankie, Carson und Nick Greely – einem Wolfswandler-Tracker – teilten jedes Kind bei seiner Ankunft verschiedenen Gruppen zu. Die Kinder waren zwischen zwölf und fünfzehn Jahren alt. Offensichtlich sollte bei dem Lauf eine Reihe von Dingen beurteilt werden, von der Geschwindigkeit der Verwandlung bis zu ihrer Fähigkeit, einen Geruch zu verfolgen, und sogar als sein oder ihr Tier um die Ecke zu denken.

Als Deke nach dem letzten Punkt gefragt hatte, hatte Frankie ihm gesagt, dass diejenigen, die sich im Rudel hervortaten, wussten, wie man über die üblichen Instinkte ihres Tieres hinaus denkt. Sie konnten ihren Drang kontrollieren, einem Hasen nachzujagen, der ihnen über den Weg lief. Sie konnten Ablenkungstechniken einsetzen, um die Verfolgung ihrer selbst zu erschweren. Einige zeigten Talent, andere Wölfe zu leiten.

Lex trat neben Deke und legte seinen Arm über seine

Schulter. „Ganz schön was los, oder?“

Deke warf einen Blick auf den Vampir und sah dann wieder Frankie mit den Kindern zu. Er nickte. „Ja. Machen Vampire das auch?“, fragte er und winkte den Männern zu, die den Kindern Anweisungen erteilten.

Als Deke Lex gefragt hatte, warum er mit ihnen ging, hatte der Vampir erklärt, dass die Gruppe vorhatte, ihn, Sebastian und Caspian kreuz und quer verlaufende Spuren legen zu lassen. Carson, Nick und Cliff MacDougal – der leitende Tracker des Rudels – würden jeweils mit einer Gruppe von Jungen gehen und sehen, wie gut sie als Wölfe zusammenarbeiteten und ob sie der verschlungenen Fährte ihres zugewiesenen Vampirs folgen konnten. Frankie hatte erklärt, dass Dekes Aufgabe darin bestand, mit ihm durch den Wald zu wandern und sein Bestes zu tun, um die Geruchsspuren zu unterbrechen, was die Arbeit der Jungen noch schwieriger machen würde.

Ein Motorrad fuhr auf den Parkplatz, der Motor brüllte auf und zog Dekes Aufmerksamkeit auf sich. Sein Kinn klappte herunter, als er sah, wie Luther seinen Helm vom Kopf zog und einem Mädchen im Teenageralter von seiner großen Harley half. Deke schloss den Mund wieder und schluckte, als er den sexy Mann in Jeans und Lederjacke sah.

„Verdammt“, flüsterte Deke.

Lex musste seinem Blick gefolgt sein, denn er lehnte sich an ihn und schnurrte in sein Ohr: „Oh, er ist sehr sexy, oder? Ich habe gehört, dass er einer der Begleiter sein soll.“ Lex strich mit den Lippen über Dekes Hals, während er flüsterte: „Wandler sind nackt, bevor sie ihre Gestalt ändern.

Bald wirst du seinen nackten Arsch sehen können."

Während Lex sprach, legte er eine Hand auf Dekes Rücken und ließ diese Hand über seinen Rücken gleiten. Er schob seine Hand in Dekes Gesäßtasche und drückte seine Pobacke.

Deke schauderte bei den Bildern in seinem Kopf, die von Lex' Worten heraufbeschworen wurden.

„Denk nur an die feste Haut und die harten Muskeln unter seiner Jeans und Lederjacke. Ich wette, du willst sie ablecken, oder?", fuhr Lex fort.

Deke wimmerte bei dem Bild von den vielen Zentimetern gebräunter, nackter Haut und jammerte: „Ja. Scheiße, er ist so heiß."

Sanft Lachend leckte Lex über die Stelle hinter Dekes Ohr. Er drückte noch einmal Dekes Hintern. „Behalt das bei dir", befahl er leise. „Du wirst es brauchen."

Da fühlte Deke es. Lex hatte zusammen mit seinen Fingern etwas in Dekes Gesäßtasche geschoben. Nun zog er seine Hand zurück und ließ zurück, was es auch war. Deke wandte sich dem Vampir zu, der sich nun zurückzog und ein paar Schritte zwischen sie legte, und fragte: „Was?"

Ein verschmitztes Grinsen im Gesicht zwinkerte Lex. „Gleitmittel."

Deke runzelte die Stirn, als er die sich zurückziehende Gestalt des Vampirs betrachtete. „Wofür zum Teufel würde ich das brauchen?", schrie er.

Lex warf einen Blick über seine Schulter, und in seinen hellbraunen Augen schimmerte Unfug. Er lachte einfach.

Deke schüttelte den Kopf und machte sich auf den Weg

zu Frankie, der jetzt an der Seite stand und beobachtete, wie Cliff und Nick Tipps zum Fährtenlesen gaben. Frankie zog die Nase kraus und drehte sich zu Deke um. „Du riechst nach Lex. Was hast du gemacht?“, fragte er. Deke hatte schnell gelernt, dass diese Direktheit Frankies übliche Art und Weise war.

Deke zuckte die Achseln. „Nichts. Er hat mich nur veräppelt“, murmelte er. „Also, wann fangen wir mit dem Wandern an?“, fragte er und wackelte mit den Zehen in seinen geliehenen Wanderschuhen. „Und wie hast du mich noch gleich dazu überredet?“

Frankie grinste. „Möchtest du lieber im Haus hocken und warten?“

„Nein“, antwortete Deke seufzend. „Ich vermute nicht.“

„Oh, die Vamps ziehen los“, kommentierte Frankie und zeigte auf Sebastian, Lexington und Caspian.

Während Deke sie beobachtete, grinsten sich die drei Vampire an und stießen mit den Fäusten an. Dann sprinteten sie mit übernatürlicher Geschwindigkeit, fast verschwommen, in den Wald und verschwanden. Dekes Augenbrauen schossen in die Höhe. „Wow“, murmelte er. „Beeindruckend.“

„Ziemlich cool, oder?“, antwortete Frankie. Er hob eine Hand und winkte. „Lasst uns aufbrechen.“

Deke nickte, konnte aber nicht widerstehen, nach links zu schauen und Luthers männliche Gestalt ein weiteres Mal anerkennend zu betrachten. Als ob er jemanden spürte, der ihn beobachtete, drehte sich Luther um und begegnete seinem Blick. Der Wolfswandler verengte seine Augen und ließ seinen Blick einmal, zweimal über Dekes Körper schweifen. Ein räuberisches Lächeln breitete sich auf dem Gesicht des Mannes aus und er leckte sich langsam die Lippen.

Deke schauderte bei der Hitze im Blick des anderen Mannes und schluckte schwer. Er war verwirrt von der plötzlichen Veränderung im Verhalten des Mannes, zum Teufel, er hatte sicherlich keine Anziehungskraft zu erkennen gegeben, als sie sich das erste Mal getroffen hatten … oder gestern Abend.

Natürlich war Deke gestern Abend nicht in sonderlich guter Form gewesen. Nachdem er Declan seine Geschichte anvertraut hatte, hatte er im Wesentlichen eine Panikattacke gehabt. Lark hatte ihm aus dem Raum geholfen und ihn in ein Schlafzimmer gesteckt, bis er sich beruhigt hatte. Zu dem Zeitpunkt, als er sich den anderen wieder angeschlossen hatte, war die Party schon fast vorüber, und Luther war bereits gegangen.

Deke wandte seinen Blick von Luthers Augen ab und sah Frankie am Rand der Bäume stehen und ihn angrinsen. Er lief zu dem Mann. Er wollte nicht darüber reden, sondern fragte: „Wie kommt es, dass Vince nicht hilft?"

„Das Rudel ist zu vertraut mit seinem Geruch", erklärte Frankie und wanderte in den Wald. „Sie könnten ihn zu leicht aufspüren."

„Oh, und ich bin bei dir, weil mein Duft auch unbekannt ist?"

Frankie nickte und grinste ihn an. „Und ich bin bei dir, damit du dich nicht verirrst."

Deke lachte. „Danke, denn das würde nicht lange dauern." Er war in einer Stadt aufgewachsen. Auch wenn er gelegentlich gewandert war, war er nur in Parks auf gut befahrenen Wegen unterwegs gewesen. Er war noch nie an einem solchen Ort gewesen. So wie die Bäume über ihm aufragten und die Vegetation ihn umgab, fand er es beängstigend und aufregend zugleich.

Deke und Frankie wanderten über eine Stunde lang. Er fragte einmal, warum sie ständig die Richtung änderten, da es sich anfühlte, als würden sie sich im Kreis bewegen. Frankie hatte erklärt, dass er, wenn sie die Spur eines der Vampire kreuzten, immer ihren Kurs anpasste.

Plötzlich blieb Frankie stehen und neigte seinen Kopf nach hinten. Er schnupperte in der Luft. Mit gerunzelter Stirn drehte sich der Wolfswandler langsam um, schien durch die Bäume zu spähen und nach etwas zu suchen.

„Was ist los?", fragte Deke mit aufkommender Nervosität.

Frankie konzentrierte sich auf etwas in den Bäumen. „Luther, was machst du hier?", fragte er, eindeutig verwirrt. „Solltest du nicht eine der Gruppen begleiten?"

Deke folgte Frankies Blick und schnappte nach Luft. Ein großer dunkler Wolf, dessen Pelz eine Mischung aus schwarzem und braunem Fell mit ein wenig blondem war, stand fünf Meter entfernt. Frankie ignorierend, schien der seltsame blauäugige Blick des Tieres fest auf Deke gerichtet zu sein.

„Luther?", fragte Frankie erneut.

Der Wolf, Luther, tappte einige Schritte vorwärts und blieb dann auf einem von Nadeln bedeckten Platz zwischen den Baumstämmen stehen. Er begann sich zu verwandeln.

Deke sah zu, wie sich das Fell zurückzog, die Knochen

unter der Haut verrutschten und hörte, wie die Muskeln und Sehnen knackten.

Frankie sah ihn an und winkte ab. „Entspann dich. Es wird nur irgendein Problem geben."

Deke nickte und konnte den Blick nicht von dem sich verwandelnden Gestaltwandler abwenden. *Luther?* „Du, äh …" Er machte eine Pause und schluckte. „Ihr könnt in Wolfsform alle klar denken, richtig? Ich erinnere mich, äh, dass mir das mal gesagt wurde." Auch wenn sein Kumpel ihm von der Existenz der Wandler erzählt hatte, war es etwas ganz anderes, das mit eigenen Augen zu sehen.

Frankie nickte und lächelte. „Oh ja. Keiner von uns würde dich jemals verletzen."

Schließlich erhob sich Luther – nachdem er die Verwandlung vollzogen hatte – langsam aus seiner hockenden Position. Seine blauen Augen brannten – genau wie die seines Wolfs es zuvor getan hatten – vor unbekannten Gefühlen. Deke konnte nicht anders, als seinen Blick über Luthers nackte Gestalt schweifen zu lassen.

Luthers Schultern waren genauso breit, wie seine Lederjacke es angedeutet hatte. Muskeln spannten sich in seinen Armen, als er seine Fäuste ballte. Ein Hauch von Brusthaar führte zwischen festen Brustmuskeln und über ein Eight-Pack nach unten. Sein halbharter Schwanz ragte aus dem dünnen Busch an seinem Schritt auf.

Speichel sammelte sich in Dekes Mund, als ihn Verlangen erfüllte. Er wollte auf die Knie fallen und diesen Schwanz schlucken, daran saugen, bis er ganz hart war und die pralle Spitze wie einen Lutscher lecken und schlecken. Wie würde sein Vorsperma schmecken? Und was war mit seinem Samen?

„Gibt es ein Problem, Luther?“, fragte Frankie.

„Ja“, knurrte Luther rau.

Der gereizte Ton veranlasste Deke, seine Aufmerksamkeit wieder auf Luthers Gesicht zu lenken.

Luther ging langsam vor, seine Hände ballten und öffneten sich, sein Blick schweifte über Deke. „Du *stinkst* nach diesem Vampir“, knurrte er.

Frankie schnaubte. „Ich habe ihm dasselbe gesagt!“

„Das ist nicht akzeptabel“, sagte Luther und kam näher. „Du bist *mein* Gefährte!“, sagte er mit einem tiefen Knurren. „Du solltest nur nach *mir* riechen!“

Dekes Mund öffnete sich und sein Kopf neigte sich nach oben, als Luther auf ihn zukam. Er trat einen Schritt zurück, aber sein Rücken stieß gegen etwas Hartes, einen Baumstamm, wie es sich anfühlte, und stoppte sofort seinen Rückzug.

Luther kam immer näher, bis er seine nackte Brust gegen Dekes Shirt drückte. Der Gestaltwandler spreizte seine Beine ein wenig, um ihre unterschiedliche Körpergröße auszugleichen. Dann hob er die Arme und umklammerte Dekes Taille in lockerem Griff. Seine Daumen rieben über Dekes Hüftknochen. Leise keuchend starrte Deke in Luthers blaue Augen.

Diese Augen verengten sich für einige Sekunden, als Luther den Blickkontakt hielt. Er senkte seinen Blick auf Dekes Schulter und grummelte: „Ich mag diesen Vampirgeruch nicht.“

Luther neigte seinen Kopf nach vorne und drückte die Nase an Dekes Hals. Instinktiv neigte Deke den Kopf. Leise knurrend, rieb Luther sein Gesicht über Dekes Hals und bewegte dabei seine Wange und sein Kinn über dieselbe Stelle, die Lex vor nicht allzu langer Zeit berührt hatte. Diesmal jedoch reagierte Dekes Körper sofort und sein Schwanz wechselte in seiner Jeans von Halbmast zu voller Größe.

Deke keuchte. „W-was machst du da?“

„Das Problem beheben“, schnappte Luther.

„Äh, Luther?“ Frankie trat in Dekes Blickfeld. „Soll ich dich mit Deke allein lassen?“

„Ja“, antwortete Luther.

Im selben Moment quietschte Deke: „Nein.“

Luther knurrte, hob den Kopf und sah ihn scharf an. „Glaubst du, ich würde dir schaden?“

Deke schüttelte sofort den Kopf. „Nein. Ich fürchte, ich würde dich bitten, mich mit deinem großen Schwanz zu ficken. Gott, du bist gut ausgestattet.“ *Scheiße!* Er konnte nicht glauben, dass er das gesagt hatte, aber verdammt, es war wahr. Sein Arsch zog sich zusammen, und er wollte den harten Ständer darin spüren, der sich gerade in seinen Bauch bohrte.

Luther stieß ein leises Knurren aus und grinste. Seine Augen strahlten mit etwas Wildem. „Das schaffe ich mit Sicherheit.“

„Okay“, antwortete Frankie lachend. „Ich glaube, du bist in guten Händen, Deke.“ Frankie sah Luther an. „Du wirst dafür sorgen, dass Deke nach Hause kommt, richtig, Luther?“

Luther wandte den Blick von Deke ab und betrachtete den anderen Gestaltwandler. „Ich werde mich von jetzt an um meinen Gefährten kümmern“, verkündete er schroff. „Wir werden in ein paar Stunden zu dir nach Hause kommen, um seine Sachen abzuholen.“

Deke klaffte der Mund auf und seine Empörung wuchs. Er bewegte seine Hände von der Stelle, wo er sie instinktiv auf Luthers Seiten gelegt hatte, hob sie an seine Brust und drückte fest dagegen. Trotzdem bewegte er den Mann kaum, aber er gewann seine Aufmerksamkeit zurück.

„Du kannst mich nicht einfach an einen Baum drücken, sagen, dass wir Gefährten sind, und denken, du könntest mein Leben kontrollieren“, schnappte Deke. „Ich habe mein eigenes Leben. Es mag manchmal beschissen sein, aber *ich* entscheide selbst!“

Luthers Kiefer spannte sich an. Er warf einen Blick auf den immer noch wartenden, jetzt stirnrunzelnden Frankie. „Geh.“

Frankie sah immer noch unsicher aus und warf einen Blick zwischen ihnen hin und her, aber er trat einen Schritt zurück. Schließlich sah er Deke an und sagte: „Lass ihn seinen Duft an dir verteilen, dann sag es ihm noch einmal. Er ist ein bisschen, ähm …“ Seine Augenbrauen zogen sich zusammen und er kämpfte sichtlich mit dem, was er sagen wollte. „Jemand anderes hat seinen Geruch an dir hinterlassen, und Luther verweigert sich seit Monaten eure Paarung, also …“

Als Frankie wieder inne hielt, nickte Deke. „Ich verstehe es.“ Er mochte es nicht, aber er verstand es. „Der besitzergreifende Paarungsdrang seines Wolfs hat übernommen, oder?“

Ein erleichtertes Grinsen erschien auf Frankies Gesicht.

„Richtig!“ Er hob eine Hand, die Handfläche nach oben, als wollte er ihn beruhigen. „Aber mach dir keine Sorgen. Er wird dir nicht weh tun.“

Deke nickte. „Wir sehen uns später, Frankie.“

Frankie nickte zurück, drehte sich dann um und begann durch den Wald zu laufen.

Nachdem Frankie verschwunden war, konzentrierte sich Deke auf Luther. Er behielt seinen Ton gleichmäßig und sagte: „Ich bin vielleicht ein magerer, kleiner Twink, aber ich bin gerade erst vor einem Mann weggelaufen, der versuchte, mein Leben zu kontrollieren.“ Er hielt Luthers blauäugigem Blick ruhig stand, während er weitersprach. „Gefährte oder nicht, ich werde dir diese Kontrolle auch nicht erlauben.“

Luther starrte ihn für einen Moment an, der sich wie eine Ewigkeit anfühlte, aber wahrscheinlich nur wenige Sekunden dauerte. Er blinzelte einmal, zweimal, dann verschwand das seltsame Leuchten in seinen Augen. Er schluckte schwer und sein Adamsapfel hüpfte.

Dann, zu Dekes Überraschung, schlang Luther die Arme um ihn und zog ihn fest an sich. Er drückte sein Gesicht an Dekes Hals und schmiegte sich an ihn. „Vergib mir“, flüsterte er. „Bitte verzeih mir.“

Unsicher, was er tun sollte, erwiderte Deke die Umarmung des Mannes. Er streichelte sanft Luthers Rücken und murmelte: „Es ist okay.“

KAPITEL 4

Scham erfüllte Luther und er drückte Deke an sich. Er hielt seinen Gefährten fest, flüsterte Entschuldigungen. Er hatte sich noch nie irgendjemandem aufgezwungen, und dass sein Wolf es jetzt versucht hatte, erfüllte ihn mit einer Reue wie noch nie etwas zuvor.

„Nein, das ist nicht okay“, murmelte Luther. Er hob den Kopf und hasste den besorgten Ausdruck in Dekes Augen. Luther sollte derjenige sein, der sich vergewisserte, dass es Deke gut ging. Scheiße! Luther lockerte seinen Griff ein wenig, richtete sich auf und sah seinen Gefährten an. „Was ich zu erzwingen versuchte, war falsch. Du hast absolut recht. Ich wollte dich in keiner Weise zwingen. Ich –“

Luther verzog das Gesicht und errötete, sein Blut erhitzte sich bei seinen Gedanken. Da er wusste, dass er aufrichtig sein musste, gab er zu: „Lex an dir zu riechen, zusammen mit dem Verlangen meines Wolfs, dich zu markieren, kombiniert mit der Tatsache, wie lange ich schon versuche, mich damit auseinanderzusetzen, dass das Schicksal dich als meinen Gefährten auserwählt hat …“ Luther stöhnte. „Und verdammt! Du hast zugegeben, dass du meinen Schwanz in deinem Arsch haben willst.“

„Wahrscheinlich nicht das Beste, was ich unter diesen

Umständen sagen konnte“, flüsterte Deke. „Ich denke, keiner von uns beiden hat gerade einen klaren Kopf, oder?“

Luther begegnete seinem suchenden Blick und lächelte. „Ich denke nicht.“ Er rieb mit einer Hand Dekes Wirbelsäule auf und ab, während er die andere fest um die Taille seines Gefährten hielt. „Kann ich dich nach Hause bringen, damit wir darüber reden können?“

Deke schüttelte den Kopf, sein Ausdruck ernst.

Luthers Hand erstarrte am oberen Rücken seines Gefährten. Wies Deke ihn doch zurück? „Nein?“

Deke schüttelte wieder den Kopf. „Nein. Nicht reden. Du kannst mich aber mit nach Hause nehmen und mich ficken.“

Sein Kinn klappte herunter, und Luther starrte ihn an. „Du willst –“ Lust und Verlangen nach diesem Mann erhitzten Luther von innen heraus. „Einfach so?“

Deke bewegte die Hüften und drückte seine Leiste gegen Luthers pulsierenden Schwanz. „Ich denke nicht so gut, wenn ich geil bin“, sagte er zu ihm. „Wie wär’s, wenn wir ficken, den Druck etwas abbauen, dann kannst du mir sagen, wie es zu diesem plötzlichen Sinneswandel kam?“

Bei der Erwähnung von Ficken hatten Luthers Eier angefangen, sich zusammenzuziehen. Der Ansatz seines Rückens prickelte. Allein seinen Gefährten zu halten und ihn so unverblümt über Sex sprechen zu hören, machte Luther scharf wie ein Rasiermesser.

„Scheiße“, murmelte Luther. „Es ist zu lange her“, gab er zu und Schauder durchliefen ihn. „Nicht seit Vegas und ich glaube nicht, dass ich warten kann.“

„Mmm", schnurrte Deke. Er grinste Luther an, seine grünen Augen strahlten und verbargen sein Interesse überhaupt nicht. „Wie wäre es damit, großer Kerl", flüsterte er. „Du versprichst, bei unserem ersten Fick nicht zu beißen, und ich mach's dir mit dem Mund, dann lutsche ich weiter, bis du wieder hart bist, und dann lass dich meinen leeren, willigen Arsch nageln."

Stöhnend bewegte Luther die Hüften. Seine Eier zogen sich zusammen. „Ja", keuchte er. „Das kann ich versprechen." Verdammt, er würde alles versprechen, um die Bilder wahr zu machen, die Deke ihm in den Kopf gesetzt hatte.

Kein Beißen. Ja, das kann ich schaffen.

Und wenn er seine Kiefer zusammenpressen und das Innere seines Mundes aufreißen müsste, er würde sicherstellen, dass er sein Versprechen hielt.

Deke nahm Luther beim Wort und kniete sich vor ihm nieder. Ohne weitere Warnung packte Deke seine Hüfte mit der linken Hand, die Basis seines fast schmerzhaften Schwanzes mit der rechten und richtete ihn auf seinen Mund. Deke öffnete den Mund weit und schluckte Luthers Ständer bis zur Wurzel.

Luther konnte nicht anders. Er war zu erregt und zu sehen, wie sein Gefährte auf Knien war und ihn befriedigte, die heiße Höhle seines Mundes und das kräftige Saugen an seinem empfindlichen Schaft zu spüren, dann das Gefühl, als Deke seine empfindliche Eichel gegen seinen Rachen drückte und schluckte … Lieber Himmel. Brüllend kam Luther.

Seine Eier waren eng an seinen Körper gezogen und er zuckte, als sein Sperma in den wartenden Mund seines

Gefährten spritzte. Sein Schwanz pulsierte und ergoss sich in Dekes Mund, sein Samen entkam und schickte Glücksgefühle durch seinen Körper.

Deke summte, drückte sein eigenes Vergnügen aus und ließ gleichzeitig Luthers Schaft vibrieren. Luther fuhr mit den Fingern durch Dekes Haar und zog seinen Kopf ein wenig zurück, damit er sich halbwegs zurückziehen konnte. Selbst wenn bereits Glückseligkeit durch seinen Körper strömte, schickte der Anblick von Dekes Lippen, die sich um seinen Ständer herum dehnten, einen neuen lustvollen Blitz durch ihn. Er wiegte seine Hüften und sah zu, wie seine speichelnasse Erektion zwischen die rosafarbenen Lippen seines Gefährten rutschte.

„Oh, Götter", jammerte Luther. „So schön."

Dekes grüne Augen glühten, als er durch seine Wimpern schaute. Irgendwie schaffte er es, trotz seines Mundvoll Schwanzes schelmisch zu grinsen. In derselben Sekunde spürte Luther, wie Dekes Zunge die empfindliche, runzlige Haut unter seiner Eichel kitzelte, bevor er seine Zunge in Luthers empfindlichen Schlitz tauchte. Luther schnappte nach Luft und schauderte. Sein Schwanz, der gar nicht wirklich weich geworden war, verhärtete sich wieder, als hätte er nie abgespritzt. Seine Eier rollten in seinem Sack.

„Deke", keuchte er.

Nie hatte er einen Blowjob bekommen, bei dem die andere Person tatsächlich so aussah, als hätte sie so viel Spaß, so viel Freude daran, mit seinem Schwanz zu spielen.

Luther entdeckte eine Bewegung unter seiner Leistengegend und erkannte, dass Dekes Hände nicht mehr an ihm lagen. Irgendwann, nachdem Luther übernommen hatte – Dekes Kopf packte und seine Hüften wiegte –, hatte ihn sein Gefährte losgelassen und nach seiner eigenen Hose gegriffen. Luther drehte sich ein wenig und sah weiter nach unten, bemerkte, dass Deke es geschafft hatte, seine Jeans bis zu den Knien zu schieben. Er hielt ein Päckchen Gleitmittel in einer Hand und die andere Hand war …

„Oh, Götter!“, stöhnte Luther und seine Hüften zuckten instinktiv.

Dekes Mund begrüßte ihn und saugte bei seiner Rückwärtsbewegung kräftig.

„Du hast deine Finger in deinem Hintern“, sagte Luther.

Wieder summte Deke und saugte weiter an seinem Ständer.

Luthers Eier rollten, kribbelten. Seine gesamte Leiste fühlte sich heiß an, gerötet und seine Brustwarzen waren hart. „Ich will dich“, jammerte er. Er wusste, dass er wie ein bedürftiger, nach Sex hungernder Welpe klang, der seinen ersten Fick erwartete, und Luther konnte nicht anders. Das Wissen, dass er seine speichelfeuchte, schmerzende Erektion in das heiße, enge Loch dieses niedlichen Mannes schieben würde, veranlasste ihn beinahe, Deke mit dem Gesicht nach unten auf den Boden zu drücken, damit er in seine wartende Hitze stoßen konnte.

Deke musste die Verzweiflung in seinem Gesicht gelesen haben, denn in dieser Sekunde ließ er von Luthers Schwanz ab. Luther konnte das Jammern, das ihm entschlüpfte, nicht aufhalten, löste seinen Griff aus den Haaren seines Gefährten und ließ ihn los. Deke zog seine Finger aus seinem Hintern, ehe er in einer fließenden Bewegung aufstand. Er legte die gleichen Finger um Luthers Schwanz und wichste ihn langsam, und Luther erkannte, dass er den Rest des Gleitmittels seinem bereits mit Speichel überzogenen Schwanz hinzufügte.

„Du bist groß, sexy Wolf", sagte Deke. „Ich will dich schön nass machen, damit du leicht in meinen engen Hintern gleiten kannst. Du wirst mich so gut ausfüllen, nicht wahr?"

Luthers Hände ballten und entspannten sich, wo sie an seinen Seiten hingen. Er konnte seinen Blick nicht von der Stelle abwenden, wo Dekes kleine Hand ihn umschlang, ihn bearbeitete, ihn einschmierte.

„I-ich werde dich ausfüllen", keuchte Luther. „Ich werde mein Sperma so tief in dich pumpen, dass du es in deinem Hals schmecken wirst." So etwas hätte er den Frauen, die er gevögelt hatte, nie gesagt, aber Dekes direkte Worte zu hören, schien den Filter vor seinem eigenen Mund gelöst zu haben. „Ich werde meinen Schwanz nehmen und ihn in deinen Arsch rammen, Deke. Du wirst mich tagelang fühlen, jedes Mal, wenn du sitzt, jedes Mal, wenn du aufstehst, wenn du dich bewegst." Mit jeder Erklärung bewegte er die Hüften vor und zurück und ließ sich von Deke wichsen. „Du wirst wissen, dass ich es war, die dir diese Freude bereitet hat."

Dekes Gesicht und Hals waren gerötet, als sein Kopf auf seinen Schultern schwankte und er stöhnte. „Oh, Luther. Ja, ich kann es kaum erwarten. Willst du meinen Arsch rammeln? Ich hab's noch nie ohne Gummi gemacht. Will fühlen, wie dein Sperma aus meinem Loch tropft, meine Oberschenkel bedeckt. Scheiße, ich werde mir einen Plug besorgen und ihn in mich stecken, damit ich deinen Saft in meinem Loch einfangen kann." Deke stöhnte, seine geschwollenen Lippen öffneten sich, als er keuchte und offensichtlich seine eigenen Worte erregend fand. „Du kannst den Plug jederzeit herausziehen und deinen Schwanz in mich schieben. Ich werde vom Plug gedehnt und von deinem Sperma flutschig sein. Du kannst meinen Arsch jederzeit nehmen, wann immer du willst."

„J-jetzt", knurrte Luther.

Luther zog sich aus Dekes Griff und trat einen Schritt zurück. Er streckte die Hände nach unten, packte seinen Gefährten unter den Armen und zog ihn hoch, während er ihn drehte. „Beug dich vor und leg deine Hände an den Baum", befahl er schroff und war mehr daran interessiert, seinen Schwanz in den willigen Hintern seines Gefährten zu versenken, als er es bei seinem ersten Fick gewesen war.

Die Art und Weise, wie Deke sofort gehorchte, steigerte Luthers Lust noch mehr. Er liebte es, wie dieser Mann auf ihn reagierte, seine Berührung, seine Stimme und er liebte es, wie sein eigener Körper mit demselben Enthusiasmus und derselben Geilheit reagierte.

Luther griff mit der linken Hand um die Basis seines eingeschmierten Schwanzes und legte seine rechte Hand auf Dekes Hintern. Er benutzte seinen Griff, um Dekes Backen zu spreizen und enthüllte seinen eingeschmierten, gedehnten Stern. Luther führte seinen Schwanz zu dem rosafarbenen Loch seines Gefährten. Sobald seine Eichel den intimsten Teil von Deke berührte, wölbte sein Gefährte den Rücken und schaukelte auf ihn zu, um das kommende Eindringen zu begrüßen.

„So heiß, so sexy“, murmelte Luther, während er drückte. Nach ganz kurzem Widerstand glitt seine Eichel an dem schützenden Muskel vorbei und sank in den heißesten, engsten Kanal, den er je gefühlt hatte. Luther zischte durch zusammengebissene Zähne, drückte und drückte, sank in den wunderbaren Druck, mit dem der Körper seines Gefährten ihn umgab.

Deke stöhnte aufmunternd und wölbte sich ihm entgegen. „Scheiße, ja. Steck ihn rein“, forderte er atemlos.

Luther tat wie angewiesen. Mit einem letzten Stoß steckte er seinen Schwanz bis zu den Eiern in seinen Gefährten. Als er Dekes williges Stöhnen hörte, spürte, wie sich die Muskeln um seine Länge klammerten, und wusste, dass es sein Gefährte war, der ihn so umhüllte, wäre Luther beinahe in diesem Moment gekommen.

Seine Hand an Dekes Taille gelegt, zwang Luther seinen heißen Menschen, stillzuhalten. Die Art und Weise, wie Deke seinen Schwanz aufnahm, wie er sprach, ließ auf Erfahrung schließen, die Luthers weit übertraf. Er wäre eifersüchtig, wenn er nicht jetzt seinen unglaublich heißen Gefährten in den Armen halten würde.

„Halt still“, befahl Luther schroff. „Jetzt, wo ich dich habe, möchte ich es genießen.“

Deke jammerte und zappelte in seinem Griff, was dazu führte, dass seine Arschmuskeln um Luthers Schaft zuckten und seine Länge massierten. Knurrend schaute Luther über seine Schulter und suchte nach einem bestimmten Baumstumpf, den er bei seiner Ankunft gesehen hatte. Als er ihn gefunden hatte, schlang er seine Arme um Deke, einen um seine Brust, so dass er seine entgegengesetzte Schulter halten konnte, die andere um seine Hüften, wobei er Dekes Schwanz gegen seinen Unterarm drückte.

„Ich sagte, halt still", grummelte Luther und trat einen Schritt zurück. „Mein Schwanz ist in deinem Arsch. Das heißt, ich habe hier das Sagen. Wenn dein Schwanz in meinem Arsch ist, mache ich, was immer du sagst. Abgemacht?"

Als er den Stumpf erreichte, platzierte Luther seinen Hintern darauf und war froh, dass es nicht zu unbequem war. Zum Teufel, als Wolfswandler hatte er schon an unbequemeren Orten als diesem Platz genommen. Erst als er Deke so in Position gebracht hatte, wie er ihn wollte – Dekes Beine so drapiert, dass sie seine von außen umschlossen, Dekes Arme nach unten und um Luthers Hüften gelegt, und Dekes Kopf auf seiner Schulter –, erkannte er, dass der Mann nicht geantwortet hatte.

Luther spähte zu seinem sexy Gefährten hinunter und genoss den Anblick, wie er über seinen Schoß drapiert war, auf seinem Schwanz aufgespießt, wobei Dekes eigener Schwanz in der Luft wippte. Er legte seine rechte Hand auf Dekes Oberschenkel und benutzte seinen Daumen, um die dicke Ader zu verfolgen, die entlang der Unterseite verlief. Er legte seine linke Hand auf Dekes Brust und massierte sanft seine rechte Brustwarze. Luther senkte den Kopf und schmiegte sich an Dekes Kopf.

„Hey", murmelte Luther. „Habe ich etwas Falsches gesagt?", fragte er. „War ich dir zu dominant? Wandler können ein wenig … wild werden."

Deke neigte seinen Kopf etwas und sah Luther in die Augen. „Kann ich dich wirklich auch ficken?"

Luthers Brauen schossen in die Höhe. Hatte er das gesagt? Ja, das hatte er. Er hatte Deke angekündigt, dass, wenn Dekes Schwanz in seinem Arsch steckte, er das Sagen haben würde, was implizierte, dass es irgendwann passieren würde. Er würde niemals sein Wort brechen, das er seinem Gefährten gegeben hatte.

„Ja, Deke", murmelte Luther und verteilte sanfte Küsse entlang seines Kiefers bis hinter sein Ohr. „Ich gebe zu, ich fürchte mich ein bisschen davor, aber ich werde es dir nicht verwehren. Ich kann nicht erwarten, dass du die ganze Zeit der Bottom bist. Das ist in einer Partnerschaft nicht fair."

Dekes Grinsen hätte die Welt erleuchten können. „Wow, das Schicksal weiß wirklich, was es tut!"

Luther lachte und nickte. „Das habe ich schon mal gehört." Er rollte mit den Hüften und zischte bei der Reibung, während er den sanften Seufzer mochte, der über Dekes Lippen kam. „Ich gebe zu", stellte er fest, „als ich dich gerochen und als meinen Gefährten erkannt hatte, war eines der Dinge, die mich abschreckten, die Vorstellung von einem Schwanz in meinem Arsch. Außerdem meine Tochter, an die ich nicht denken sollte, während ich dich ficke."

Grunzend murmelte Deke: „Verständlich. Du weißt, dass ich dafür sorgen werde, dass es gut für dich ist, richtig?"

Luther rollte mit den Hüften und schob seinen Schwanz in Dekes Kanal. Er genoss die Empfindungen, gepaart mit den keuchenden, angenehmen Lauten, die seinem Gefährten entschlüpften. „Ich weiß", murmelte er. „Dich so zu sehen, zu lieben, wie ich mich in dir fühle, das will ich. Ich möchte wissen, wie es sich anfühlt."

„Verdammt", jammerte Deke. „Allein dir zuzuhören und zu fühlen, wie dein großer Schwanz gegen meine Prostata drückt, wird mich zum Abspritzen bringen."

Rau lachend setzte Luther seine langsamen Stöße fort. „Es steht dir jederzeit frei, süßer Mensch", drängte er. „Meine Eier fühlen sich so eng an, ich bin überrascht, dass ich sie nicht in meinem Hals spüren kann. Ich möchte loslassen und dein Inneres vollpumpen. Ich wünschte, ich hätte jetzt diesen Plug. Ich würde dich füllen und zustopfen", murmelte er, nicht imstande, den Mund zu halten. Etwas in ihm musste all die Bilder in seinem Kopf mit seinem Gefährten teilen. „Ich nehme dich mit nach Hause und wir unterhalten uns, und ich werde dabei wissen, dass du meinen Samen tief in deinem geilen Knackarsch hast." Er stieß stärker nach vorne, mochte die Vorstellung von seinem Sperma tief in seinem Gefährten.

„Wir bekommen Hunger und machen Mittagessen", setzte Luther abwesend fort, drängte sich in seinen Gefährten und freute sich darüber, dass er dies jetzt tun konnte, kämpfte nicht mehr gegen die Triebe seines Körpers an. „Ich werde mich bei jeder Gelegenheit, die ich bekomme, gegen dich reiben, und wenn wir uns zum Mittagessen setzen, nehme ich dich stattdessen mit ins Arbeitszimmer. Ich habe dort so einen großen Sessel", sagte er zu Deke. „Ich werde meine Hose runterlassen und dir zeigen, wie hart du mich machst. Ich ziehe dir deine Hose aus. Ich nehme den Plug heraus und setze dich auf meinen Schoß, so wie jetzt." Luther zwickte in Dekes Ohr und flüsterte: „Du wirst mit meinem Schwanz in deinem Arsch auf meinem Schoß sitzen, während ich dich füttere und mit deinem hübschen Schwanz spiele." Um den Punkt zu betonen, packte Luther Dekes Schwanz und drückte ihn fest, während er ihn wichste.

Deke stöhnte und wand sich in seinem Griff. Sein Schwanz zuckte und pulsierte, spuckte Salven von cremigem, weißen Samen auf den Boden vor ihnen. Als sich die Muskeln seines Gefährten um seinen Schaft klammerten, gab Luther seinem eigenen Bedürfnis nach und pumpte seinen Samen tief in seinen Gefährte. Luther erkannte, dass dies, genau hier und jetzt, perfekt war.

Er betete, dass seine Tochter es verstehen würde, denn jetzt, da er Deke hatte, würde er ihn niemals aufgeben.

KAPITEL 5

Deke rutschte von dem Motorrad. Luther hatte ihm gesagt, dass es eine Harley Irgendwas war, nicht, dass er aufgepasst hatte. Autos und andere Transportmittel spielten für Deke keine Rolle. Solange es ihn von A nach B brachte, war es Deke egal.

Dennoch, Luthers Haus hingegen, *das* machte Eindruck auf Deke. Es war nicht wirklich groß, eher ein mittelgroßes Gebäude. Deke liebte die Holzfassade, die riesigen Fenster, die sich auf der Vorderseite des Hauses senkrecht ausdehnten, und das hübsche Satteldach. Es gab sogar einen Lattenzaun und alles.

„Hast du einen Hund?", platzte Deke heraus.

Luther streckte die Hand aus und nahm den Helm, den er Deke geliehen hatte. „Nein", antwortete Luther. „Ich habe keinen Hund. Stephani möchte aber unbedingt einen." Er grinste und begegnete Dekes Blick. „Wirst du dabei auf ihrer Seite sein? Dich vielleicht mit ihr gegen mich verschwören?" Er zwinkerte. „Der gute Papa sein?"

Deke schnaubte. „Alter, ich bin *nicht* Stephanis Papa. Egal wie lange wir zusammen sind, ich werde nie ihr Vater sein. Das bist du", versicherte er. Er legte seine Hand auf Luthers Schulter und rieb sie. „Was das Verschwören angeht, wird es dir nur so vorkommen, denn wenn es passiert, wirst du wissen, dass du falsch liegst."

Luther zog die Brauen zusammen und senkte den Kopf. „Ja wirklich? Ich werde falsch liegen?", knurrte er.

„Ja", flüsterte Deke, es gefiel ihm wirklich, wie es sich anfühlte, wenn Luther ihn hielt. Sein Griff war angenehm, nicht zu fest, als wollte er ihn dazu zwingen, ruhig zu bleiben, aber er war so fest, dass sich Deke … sicher fühlte. Er senkte seinen Kopf, damit er seinem neuen Liebhaber ein freches Grinsen geben konnte, und murmelte: „Du wirst schnell feststellen, dass ich immer recht habe."

Während er auf Deke herabgrinste, streichelte Luther mit einer Hand dessen unteren Rücken und umfasste Dekes Kiefer mit der anderen. „Da bist du dir wohl ziemlich sicher, oder?", murmelte er und fuhr mit seinem Daumen über die Unterlippe.

Dekes Gesicht kribbelte bei der sanften Berührung. Seufzend senkte er die Lider auf Halbmast und kuschelte sich an ihn. „Du hast eine komplette Kehrtwendung gemacht", murmelte er. „Warum?"

Luthers Grinsen verblasste zu einem traurigen Lächeln. „Lass uns reingehen", drängte er und entfernte sich von ihm. „Wir werden es uns bequem machen und reden."

Deke nickte beunruhigt, aber er tat, was Luther vorgeschlagen hatte. Wollte er wirklich wissen, was sich in Luthers Leben so verändert hatte – Moment mal! „Liegt das daran, dass Lex' Geruch an mir klebt?", fragte er misstrauisch. „Bist du deswegen zu mir gekommen?"

„Ich werde nicht lügen und *nein* sagen. Ich will nur die

Wahrheit zwischen uns“, antwortete Luther. „Lex überall an dir zu riechen, verdammt …“ Sein Ton wurde zu einem sanften Knurren, als er seine Tür öffnete und ins Haus voranging. Er drehte sich um, sah Deke stirnrunzelnd an und sagte: „Dich auf dem Parkplatz mit seinem Arm über deiner Schulter zu sehen und wie er dann praktisch an dir klebte … Ich wollte ihm die Reißzähne ausreißen.“

Dekes Augenbrauen schossen in die Höhe. „Das hast du bemerkt? Es läuft wirklich nichts zwischen uns. Wir sind nur Freunde.“

„Ich weiß“, antwortete Luther. „Er war manipulativ. Ich habe gehört, dass er eine ganz schön verschlagene Seite an sich hat“, murmelte er kopfschüttelnd.

Luther nahm Dekes Hand und ging durch das Foyer, an einem Sitzbereich vorbei und durch einen Flur hinunter zu einem Raum, der anscheinend das Wohnzimmer oder ein gemütlich eingerichtetes Arbeitszimmer war. Deke warf einen Blick auf das große braune Sofa passendem Zweisitzer und Sesseln. Obwohl sie etwas abgenutzt waren, sahen sie bequem aus. Er sah eine dunkelgrüne Decke, die gefaltet über einer Armlehne des Zweisitzers lag.

„Willst du etwas trinken?“, fragte Luther.

Deke nickte. „Das wäre großartig. Vielen Dank. Äh, Wasser ist gut.“

Luther umfasste Dekes Kinn und lehnte sich zu ihm. Er schloss den Abstand zwischen ihnen und zögerte nur einen Moment, bevor er seine Lippen auf Dekes drückte. Während er seinen Mund bewegte, hielt er den Kuss sanft, so wie Deke sich einen ersten Kuss vorstellte.

Als Luther wenige Sekunden später den Kopf hob, lächelte er und seine Augen strahlten vor Wärme, als er seinen Blick über Dekes Gesicht wandern ließ. „Fühl dich wie zu Hause", flüsterte er. „Ich bin gleich wieder da."

Deke konnte seine Stimme nicht finden und nickte nur.

Luther drückte einen weiteren sanften Kuss auf Dekes Lippen, ließ ihn los und ging weg.

Die Bilder an den Wänden erweckten Dekes Aufmerksamkeit. Er wanderte langsam im Raum umher. Die lächelnden Gesichter von Luther und – wie Deke vermutete – Stephani schauten ihn an. Bilder, die vermutlich Schulfotos waren, wechselten sich mit echten Schnappschüssen ab. Er sah mehrere Bilder von Luther und Stephani, offensichtlich bei ihren Geburtstagsfeiern aufgenommen. Es gab eines von Stephani in Fußballtrikots mit drei Freundinnen, ebenfalls in Trikots gekleidet.

„Das sind die besten Freundinnen von Stephani, Peggy, Maranda und Sharon."

Deke schaffte es gerade, sein Quietschen zu unterdrücken, als er sich zu Luther herumdrehte. Er hielt seine Hand an die Brust und starrte den Mann mit großen Augen an. „Scheiße, du hast mich erschreckt", murmelte er.

„Tut mir leid", entschuldigte sich Luther. Er streckte das Glas in seiner linken Hand aus. „Wasser?"

„Danke", antwortete Deke und fühlte sich plötzlich unwohl, umgeben von all den Erinnerungen an Luther und seine Tochter. Das letzte Mal, als er mit seinen Eltern gesprochen hatte, zum Teufel, mit irgendjemandem in seiner Familie, hatten sie nur darüber gestritten, dass er schwul war.

Sie hatten es satt gehabt, seinen abwegigen Lebensstil zu tolerieren, und wollten, dass er sich nicht mehr auf eine Art benahm, die der ganzen Familie schadete. Es hatte ihm die Augen geöffnet. Bis dahin hatte er geglaubt, sie hätten ihn angenommen, wie er war.

Nachdem Deke einen Schluck Wasser getrunken hatte, wandte er sich wieder den Bildern zu. „Du siehst glücklich aus“, flüsterte er.

„Meistens“, stimmte Luther mit einem Lächeln in der Stimme zu. „Sie ist ein gutes Kind. Stellt mich nur gelegentlich auf die Probe.“

Seufzend fragte Deke: „Wie denkst du, wird sie auf mich reagieren? Darauf?“ Er bewegte seine freie Hand zwischen ihnen und konnte Luther immer noch nicht ansehen. Er glaubte nicht, dass er sich selbst vergeben könnte, wenn er eine Kluft zwischen Vater und Tochter herbeiführen würde.

Luther schlang seine Arme von hinten um Deke und legte sein Kinn auf seine rechte Schulter. „Stephani ist eine Wolfswandlerin, Deke, genau wie ich. Sie versteht die Verbindung zwischen Gefährten. Es mag ein bisschen dauern, bis sie es verdaut hat, aber das wird sie“, sagte er fest und glaubte seinen Worten offenbar. „Sie hat das Herz am rechten Fleck.“

Deke nickte und hoffte, dass Luther Recht hatte. Er konnte nicht anders, merkte, dass er bereits dabei war, sich schnell in den Mann, der ihn hielt, zu verlieben. Persönlich fand Deke, dass das Zuhause eines anderen zu sehen mehr über den Mann aussagte, als die kurzen Gespräche, die sie geführt hatten. Ganz zu schweigen davon, dass der Sex unglaublich war.

„Wer hat all diese Fotos gemacht? Hat Stephanis Mutter noch Kontakt mit euch?“, fragte Deke.

Verdammt, das könnte peinlich sein.

„Nein“, antwortete Luther fast knapp. „Stephanis Mutter war ein One-Night-Stand und ein kaputtes Kondom. Als Candice merkte, dass sie schwanger war, war ich tatsächlich der vierte Mann, den sie um einen Vaterschaftstest bat“, knurrte er.

Deke drehte sich in Luthers Armen um und legte seine eigenen um den Mann. „Verdammt. Tut mir leid, dass ich gefragt habe.“

Luther zuckte die Achseln. „Ich hätte mich sowieso nicht mit ihr einlassen sollen, aber es tut mir nicht leid, dass ich Stephani bekommen habe.“

Schnaubend antwortete Deke: „Wir haben uns alle schon mit Leuten eingelassen, mit denen wir es nicht hätten tun sollen.“ Daher hatte er selbst vor Michael fliehen müssen. Deke dachte über ihn nach und kam zu dem Schluss, dass zu Luther zu ziehen vielleicht keine so schlechte Idee wäre …, wenn er erst einmal Luthers Tochter getroffen hatte und von ihr angenommen wurde.

„Die meisten Bilder wurden von meinem Cousin Leo gemacht“, sagte Luther und wechselte damit das Thema. Deke störte das überhaupt nicht. „Du wirst ihn bald treffen. Er hatte heute geschäftliche Besprechungen, aber er wollte wissen, wie Stephani heute im Training abgeschnitten hat.“ Luther lächelte zu ihm hinunter und sagte ironisch: „Sie ist die Defacto-Anführerin ihrer kleinen Gruppe, daher gehen wir beide davon aus, dass sie sich zu einer starken Wölfin entwickeln wird … Wenn sie jemals herausfinden kann, wie man pünktlich ist.“

Deke gefiel die entspannte Art und Weise, wie Luther über seine Familie sprach. Stressfrei und glücklich schien er gute Beziehungen zu ihnen zu haben. Es wäre schön zu sehen, wie sie wirklich miteinander interagierten, diese Art von Respekt mit eigenen Augen zu sehen. Es war so lange her, seit er das in einer Beziehung erlebt hatte.

Dann musste Luther natürlich das Unvermeidliche fragen.

„Was ist mit deiner Familie?“, fragte Luther. „Sind deine Leute alle noch in Sacramento?“ Er grinste und wackelte mit den Brauen. „Muss ich deinen Vater um deine Hand bitten oder so etwas?“

Dekes Kiefer klappte auf. Schock überrollte ihn und ersetzte die innere Scham, die er empfand, weil er über seine Familie sprechen musste. „Wow, ich hatte vergessen, dass Paranormale so schnell zur Sache kommen“, murmelte er stattdessen.

Luther atmete aus. Er kniff seine Lippen zusammen und nickte. „Ja. Im Vergleich zu Menschen machen wir das. Sobald wir unseren Gefährten gefunden haben, wollen wir –“ Luther blinzelte und schluckte schwer. Er lockerte seinen Griff und trat einen Schritt zurück, dann ließ er seine rechte Hand über Dekes linken Arm nach unten wandern und ergriff seine Hand. „Komm setz dich. Ich schulde dir eine Erklärung.“

Seufzend folgte Deke Luthers Drängen, und sie kuschelten sich gemeinsam auf den Zweisitzer. Jetzt, da Luther ihn in den Armen hatte, würde er es offensichtlich nicht zulassen, dass Deke sich weit von ihm entfernte. Sobald Luther Dekes Hand losgelassen hatte, legte er seinen rechten Arm über die Rückseite des Kissens und drückte ihn locker gegen seine Seite.

„Ich gehe jetzt nirgendwohin", flüsterte Deke. Er drehte seinen Körper, drückte seine Schulter an die Seite des Wandlers und legte seine rechte Hand auf Luthers Brust. Er rieb leicht darüber, spürte Luthers Herz unter den Fingerspitzen. „Sprich mit mir", drängte er. „Sag mir, was sich geändert hat. War es nur die Nähe? Aus dem Auge, aus dem Sinn?"

„Du bist direkt", murmelte Luther rau.

Deke zuckte die Achseln. „Ich schätze, ich sehe einfach keinen Sinn darin, um den heißen Brei herumzureden. Wenn wir uns paaren, wird dies in unserer beider Leben zu Umbrüchen führen."

Luther drückte einen Kuss auf seine Schläfe. „Es gibt kein *Wenn* für mich, süßer Mensch", gestand er leise. „Es tut mir leid, dass ich das erste Mal gegangen bin. Es war sehr lange her, seit ich mich zu einem Mann hingezogen gefühlt hatte, und noch länger, seit ich darauf reagiert hatte."

Er schmiegte sich an Dekes Schläfe und fuhr fort: „Ich habe das nächste Mal, als ich Dirk sah, ein paar Tage später, nach dir gefragt, aber du warst bereits nach Sacramento zurückgeflogen. Ich dachte mir, ich würde mir Zeit lassen, zu verarbeiten, dass das Schicksal einen männlichen Gefährten für mich auserwählt hat." Er zuckte die Achseln. „Ich brauchte Zeit, um zu entscheiden, ob ich mich an dich ranmachen oder dich gehen lassen soll."

„Du wolltest mich gehen lassen, oder?" Deke hasste es zu fragen, aber so klang es wirklich.

„Nein, eigentlich nicht", antwortete Luther sofort. „Stephani geht nächsten Monat für zwei Wochen in ein Sommerlager, bevor die Schule wieder beginnt. Ich hatte geplant, dich dann aufzusuchen. Es machte meinen Wolf und mich verrückt, dass ich wusste, wer mein Gefährte ist, dich aber nicht bei mir hatte." Luther packte Dekes Nacken und drängte ihn, den Kopf nach hinten zu neigen. „Dein Auftauchen hat meine Pläne nur beschleunigt."

Das Gesicht verziehend, gab Luther zu: „Ich habe dich letzte Nacht gerochen, aber als ich dich sah, hast du mit Declan gesprochen." Er runzelte die Stirn und schüttelte den Kopf. „Ich bin nur ein paar Jahre unter zweihundert, Deke. Ich war unter mehreren Namen bekannt und habe Dutzende von Jobs gemacht. Ich bin Declan über einen Ozean und einen halben Kontinent gefolgt. Als dieser Wolf mir sagte, ich solle meinen Kopf aus meinem Arsch ziehen oder mich von dir fernhalten, hat mir das eine Scheißangst eingejagt."

„Oh", flüsterte Deke. „Ja, ich …" Er machte eine Pause und verzog das Gesicht. „Ich kann verstehen, warum du ihm folgst. Er ist ein guter Zuhörer."

Luther nickte. „Er ist ein guter Alpha. Er kümmert sich um seine Leute."

Deke grunzte. „Als Antwort auf deine Frage von vorhin, ich rede nicht mehr mit meiner Familie. Ich habe mich geoutet, als ich sechzehn war. Ich dachte, sie wären damit einverstanden." Er runzelte die Stirn. „Vielleicht waren sie das damals." Deke schürzte die Lippen und sah Luther an. „Weißt du, jetzt, wo ich darüber nachdenke, haben meine Eltern diese missbilligende Haltung angenommen, nachdem sie Mitglieder ihres Country Clubs wurden. Aus irgendeinem Grund wurde Ansehen furchtbar wichtig für sie."

„Wie auch immer", fuhr Deke fort. „Beim Thanksgiving-Dinner vor zwei Jahren haben sie mir ein Ultimatum gestellt. Ich sollte aufhören, eine Schwuchtel zu sein, oder aufhören, ihr Sohn zu sein." Er schnaubte abfällig, deutete mit der Hand auf sich und den Eyeliner, den er trug. „Du kannst dir vorstellen, was ich gewählt habe."

„Dafür bin ich dankbar", sagte Luther. „Obwohl es mir leid tut, dass deine Familie dir Leid verursacht hat."

Deke verzog das Gesicht. „Ich denke, das Schlimmste war, meinen Bruder und meine Schwester zu verlieren. Mein Bruder Derek ist ein Jahr älter. Er ist ein großer Kerl, Quarterback, Kapitän des Footballteams, und er hat mich in der High School beschützt, auch nachdem ich mich geoutet hatte." Er seufzte. „Es war echt scheiße, als er sich nicht gegen sie ausgesprochen hat."

„Nun, ich gebe dir meine Familie", bot Luther an, dann zwinkerte er. „Wenn du sie erst einmal getroffen hast, möchtest du sie allerdings vielleicht gar nicht haben."

Deke lächelte Luther lachend an. „Empfindet nicht jeder so in Bezug auf seine Familie?", neckte er.

Luther senkte den Kopf und küsste Deke auf die Lippen. „Das tun sie wahrscheinlich." Dann drückte er Dekes Nacken fester und presste den Mund auf seinen.

Deke genoss den festen Druck von Luthers Lippen gegen seine eigenen einige Sekunden lang. Dann biss Luther sachte in seine Unterlippe und strich mit der Zunge darüber. Deke verstand die stille Bitte, den Mund für ihn zu öffnen, und tat genau das. Luther stieß sofort die Zunge in Dekes Mund und fand dessen eigene.

Deke summte bei der angenehmen Stimulation und fühlte, wie sein Blut sich erwärmte und nach Süden strömte. Er öffnete den Mund weiter, neigte seinen Kopf und presste ihre Münder fester zusammen.

Luther knurrte bei der Bewegung, wurde aggressiver. Er bewegte seine Zunge in Dekes Mund, erkundete, dominierte, verschlang ihn. Deke stöhnte und vergrub seine Finger in Luthers Hemd. Plötzlich wünschte er sich, der Mann wäre wieder nackt, so dass er die Hitze seiner Haut fühlen könnte.

Deke drehte sich noch mehr, als Luther seinen rechten Arm fester packte. Er schwang sein Bein über Luthers Schoß und setzte sich auf den Mann. Sobald sein harter Schwanz den Druck der antwortenden Erektion seines Geliebten spürte, zischte Deke.

Deke riss seinen Mund von Luthers, hob den Kopf und schnappte nach Luft. Er legte seine Hände auf Luthers Schultern und wiegte seine Hüften, übte so Druck auf beide Erektionen aus und bekam dafür ein Grunzen und Zischen von Luther.

„Verdammt, Luther“, murmelte Deke. „Wie zur Hölle machst du mich so schnell so heiß?“

Luther legte beide Hände auf Dekes Hüften und forderte ihn auf, sich weiter zu bewegen, während er seine eigenen Hüften in die stoßende Reibung hob. Durch zusammengebissene Zähne antwortete er: „Du bist mein

Gefährte. Es ist so eine paranormale Sache.“

Deke nickte, als er spürte, wie sich seine Eier zusammenzogen. „So seltsam. Gott, ich kann nicht glauben, dass ich schon wieder kommen werde“, jammerte er. Deke legte eine Hand auf seinen Schritt und versuchte, seine Jeans zu öffnen.

„Ja“, ermutigte Luther. „Lass es mich sehen.“

Gehorsam öffnete Deke die Knöpfe und ließ seinen Schwanz heraus. Noch nie war er so glücklich gewesen, keine Unterwäsche mehr zu tragen, da er sie vorhin im Wald dazu benutzt hatte, sich zu säubern. Sobald sein harter Schaft aus dem Stoff hervorlugte, griff Luther nach ihm.

Luther musste ihn nur einmal wichsen, bevor seine Eier losließen und er abspritzte. Deke stöhnte und schauderte, beobachtete durch halbgeschlossene Augenlider, wie Ströme seines weißen Samens aus seinem Schlitz schossen und auf Luthers T-Shirt landeten.

„Verdammt, was für ein schöner Anblick“, grummelte Luther.

Luther ließ Dekes Schwanz los, hob die Finger an den Mund und leckte die Spermaspuren von ihnen ab. Deke beobachtete das zufriedene Lächeln auf Luthers Lippen, als er summte. Zwinkernd wischte Luther seinen Speichel an seinem eigenen T-Shirt ab, bevor er Dekes Kiefer umfasste.

Luther brachte ihre Münder wieder zusammen und Deke machte bereitwillig mit. Nachdem er seine Zunge über Dekes Lippen gleiten gelassen hatte, stieß er gegen seine Lippen. Deke öffnete bereitwillig den Mund für ihn und begrüßte die Zunge seines Geliebten. Er saugte leicht daran und schmeckte sich selbst an Luther.

Deke löste sich aus dem Kuss und grinste seinen Liebhaber an. Er schaukelte mit den Hüften und fühlte, wie Luthers Ständer gegen seine Eier drückte. „Willst du, dass ich ihn lutsche?“, bot er an.

„Wie könnte ich dieses Angebot ablehnen?“

Grinsend glitt Deke vom Schoß seines Geliebten. Seine Knie trafen auf den Parkettboden, und er griff nach Luthers Hose.

Als Deke den Knopf öffnete und die Reißverschlusslasche anfasste, ertönte ein Knall im Haus. Deke erstarrte und sah Luther an, bemerkte, dass dessen Kopf geneigt war, als er in der Luft schnupperte.

„Wer –“

„Dad, bist du hier?“

Nun, das beantwortete diese Frage. Deke wurde klar, dass er gleich Luthers Tochter treffen würde.

KAPITEL 6

Luther spürte, wie das Blut aus seinem Gesicht … und seinem Schwanz wich. „Scheiße“, zischte er.

Zur gleichen Zeit quietschte Deke und stieß sich von ihm ab, landete dabei auf seinem Hintern.

Luther sprang auf und knöpfte die Hose zu, dann zog er den Saum seines T-Shirts über den Kopf. Als er wieder sehen konnte, wurde ihm klar, dass Deke seine Jeans zugeknöpft hatte. Luther hielt sein verschmutztes Shirt in einer Hand und bot seinem Gefährten die andere an. „Komm schon, Schatz. Bist du bereit, meine Tochter kennenzulernen?“

Deke nahm seine Hand und ließ sich auf die Füße ziehen. „Ist die Flucht durch die Hintertür eine Option?“

Luther runzelte die Stirn. „Ich möchte mit Stephani ehrlich sein. Ich werde dich nicht wie ein schmutziges kleines Geheimnis verbergen“, sagte er, hob die Hand, die er hielt, und legte sie auf seine Brust. „Du bist mein Gefährte. Selbst wenn du mehr Zeit haben willst, um sie kennenzulernen, wird sich das nicht ändern.“

„Es tut mir leid“, entschuldigte sich Deke sofort und verzog das Gesicht. „Das war eine dumme Bemerkung.“ Er drückte die Hand, die Luther hielt, so dass sie flach an seiner Brust lag und rieb leicht über seinen Brustmuskel. „Ich will deine Beziehung zu deiner Tochter einfach nicht auf die gleiche Art und Weise vermasseln wie mit meiner eigenen Familie."

Kopfschüttelnd warf Luther das T-Shirt zu Boden, schlang seinen Arm um Dekes Taille und zog ihn an sich. „Das hast du nicht vermasselt", entgegnete er. „Sie haben das alles selbst mit ihrer bigotten Haltung getan."

„Dad?", rief Stephani erneut.

Luther hielt Dekes Blick und hob eine Braue, bat seinen Gefährten wortlos, sich zu entscheiden.

Deke ließ seinen Blick eine Sekunde lang über sein Gesicht gleiten und lächelte dann. „Danke, dass du mir die Wahl gibst", flüsterte er.

Luther nickte und lächelte. „Immer."

„Ich denke, es ist Zeit, sie zu treffen."

„Wir sind im hinteren Wohnzimmer, Steph", rief Luther und hielt Dekes Blick immer noch fest. Dann beugte er sich nieder und flüsterte Deke ins Ohr: „Den Blowjob verschieben wir auf ein anderes Mal."

Dekes Augen weiteten sich und seine Lippen öffneten sich leicht überrascht.

Luther wollte diese Lippen noch einmal probieren, verzichtete jedoch darauf, als er aus dem Augenwinkel sah, wie Stephani in den Raum hüpfte. Nachdem er Deke ein ermutigendes Lächeln geschenkt hatte, zog er seinen Blick von seinem Gefährten weg und konzentrierte sich auf Stephani.

Stephani blieb kurz vor der Tür stehen und warf einen Blick zwischen ihnen hin und her. „Ähm, bist du grade irgendwie beschäftigt?", fragte sie und schürzte die Lippen.

„Nie zu beschäftigt für dich. Das weißt du", sagte Luther. „Außerdem habe ich hier jemanden, den ich dir gerne vorstellen würde."

Stephani warf einen Blick auf Deke und lächelte ihn an. Dann konzentrierte sie sich wieder auf Luther und zeigte mit dem Daumen über die Schulter. „Synthia ist auch hier. Sie hat mich nach Hause gebracht."

Luther schaffte es gerade so, keine Grimassen zu schneiden. Die Wandlerin war seit Monaten hinter ihm her. Offenbar tickte ihre biologische Uhr, und sie hatte ihn als perfekten Gefährten auserkoren, da er bereits ein Kind gezeugt hatte. Wenn er kein so starker Wolf wäre, hätte er vielleicht nachgegeben, da sie selbst recht mächtig war. Sie war nicht umsonst die beste Freundin der Beta-Gefährtin, Caroline.

„Ich dachte, Carson würde dich nach Hause bringen", kommentierte Luther. „Ist etwas passiert?"

„Oh nein", versicherte Stephani. „Sie bestand darauf, damit Carson zu seinem Gefährten nach Hause gehen konnte."

Als Luther sich verwandelt und sofort an die Verfolgung von Deke gemacht hatte, anstatt bei der Gruppe zu bleiben, die er eigentlich hüten sollte, hatte Carson ihm nachgejagt und ihn zur Strecke gebracht. Der Vollstrecker hatte ihn leicht unterworfen und im Nacken gepackt, leise knurrend. Luther hatte sich wieder in einen Menschen verwandelt, und Sekunden später hatte Carson dasselbe getan.

Ein finsterer Blick von dem Vollstrecker, und Luther hatte erklärt, dass sein Drang, seinen Gefährten zu finden, zu stark war, um ihn noch länger zu verleugnen. Carson hatte ihn an die Worte des Alphas erinnert, dass er mit ganzem Herzen dabei sein oder ihn in Ruhe lassen sollte. Luther hatte ihm versichert, dass er ohnehin geplant hatte, Deke im darauffolgenden Monat ausfindig zu machen, wenn Stephani nicht da war. Dann, als er sich an seine Tochter erinnerte, hatte er Carson gebeten, sie nach Hause zu bringen.

Der Vollstrecker hatte zugestimmt, also war es nicht schwer zu erraten, warum Synthia eingesprungen war. Sie wollte es erneut bei ihm versuchen.

Luther seufzte und nickte. „Ist sie im Raum vorne?“ Es gab einen Grund, warum er Deke nach hinten geführt hatte. Er hatte sicher gehen wollen, dass sie wenigstens einen Moment Zeit hatten, um sich zusammenzunehmen, falls sie so überrascht würden.

Stephani nickte. „Ja, sie wartet auf dich. Ich habe ihr gesagt, dass ich dich suchen würde.“ Sie legte den Kopf schief und blickte sie an. Wahrscheinlich bemerkte sie die Art und Weise, wie Luther Dekes Hand an seine Brust drückte, seine nackte Brust. Mit eindeutiger Verwirrung in ihrem Gesichtsausdruck fragte sie: „Ähm, was ist hier los?“

Auch wenn Luther seine und Dekes Hand von seiner Brust entfernte, weigerte er sich, ihn loszulassen. „Stephani“, sagte Luther. „Ich habe dir von Gefährten erzählt. Vom Schicksal erwählten Gefährten“, ergänzte er.

Immer noch sichtlich verwirrt und mit zusammengezogenen Augenbrauen nickte Stephani. „Ja.“

„Dies ist Deke Sommers.“ In der Annahme, dass der Reiß-das-Pflaster-einfach-ab-Ansatz am besten wäre, sagte Luther leise: „Deke ist mein Gefährte, Stephani. Das Schicksal hat uns endlich zusammengebracht.“

Stephanis Brauen zogen sich zusammen. „Aber, Synthia sagte …“ Sie hielt inne und neigte den Kopf. „Synthia ist nicht deine Gefährtin?“

Luthers Augen weiteten sich. „Nein“, antwortete er sofort verwirrt. „Ich kenne Synthia seit Jahrzehnten. Wir sind Rudelkameraden, aber es gibt sonst nichts zwischen uns.“

Stirnrunzelnd stemmte Stephani ihre Hände in die Hüften und sah zwischen ihnen hin und her. „Also was jetzt? Du bist auf einmal bisexuell und hast es mir nicht erzählt? Wie kommt es, dass du noch nie mit einem Mann zusammen warst? Wieso hast du es mir nicht erzählt?“

„Äh, ich habe mich auch nicht wirklich mit vielen Frauen getroffen“, stellte Luther fest und kämpfte mit der merkwürdigen Reaktion seiner Tochter. Sie schien darüber nicht wütend zu sein, sondern eher beleidigt. „Ich fand nicht, dass das Thema, zu wem ich mich hingezogen fühle, geeignet war, um es mit meiner Tochter zu besprechen.“

Stephani verzog die Lippe und schnappte: „Nun, dann solltest du es Synthia besser sagen, weil *sie* eine andere Vorstellung hat.“ Sie stürmte aus dem Raum und Luther hörte sie durch das Haus stampfen. Nach ein paar Sekunden hörte er einen Knall, der ihm sagte, dass sie ihre Schlafzimmertür zugeschlagen hatte.

Luther senkte den Kopf und schluckte schwer. Das war nicht so, wie er es sich vorgestellt hatte. Natürlich hatte er auch nicht vorgehabt, es so herauszuposaunen. Wenn die verdammte Synthia nicht in einem anderen Raum gewartet hätte, hätte er sich langsamer rantasten können.

„Es tut mir leid.“

Luther hob den Kopf und sah Deke an. Als er seinen gequälten Gesichtsausdruck sah, schüttelte er schnell den Kopf. „Entschuldige dich nicht, Schatz“, bat er. „Sie wird sich wieder beruhigen. Sie war nicht wütend, dass du ein Mann bist“, versicherte er, zuversichtlich, dass er seine Tochter richtig verstanden hatte.

„Bist du dir sicher?“ Deke legte seine freie Hand um seine Taille und versuchte wieder, sich wegzubewegen. „Sie schien ziemlich aufgebracht zu sein.“

Luther ließ die Hand seines Gefährten los und legte seine Hände um Dekes Taille. „Ja. Das hat nichts mit dir zu tun. Ich verspreche es.“ Er beugte sich vor und küsste Dekes Lippen sanft. Er hob kaum den Kopf, berührte noch immer die Lippen seines Menschen und flüsterte: „Gib mir fünf Minuten, um Synthia loszuwerden, dann machen wir Abendessen und warten darauf, dass Stephani mir sagt, was sie wirklich zu einem solchen Anfall bewegt hat.“

Deke strahlte ihn an. „Okay.“

Luther drückte noch einen schnellen Kuss auf den Mund seines Gefährten und löste sich dann von ihm. Grinsend neckte er: „Du bist sehr ablenkend, Schatz. Ich könnte dich den ganzen Tag lang küssen.“

Grinsend antwortete Deke: „Nun, das würde die Zubereitung des Abendessens interessant machen.“

Luther lachte leise. „Das würde es tatsächlich.“ Er wandte sich ab und ging aus dem Raum. An den leisen Schritten hinter ihm erkannte Luther, dass Deke ihm folgte.

Luther betrat den Raum im Eingangsbereich und entdeckte Synthia, die bei dem Spiegel stand, der dem

Flurschrank gegenüber aufgehängt war. Stephani hatte vor ein paar Jahren darauf bestanden, dass einer dort aufgehängt wurde. Sie sagte, sie brauche eine letzte Gelegenheit, um zu überprüfen, wie sie aussah, bevor sie morgens zur Schule ging. Luther hatte es nicht wirklich verstanden, aber er hatte ihr erlaubt, einen Spiegel auszusuchen, dann hatte er ihr geholfen, ihn aufzuhängen.

Es schien, als hätte Stephani recht gehabt, denn Synthia tat dasselbe. Sie schaute in den Spiegel, ihre Fingerspitze an der Oberlippe, als ob sie eine kleine Unregelmäßigkeit in ihrem Lippenstift korrigieren würde.

„Guten Tag, Synthia", begrüßte Luther sie freundlich. „Danke, dass du Stephani nach Hause gebracht hast. Ich bin sicher, Carson hat es sehr geschätzt, dass er die Aufgabe nicht übernehmen musste."

Synthia hatte sich beim ersten Klang seiner Stimme umgedreht. Sie zog die Augenbrauen ein klein wenig zusammen und machte einen Schmollmund. „Natürlich, Luther, mein Lieber", gurrte sie beinahe und kam auf ihn zu, wobei sie ihre Hüften auf eine Art wiegte, die vermutlich verführerisch sein sollte. „Ist alles in Ordnung? Carson sagte, du hättest unerwartete persönliche Angelegenheiten zu erledigen gehabt."

Sie kam immer näher, während sie sprach, und drang in Luthers persönliche Zone vor. Sie hob ihre Hände und legte sie auf seine nackte Brust, rieb über seine Brustwarzen und schnurrte: „Wenn ich irgendetwas tun kann, um zu helfen, dann weißt du, dass du nur fragen musst."

Luthers Brauen schossen wegen ihrer Aggressivität in

die Höhe. Auch wenn sie ihn in der Vergangenheit verfolgt hatte, ihn zu Wanderungen und zum Essen eingeladen hatte, sich bei den Grillpartys des Rudels an seinen Tisch gesetzt und mit ihm geflirtet hatte, hatte sie ihn niemals mit Kosenamen angesprochen oder unverhohlene Angebote wie dieses gemacht.

Seine Schultern spannten sich, seine Haut kribbelte unangenehm, wo sie ihn berührte, und Luther griff nach Synthias Handgelenken. Er nahm ihre Hände von seinem Körper, überrascht von der Kraft, die er brauchte, um sie zu entfernen.

„Synthia“, knurrte Luther. „Das ist nicht angemessen.“

„Ich dachte nur, du möchtest vielleicht etwas Hilfe, um dich zu entspannen“, antwortete Synthia und zog ihre Hände weg.

Luther ließ sie mit finsterem Blick los. Er mochte ihr Benehmen überhaupt nicht.

Synthia lächelte schüchtern und berührte diesmal seine Schulter. „Du bist so angespannt. Ich kann helfen“, sagte sie und bewegte ihre Hand seinen Oberarm hinunter.

„Nicht angemessen“, schnappte Luther und wurde immer wütender. Er schlug ihren Arm beiseite und trat von ihr weg. „Die persönliche Angelegenheit, um die ich mich kümmern musste, war, meinen Gefährten zu finden.“

„Dein Gefährte?“ Synthias Lippe kräuselte sich und sie runzelte die Stirn. „Wovon redest du?“ Ihr Blick wanderte nach links und sie stellte schließlich fest, dass sie nicht alleine waren. „Wer ist er?“

Luther trat an Deke heran und schlang seinen Arm um

die Taille des kleineren Mannes. Deke stand steif da, die Arme um seinen eigenen Oberkörper gewickelt, als würde er sich umarmen. Luther rieb über Dekes Seite auf und ab und versuchte, seinen angespannten, verwirrten Menschen zu beruhigen.

Luther entschied, dass Direktheit am besten wäre und Synthia dann hoffentlich die Botschaft verstehen würde, und fuhr fort, Dekes Seite zu reiben, als er sagte: „Synthia, das ist Deke Sommers, mein Gefährte."

Synthia verzog ihre Lippen, was sie weit weniger attraktiv erscheinen ließ, als Luther wusste, dass sie es sein konnte. „Du behauptest, jetzt eine Schwuchtel zu sein?", kreischte sie. „Ist das eine Art Seuche, die unsere Leute betrifft?"

Luther kniff die Augen zusammen und knurrte tief im Hals. „Synthia, danke, dass du dir die Zeit genommen hast, um meine Tochter nach Hause zu bringen", schaffte er gerade so, zu knurren. „Es wäre am besten, wenn du jetzt gehen würdest."

„Diese dürre Schwuchtel ist nicht dein Gefährte!", schrie sie und stampfte sogar mit dem Fuß. „Ich bin eine viel bessere Wahl und sollte deine Gefährtin sein. Ich bin ein starker Wolf. Er ist ein dürrer Mensch. Wertlos für die Erweiterung des Rudels. Ich kann dir weitere starke Welpen schenken. Er kann das nicht. Ich bin viel besser geeignet!"

Luther schüttelte den Kopf und spürte, wie sein Wolf wütend wurde. „Verdammt noch mal, Synthia", grummelte er, ihrer Haltung, Beleidigungen und ihrer entschlossenen Sturheit müde. „Es geht nicht darum zu wählen. Das Schicksal hat das schon getan und sie hat einen fantastischen Job gemacht. Ich habe in den letzten zwölf Stunden in Dekes Gesellschaft mehr Freude und Entspannung gehabt als mit jeder anderen Person seit Jahren“, erklärte er und festigte seinen Griff um Deke.

Deke neigte seinen Körper und presste seine Brust an Luthers Seite. „Hey, entspann dich“, beruhigte er und legte seine linke Hand auf Luthers Bauch, während er mit seiner rechten Hand seinen Rücken rieb, über seine Wirbelsäule hoch und runter. „Du weißt, dass nicht jeder aufgeschlossen ist.“ Dann, zu Luthers Überraschung und sogar ein bisschen Stolz, richtete Deke seinen Blick auf Synthia und sagte herablassend: „Vor allem, wenn er – oder sie – ein schlechter Verlierer ist.“

„Oh, du kleine –“

„Beende das bloß nicht, Synthia“, brüllte Luther. „Du bist hier offiziell nicht länger willkommen. Raus aus meinem Haus!“

Synthias grüne Augen funkelten vor Feindseligkeit, als sie zwischen ihnen hin und her schaute. Dann wurde ihr Ausdruck augenblicklich klar. Sie lächelte freundlich und zuckte mit den Schultern, als hätte sie keine einzige Sorge auf der Welt. Sie wandte sich ab und marschierte mit schwingenden Hüften zur Tür.

An der Tür blieb Synthia stehen und schaute über ihre Schulter. Sie verzog ihre roten Lippen zu einem traurigen Lächeln, als sie sich auf Deke konzentrierte. „Es tut mir leid, dass er so mit dir spielt, Mensch“, murmelte sie. „Luther hat noch nie einen Liebhaber für mehr als ein paar Tage behalten.“ Sie grinste. „Komm nicht heulend zu uns gelaufen, wenn er dich satt hat und deines Weges schickt.“

Mit dieser bissigen Bemerkung verließ Synthia das Haus.

Luther seufzte und schüttelte den Kopf. Er drehte sich vollständig zu Deke um, schlang seinen linken Arm um seine Taille und umfasste seinen Nacken mit der rechten Hand. „Es tut mir leid, dass du das alles hören und sehen musstest."

Zu Luthers Freude drehte Deke den Kopf und legte seine Wange auf seine Schulter. „Es ist in Ordnung. Man kann nicht erwarten, dass jeder es akzeptiert", murmelte er. „Du brauchst nur deine Familie und deinen Alpha, richtig?"

„Richtig", antwortete Luther.

Luther strich mit der Hand über Dekes Wirbelsäule auf und ab und nahm sich einige Minuten, um den Mann einfach nur zu halten. Bald würde er sich mit seiner Tochter befassen müssen, aber genau dies war alles, was er wollte. Seufzend legte Luther sein Kinn auf den Kopf seines Gefährten und genoss die Umarmung.

Nach ein paar Sekunden fragte Deke leise: „Meintest du es ernst, als du sagtest, dass du dich mit mir entspannter fühlst als seit Jahren?"

„Ja", antwortete Luther sofort und hielt weiterhin seinen Gefährten fest. „Es war, als hätte ich nicht einmal gewusst, was ich vermisst hatte, bis ich dich traf." Er machte eine Pause und versuchte, die richtigen Worte zu finden. „Mit dir in meiner Nähe fühle ich mich … zufrieden."

Deke seufzte, leckte an Luthers Brust und drückte seine Wange fester an seine Schulter. „Ich auch", flüsterte er.

Lächelnd rieb Luther sein Kinn über Dekes Kopf, damit er den Scheitel seines Gefährten küssen konnte, bevor er in seine vorherige Position zurückkehrte.

Eine Bewegung erregte seine Aufmerksamkeit, und Luther entdeckte Stephani, die um die Ecke des Flurs spähte. Für einige Sekunden hielt er den Blick seiner Tochter. Sie starrte zurück und knabberte an ihrer Unterlippe, die Augenbrauen zusammengezogen.

Luther erkannte ihren nachdenklichen Gesichtsausdruck, und als sie sich abwandte und wieder den Flur entlang verschwand, war er nicht besorgt. Stattdessen fühlte er Hoffnung.

KAPITEL 7

So sehr Deke ihre Umarmung genoss, sein Magengrollen verriet ein weiteres Bedürfnis. Er grinste, als er Luthers Lachen hörte. Als sich Luthers Griff lockerte, entfernte sich Deke von dem anderen Mann und sah ihn schüchtern an.

Deke konnte sich nicht erinnern, wann er das letzte Mal in den Armen eines anderen Mannes gestanden hatte, ohne dass mehr erwartet wurde. Es hatte sich sehr schön angefühlt.

„Also, wir könnten Steak und Eier, Steak und Ofenkartoffeln oder vielleicht Steak mit Käsenudeln machen“, sagte Luther.

„Oh, ähm.“ Deke zog die Brauen zusammen und knabberte an seiner Unterlippe. „Nun, ich denke ich könnte nur die Eier oder die Kartoffeln essen. Ich bin Vegetarier.“

Luthers blaue Augen weiteten sich fast komisch. „Vegetarier?“

Deke knabberte ein paar Sekunden länger an seiner Unterlippe und konnte dann seinen Gesichtsausdruck nicht länger beibehalten. Er brach in Gelächter aus und kippte vor Belustigung beinahe vornüber. Nach einem Moment wurde ihm klar, dass Luther nicht mitgelacht hatte, nichts gesagt oder sich auch nur bewegt hatte. Deke schaffte es, sich unter

Kontrolle zu bringen, richtete sich auf und grinste zögernd zu seinem Liebhaber hoch.

Mit zusammengezogenen Brauen starrte Luther ihn ernst an.

Deke schluckte schwer und versuchte nicht das Gefühl zu haben, ein Kind zu sein, dass dabei erwischt wurde, etwas falsch gemacht zu haben. Er versuchte herauszufinden, ob Luther wirklich wütend auf ihn war, weil der Wandler diesen *missbilligender, stirnrunzelnder Vater-Blick* wirklich gut drauf hatte.

„Ähm, Entschuldigung?“, flüsterte Deke.

Luther streckte seinen Arm aus und ergriff Dekes Taille, um ihn an sich zu ziehen. Deke fühlte, wie sein Rücken gegen Luthers Brust gedrückt wurde. Luther knurrte in sein Ohr und grummelte: „Du wirst mich auf Trab halten, oder, Gefährte?“

Deke neigte den Kopf, so dass er Luther über die Schulter hinweg ansehen konnte. Er sah die amüsierte Krümmung der Lippen seines Geliebten und antwortete mit einem eigenen Lächeln. „Vielleicht“, flüsterte er.

Lachend lehnte Luther sich nieder und küsste Dekes Lippen. „Gut.“ Damit ließ er Deke frei. „Komm schon. Ich habe wirklich mehr als nur Steak“, fügte er hinzu und zwinkerte.

Lachend folgte Deke Luther den Flur entlang zur Küche. „Also ich esse tatsächlich Fleisch“, sagte Deke zu Luther, der eine Braue hob und grinste. Deke lehnte sich an die Theke und leckte sich über die Lippen, bevor er seine Stimme senkte und sagte: „Welcher schwule Mann, der was auf sich hält, isst schon kein Fleisch.“

Luthers Kiefer klappte für eine Sekunde nach unten,

dann lachte er. „Oh Schatz. Das war schrecklich!"

„Trotzdem hast du gelacht", stellte Deke grinsend fest. Er schätzte, dass Luther mit seinem Humor kein Problem hatte. Dann kam ihm ein Gedanke. „Ähm, darf ich jetzt sowas sagen? Was wäre, wenn …" Er machte eine Pause und sah sich um, dann flüsterte er: „Was wäre, wenn Stephani den Raum betreten würde?"

Wie auf ein Stichwort schlenderte Stephani mit geneigtem Kopf und ihrer Nase in der Luft in den Raum. „Ich habe Sexualkundeunterricht gehabt", sagte sie leichthin. „Und ich gehe in eine öffentliche Schule. Ich bin mir ziemlich sicher, dass du nicht viel sagen kannst, was ich noch nie gehört habe." Sie sprang auf einen Barhocker und lehnte sich an die Theke. Dann neigte sie ihren Kopf und hob vornehm eine Braue. „Erinnerst du dich nicht, ein sechzehnjähriger Junge gewesen zu sein? Schwul oder hetero, ihr seid alle Perverse."

„Steph!", knurrte Luther finster.

Deke schnaubte und zuckte die Achseln. „Sie hat recht." Er ging das Risiko ein, spähte durch seine Wimpern und hielt Luthers Blick, als er sagte: „Vielleicht bist du mit deinem sehr schönen, fast zweihundert Jahre alten Arsch einfach zu alt, um dich daran zu erinnern."

Luthers Kiefer öffnete sich. Sein Mund stand in offensichtlicher Verblüffung offen. Zwei Sekunden lang herrschte Stille in der Küche, dann lachte Stephani. Luther knurrte, und seine Augen verengten sich zu Schlitzen.

„Du hast mich nicht gerade alt genannt!"

„Zumindest findet er, dass dein Arsch sexy ist", krähte Stephani. Sie streckte die Hand aus, zur Faust geballt. „Der war gut.“

Deke zwinkerte Luther zu, bevor er die Faust der jungen Wandlerin mit seiner eigenen anstieß. Deke warf einen verstohlenen Blick auf seinen Liebhaber und hoffte, dass der andere Mann sich nicht wirklich beleidigt fühlte. Als Luther diskret zwinkerte, war er erleichtert.

Deke konzentrierte sich wieder auf Stephani und sah, wie sie den Kopf hob und ihn anstarrte. Sie schaute Deke an, als versuche sie ihn einzuschätzen. „Also, du und mein Vater, hm?“

Deke riskierte einen weiteren Blick auf Luther. Der Gestaltwandler wandte sich ab und öffnete den Kühlschrank. Keine Hilfe von ihm zu erwarten. Deke wandte sich wieder Stephani zu und zuckte die Achseln. „Es scheint so.“

„Wie habt ihr euch getroffen?“, fragte Stephani. „Bist du in der Stadt, um Urlaub zu machen oder so?“

Deke schluckte schwer, denn er wollte nicht wirklich darüber reden, warum er in der Stadt gelandet war. „So in der Art“, murmelte er. Er räusperte sich, drehte sich zu Luther um und fragte: „Willst du, dass ich etwas zu den Steaks mache? Etwas anderes als Eier, eine Ofenkartoffel oder Käsenudeln?“

Luther drehte sich mit offenem Mund zu ihm um, aber was auch immer sein Gesicht zeigte – oder zur Hölle, vielleicht hatte Dekes Geruch ihn verraten –, brachte ihn zum Lächeln. „Du kannst kochen?“

„Sehr gut sogar“, gab Deke zu. „Ich habe für mich gekocht und –“ Er machte eine Pause und räusperte sich. Dann beendete er: „Nun, meine Ex-Freunde haben sich nie beklagt.“ Nein, Michael hatte Dekes Kochkünste geliebt. Es waren andere Bereiche ihrer Beziehung, die völlig beschissen gewesen waren.

Nicht daran interessiert, jetzt schon darüber zu reden, ging Deke um die Küchentheke herum und öffnete die Speisekammer. „Seid ihr beide allergisch auf irgendetwas?“

„Nein“, antwortete Luther leise und zog das Wort in die Länge. „Ich werde den Grill einschalten, um ihn vorzuheizen, und dann das Fleisch zubereiten.“ Luther ging an ihm vorbei und hielt dann inne. Völlig ohne Scheu beugte er sich vor, drückte einen Kuss auf Dekes Wange und flüsterte: „Da steckt eine Geschichte dahinter. Ich hoffe, dass du mir eines Tages genug vertraust, um sie mir zu erzählen.“

Luther richtete sich auf und ging aus der Küche. „Stephani, weißt du, ob Leo vorbeikommt?“, fragte er, als er an ihr vorbeiging.

„Ich weiß es nicht“, antwortete Stephani und starrte auf ihr Handy, wobei ihre Daumen sich schnell bewegten.

„Deck vier Teller ein, für alle Fälle“, befahl Luther.

„Okay“, antwortete sie, ohne von dem Gerät aufzusehen.

Dekes Augenbrauen schossen in die Höhe und er schaute Luther an. War das für Teenager normal? Er schaffte es gerade so, sein Lachen angesichts von Luthers geschlossenen Augen und *Gott helfe mir*-Ausdruck zu unterdrücken.

„Ich bin gleich zurück, um die Steaks zu würzen“, grummelte Luther und wandte sich ab.

Sobald sich die Glasschiebetür hinter Luther geschlossen hatte, blickte Stephani von ihrem Handy auf und lachte leise. „Ich mache das nur mit ihm, weil es ihn verrückt macht“, sagte sie und ging in der Küche um Deke herum zum Schrank. „Also, liebst du ihn?“

Deke ließ die Gurke, die er gerade aus dem Kühlschrank genommen hatte, fast fallen. „Äh. Ich bin nicht …“ Er spürte, wie sein Gesicht heiß wurde. Seufzend legte er die Gurke auf die Theke und drehte sich zu dem Mädchen um. „Hör mal. Ich lerne deinen Vater immer noch kennen. Vielleicht werde ich ihn eines Tages lieben, aber jetzt …“ Deke zuckte die Achseln. „Ich möchte nur wissen, dass er nicht versuchen wird, mich zu ändern, und dass er mich annehmen wird, wie ich bin.“

Stephani zwirbelte ein paar Sekunden lang eine lose blonde Strähne um ihren Finger und starrte ihn nur an. Dann nickte sie. „Tu meinem Vater nicht weh, Deke“, befahl sie, nahm Teller aus dem Schrank und ging auf den Esstisch zu.

„Ich werde mein Bestes geben, es nicht zu tun“, murmelte Deke und versuchte herauszufinden, wie er überhaupt in diese Situation geraten war.

„Cool. Dann solltest du ihm erzählen, was dir so zu schaffen macht“, fügte Stephani hinzu. „Wir können beide riechen, wie aufgeregt und nervös du wegen irgendwas bist.“

Mit gerunzelter Stirn zog Deke ein Messer aus dem Block auf der Theke und begann aggressiv, die Gurke zu schneiden. Er schüttelte den Kopf, konnte keine Antwort finden. Es war nicht so, als wollte er mit dem Mädchen streiten.

„Wunder Punkt. Verstanden“, plauderte Stephani, als hätte Deke geantwortet. Das Geräusch von auf dem Tisch landenden Tellern erfüllte für einige Sekunden die Stille. Dann ging sie zur Theke und beugte sich darüber. „Nun, da ich jetzt weiß, dass Papa offensichtlich kein Problem mit gleichgeschlechtlichen Beziehungen hat …“ Sie hielt inne und runzelte die Stirn. „Ich meine, Freunde oder deinen Alpha oder wen auch immer zu sehen, wie die es tun, ist eine Sache, richtig? Aber dein eigenes Kind?“

Dekes Kopf schoss nach oben. Schmerz fuhr durch seinen Finger und er zischte, richtete seine Aufmerksamkeit wieder auf das, was er tat. Er sah das Blut von seinem Zeigefinger tropfen und riss ihn vom Essen weg.

„Scheiße“, zischte er. Er steckte seinen Finger in den Mund und saugte für eine Sekunde daran, drehte sich dann um und ging zur Spüle. Er hielt den Finger unter den Wasserstrahl und blickte über die Schulter. „Übst du deine Rede, um dich zu outen?“, fragte er. „Weil dein Timing nämlich irgendwie scheiße ist. Stell beim nächsten Mal sicher, dass niemand einen scharfen Gegenstand in der Hand hat. Man weiß nie, ob er es schlecht auffassen wird“, fügte er bitter hinzu.

„Hm“, antwortete Stephani. „Hab’s kapiert. Bist du okay?“

„Deke?“, rief Luther aus der Nähe der Glasschiebetür. „Bist du okay? Warum kann ich dein Blut riechen?“

Deke wandte sich von der Spüle ab und hob den Finger. „Tut mir leid. Hab mir mit dem Messer in den Finger geschnitten“, gab er zu.

„Meine Güte, Schatz“, rief Luther und kam auf ihn zu.

„Hier“, bot Stephani an und hielt eine Box und ein Papiertuch hoch. „Da ist *Neosporin* drin, und Pflaster.“

Deke nahm zuerst das Papiertuch und trocknete seine

Hand ab. Er sah sich um und fragte sich, wo sie die Sachen hergeholt hatte, da er sich nicht erinnern konnte, dass sie die Küche verlassen hätte. Er entdeckte eine offene Schublade unter der Mikrowelle und vermutete, dass dies die Antwort war.

Luther nahm die Box, während Deke seine Hand noch abtrocknete. Er öffnete sie, nahm ein Pflaster und das *Neosporin* heraus. „Lass mich sehen“, drängte er leise.

Deke streckte die Hand aus und beobachtete schweigend, wie Luther den Schnitt inspizierte und dann Doktor spielte. „Es geht mir gut. Weißt du?“, murmelte er, obwohl er schätzte, wie schön es war, von einem Liebhaber umsorgt zu werden.

„Da bin ich sicher, Deke“, antwortete Luther. „Es ist nicht tief, aber wir sind noch nicht miteinander verbunden und dein Blut zu riechen, machte mir genauso Angst, wie es mich angema –“ Er schloss den Mund und sein Gesicht bekam einen interessanten, rosigen Farbton.

Deke lächelte und drückte Luthers Hand, mit der er ihn immer noch hielt. „Danke“, flüsterte er.

Luther räusperte sich, nickte, ließ ihn los und trat zurück. Als er sich die Hände wusch, fragte er: „Wie möchtest du dein Steak?“

„Medium“, antwortete Deke. Während Luther ihm den Rücken kehrte, hob Deke eine Braue und sah Stephani an, die ihr Gewicht von Fuß zu Fuß verlagerte und an ihrer Unterlippe knabberte. Deke neigte seinen Kopf zu ihrem Vater und hob seine zweite Braue neben die erste.

Stephani schnaubte. „Dad, es ist meine Schuld, dass

Deke sich geschnitten hat."

„Ach?", fragte Luther und nahm Gewürze aus der Speisekammer.

Deke wusch das Messer und machte sich dann wieder ans Schneiden, während Luther zum Kühlschrank ging und die Steaks herausnahm. Er legte sie auf die Theke, wo er die Gewürze verteilt hatte. Er sah zu, wie Luther der Theke den Rücken zukehrte, die Ellbogen darauf stützte und sich voll auf seine Tochter konzentrierte.

Als sie ihre Hände wand, schien Stephanis Anspannung beinahe greifbar. Sie schluckte einmal und platzte dann heraus. „Weißt du noch, dass ich dir immer sage, dass Peggy meine beste Freundin ist?"

Luther nickte. „Sicher. Ihr seid Freundinnen, seit du zwei Jahre alt warst."

„Sie ist nicht nur meine beste Freundin, sie ist meine *Freundin.*" Sie sagte die Worte so schnell, dass selbst Deke Schwierigkeiten hatte, sie zu verstehen … und er wusste, was sie zu sagen versuchte.

„Ihr – was?", fragte Luther, der offensichtlich mehr Mühe hatte.

Deke seufzte. „Luther", murmelte er. Er wandte sich dem Kühlschrank zu und nahm zwei Bier und eine Dose Soda heraus. „Hier", sagte er und hielt eines der Biere und die Limonade hoch. „Warum nehmt ihr die nicht mit ins Arbeitszimmer?", drängte er. „Ich übernehme die Küche, mache einen Salat und sehe nach, welche Zutaten du für einen Auflauf oder so etwas da hast, und du kannst mit Stephani reden."

Als der eindeutig verwirrte Luther die Hände nach den Getränken ausstreckte, hielt Deke sie fest und zog ihn mit seinem Griff gerade so weit nach vorne, dass er ihm einen schnellen Kuss auf die Lippen drücken konnte. „Lass dir Zeit. Ich werde die Steaks wieder in den Kühlschrank stellen."

Offensichtlich immer noch verwirrt, nickte Luther. „Okay."

Deke schenkte Stephani ein aufmunterndes Lächeln und fühlte sich für beide ein bisschen schlecht. Er kannte sie vielleicht nicht gut, aber er verstand, wie schwer es war, Geheimnisse zu bewahren. Kein Wunder, dass Stephani aufgewühlt gewesen war. Sie hätte wirklich Luthers Unterstützung gebrauchen können, während sie versuchte, die Gefühle zu verstehen, die sie für ihre beste Freundin entwickelt haben musste.

Deke beobachtete, wie sie den Raum verließen, und wünschte ihnen im Geiste das Beste.

In der Hoffnung, einige nette Beilagen für die Steaks bereit zu haben, wenn die zwei fertig waren, konzentrierte sich Deke darauf, die Speisekammer zu plündern und sich an die Arbeit zu machen. Er fand alle notwendigen Zutaten für einen Erbsen-, Mais- und Kartoffelauflauf mit viel Käse, schälte also schnell die Kartoffeln, warf sie zum Kochen in einen Topf und gab eine Prise Salz zum Würzen hinzu.

Als nächstes kehrte er zu der verlassenen Gurke zurück und schnitt sie zu Ende, legte sie dann beiseite und bereitete die restlichen Zutaten für den Auflauf vor. Erleichtert stellte er fest, dass die saure Sahne noch knapp innerhalb des Verfallsdatums lag.

Deke hatte gerade den Auflauf in den Ofen geschoben, als er eine Tür zuschlagen hörte. Ohne sich dabei etwas zu denken, fing er an, einen Salatkopf auseinanderzunehmen und die Teile abzuzupfen, die angefangen hatten zu verwelken. Er lachte leise und dachte darüber nach, dass diese Wandler scheinbar gegen Gemüse waren. Sie kauften es und aßen es dann nicht.

Als Arme um seine Taille geschoben wurden, nahm Deke sofort an, dass es Luther war. Dann erfüllte ein Duft, den er nicht erkannte, seine Nase. Erdig und männlich, nicht unangenehm, aber sicher gehörte er nicht zu seinem Geliebten.

„Hey, Süßer. Hier riecht es fantastisch“, schnurrte eine tiefe Stimme, die Deke nicht erkannte. Das Kinn des Mannes ruhte auf seiner Schulter, als er fortfuhr: „Wenn du so für einen Freund kochst, würde ich dich gerne mit nach Hause nehmen und wirklich *freundlich* zu dir sein.“

Panik verengte Dekes Lungen, als Erinnerungen an Michaels Freunde, die ihn begrapschten, durch seinen Kopf blitzten. Seine Sicht wurde grau, als sein Puls raste. Ein Schauder durchfuhr seinen Körper, während Schweiß an seinen Schläfen ausbrach.

Deke drehte sich wild um und schrie. „Geh weg!“

KAPITEL 8

Luther wusste nicht, wie es ihm hatte entgehen können. Er musste so in der Erkenntnis gefangen gewesen sein, dass sein Gefährte ein Mann war, dass ihm völlig entgangen war, wie seine Tochter angefangen hatte, Gefühle für ihre Freundin zu entwickeln. Wenn er nur ehrlich darüber gewesen wäre, seinen Gefährten zu finden, als es passierte, hätte Stephani diesen verwirrenden Prozess nicht alleine durchmachen müssen.

Keine Ernennung zum Vater des Jahres für mich.

Luther verstand nun, warum Stephani so aufgewühlt gewesen war, als sie entdeckte, dass er sich zu Deke hingezogen fühlte, und war bemüht, alles nur Mögliche zu tun, um die Ängste seiner Tochter zu lindern. Er hatte ihr schon versichert, dass es durchaus akzeptabel war, diese Art von Gefühlen für das gleiche Geschlecht zu empfinden und er sie liebte, egal was sie tat.

Stephani fragte sogar, woher Luther gewusst hatte, dass Deke sein Gefährte war. Das brachte ihn aus der Fassung. Es kam nicht oft vor, dass ein Wandler seinen Gefährten fand und erkannte, bevor er überhaupt volljährig war. Es bestätigte nur, was für eine starke Wölfin Stephani werden würde.

Natürlich gab es da das kleine Problem, dass Peggy ein

Mensch war. Luther hatte Stephani nie den Umgang mit ihren menschlichen Freundinnen untersagt und sie nur gewarnt, dass es sehr wichtig sei, ihr Geheimnis zu bewahren. Sharon war auch ein Mensch, während Maranda eine Wolfswandlerin war.

„Weiß Peggy Bescheid?", fragte Luther, neugierig, wie viele Leute es vor ihm erfahren hatten.

Stephani schüttelte den Kopf. „Wir haben nicht, ähm, nichts anderes getan, als Händchen zu halten und, ähm." Sie verdrehte ihre Hände im Schoß und ihr Gesicht wurde leicht rosa. „Küssen."

Sie murmelte das Eingeständnis so leise, dass Luther sich nicht sicher war, ob er es gehört hätte, wenn er nicht solch ein gutes Gehör hätte. Er versuchte, sich verständnisvoll zu zeigen, streckte die Hand aus und legte sie auf ihre, um ihre ruhelosen Bewegungen zu mildern.

Luther lächelte Stephani aufmunternd an. „Du bist jung. Es gibt keine Eile."

„Ich weiß", stimmte sie zu. „Ich –"

„Geh weg!" Dekes geschriene, panische Worte drangen sogar durch die geschlossene Zimmertür.

Luther sprang auf, eilte sofort auf die Tür zu, Stephani zwei Schritte hinter ihm. „Wir werden das noch weiter besprechen", versicherte er, als er die Tür aufriss und aus dem Raum stürmte. Sein Instinkt trieb ihn an und sagte ihm, er müsse sofort seinen Gefährten finden.

Luther sprintete durch das Esszimmer und kam zum Stehen, als er Leo neben dem Kühlschrank auf dem Boden knien sah. Er hatte seine leeren Hände nach beiden Seiten ausgebreitet, während er zu jemandem, der hinter der

Kochinsel nicht zu sehen war, murmelte: „Hey, ruhig, Kumpel, es ist alles in Ordnung."

Als Leo sie sah, warf er einen kurzen Blick in ihre Richtung, bevor er sich auf die Person außerhalb seiner Sichtweite konzentrierte, von der Luther überzeugt war, dass sie Deke sein musste – ein verängstigter Deke, seinem Geruch nach zu urteilen. „Es tut mir leid, Lu, ich wollte deinen Freund nicht erschrecken", murmelte Leo, dessen Ton immer noch beruhigend blieb. „Was zum Teufel hat er durchgemacht?"

Luther hatte keine Ahnung, wollte es aber herausfinden. „Bleib dort", befahl er, als er langsam die andere Seite der Insel umrundete.

Als er Deke sah, brach Luthers Herz beinahe. Sein Gefährte saß auf seinem Hintern, die Knie an die Brust gezogen und hielt ein Gemüsemesser vor sich. Wie es aussah, hatte er es benutzt, um die Gurke in Scheiben zu schneiden, dann hatte er mit dem Salatputzen angefangen, der jetzt überall auf der Arbeitsplatte und der Spüle verstreut war. Seine grünen Augen waren groß, die Pupillen weit in seinem blassen Gesicht.

Dem glasigen Ausdruck auf Dekes Gesicht nach zu urteilen glaubte Luther nicht, dass der Mann wusste, wo er sich befand. Als er Luther sah, schwang Deke das Messer hin und her, offensichtlich unsicher, auf wen er es richten sollte, ihn oder Leo. „Bleib zurück!", kreischte er.

„Deke, schau mich an", befahl Luther leise.

Deke gehorchte. Die Hand, die das Messer hielt, zitterte.

„Schatz, ich bin es, Luther", murmelte er sanft. „Niemand hier wird dir weh tun. Du bist sicher."

„S-sicher?", flüsterte Deke und warf einen Blick zu Leo,

der immer noch auf dem Boden kniete, und Stephani, die jetzt an der Theke stand, besorgt die Stirn runzelnd.

„Deke, schau mich an“, befahl Luther erneut. Nach einer Sekunde gehorchte Deke. „Komm her, Deke“, sagte er und hielt seine Hand hoch, die Handfläche nach oben. „Komm zu mir. Lass mich dir helfen.“

Von einer Sekunde auf die andere warf Deke sich auf Luther. Er stöhnte, zum Teil durch den Aufprall des kleinen, soliden Körpers seines Menschen, der gegen seinen eigenen traf. Außerdem hatte Deke das Messer nicht fallen gelassen, und die Klinge schnitt über seinen Unterarm.

Luther ignorierte den Schmerz, schlang seine Arme um Deke und drückte ihn an sich. Er ließ sich von dem Schwung nach hinten reißen, und landete mit dem Hintern auf dem Holzboden. Als er seinen Gefährten auf dem Schoß und in den Armen hatte, wickelte Luther seine eigene Hand um den Griff des kleinen Messers und löste es aus Dekes Umklammerung. Er warf es zur Seite, ohne sich darum zu kümmern, wo es landete, während er seinen Gefährten festhielt und ihm Trost bot.

„Was zum Teufel ist mit ihm passiert?“, fragte Leo. „Wer ist er?“

Luther war zu beschäftigt damit, seinen Gefährten zu trösten, und antwortete nicht. Er fuhr mit den Händen über Dekes Körper und suchte nach Verletzungen, doch er fand nichts.

„Das ist Deke Sommers“, antwortete Stephani mit sanfter, besorgter Stimme. „Deke ist Dads Gefährte.“

„Dein Gefährte?“, keuchte Leo. „Wann zur Hölle hast

du deinen Gefährten gefunden? Wie kommt es, dass sich niemand die Mühe gemacht hat, mich anzurufen?“

Deke zuckte bei Leos erhobener Stimme in Luthers Armen zusammen. Er versuchte, sich noch enger zusammenzurollen und drückte sich näher an Luthers Oberkörper. Als Antwort darauf umfasste Luther den Kiefer seines Gefährten und drückte sein Gesicht unter seinem Kinn an die Brust. Er massierte die Haut direkt unter Dekes Ohr und tat sein Bestes, um ihn zu beruhigen.

„Ruhig, Deke“, murmelte Luther, während er seinen Cousin erbost anstarrte. „Das ist nur Leopold. Er ist mein Cousin und würde dir niemals weh tun.“

Als Deke endlich aufhörte zu zittern, konzentrierte sich Luther auf Leo und fragte: „Was ist passiert? Wann bist du hier angekommen?“

Leo setzte sich Luther gegenüber auf den Boden, den Rücken an den Kühlschrank gedrückt. „Es tut mir leid, Mann“, entschuldigte er sich sofort. „Als ich deine Haustür aufgeschlossen fand, dachte ich, du hättest sie für mich offen gelassen, also ließ ich mich selbst rein.“

Luther nickte abwesend, als er feststellte, dass er sie nicht abgeschlossen hatte, nachdem Synthia gegangen war. Natürlich hätte er Leo sowieso niemals den Eintritt verweigert, und er hatte eigentlich auch vorgehabt, seinem Cousin einen Schlüssel zu geben.

„Nun, ich habe etwas Gutes zu Essen gerochen und bin meiner Nase in die Küche gefolgt.“ Leo hielt inne und ein Hauch von Rot stieg seinen Hals hinauf und in seine Wangen. „Ich habe gesehen, wie dein süßer Mann in der Küche herumwurschtelte, und ich schätze, ich habe ihn irgendwie überrascht, als ich ihn von hinten umarmte."

Luther starrte ihn an und hielt sein Knurren mühsam zurück, wohl wissend, dass er nur den Fortschritt zunichtemachen würde, den Deke gemacht hatte. Im Moment lag sein Gefährte ruhig und still in seinen Armen und wimmerte nicht mehr, sein Atem ging leichter. Wenn Dekes Griff an Luthers Unterarm nicht so fest gewesen wäre, hätte er gedacht, sein Gefährte wäre eingeschlafen.

Leo hielt seine Hände zur Beruhigung hoch. „Ich wusste nicht, dass er dein Gefährte ist. Ich wusste nicht, dass er ausflippen würd, wenn ich ihn von hinten umarme und necke."

„Ihn necken?" Luthers Brauen schossen hoch. Als er sich daran erinnerte, was sein Alpha gesagt hatte, dass Deke etwas Schmerzliches durchgemacht hatte, fragte er sich, ob dies ihn irgendwie daran erinnert haben könnte. Sicher hätte er es in Vegas gehört, wenn Deke von den Dingowandlern verletzt worden wäre wie sein Freund Dirk. „Was hast du zu ihm gesagt?"

Leo rieb sich mit den Zeigefingern über die Stirn und schien an seine Worte zu denken. „Ich sagte … ich sagte, dass es fantastisch riecht und wenn er so für einen Freund kocht, könnte ich ihn mit nach Hause nehmen und ihn kennen lernen."

„Freundlich", murmelte Deke. „Du wolltest wirklich *freundlich sein.*" Er löste sich ein wenig aus Luthers Griff und sah traurig zu ihm auf. „Ich möchte nicht mit anderen geteilt werden. Ich mag keine Dreier. Das mache ich nicht mehr." An Dekes Wimpern glänzten Tränen, als er flüsterte: „Das läuft nie gut für mich."

Wut und Eifersucht erfüllten Luther, aber er wusste, dass er es nicht zeigen konnte. Er wollte den Mann ausfindig machen, der seinen Gefährten verletzt hatte. Zuerst musste er aber wissen, wer diese Person war. Luther senkte den Kopf so, dass sich seine Lippen nahe Dekes Ohr befanden, und sagte: „Ich werde dich *niemals* mit jemandem teilen, mein Gefährte. Du gehörst mir und mir allein. Ich werde jeden ausweiden, der versucht, dich mir wegzunehmen."

Zu Luthers Erleichterung lächelte Deke. „Bisschen besitzergreifend, oder?"

Luther lachte leise, nickte und lehnte seine Stirn gegen Dekes. „Sehr sogar", gab er zu. Er drückte einen sanften Kuss auf Dekes Lippen und fragte dann: „Willst du mir sagen, was passiert ist?"

Deke seufzte und neigte seinen Kopf leicht, um ihn klar anzusehen. „Ja", flüsterte er. „Nachdem ich so ausgeflippt bin, schätze ich, du verdienst es zu erfahren, oder?"

„Ich würde es gerne wissen", antwortete Luther und hasste es, seinem Gefährten einen Ausweg zu bieten, „aber nur, wenn du möchtest, dass ich es weiß. Denk aber daran, wenn du Schutz brauchst, kann ich ihn nicht bieten, wenn ich nicht weiß, vor wem oder was. Also?"

Deke nickte und drückte sich von ihm weg. Obwohl er ihn nicht loslassen wollte, gehorchte Luther der unausgesprochenen Bitte und ließ seinen Geliebten zurückweichen. „Lass mich nach dem Auflauf sehen", flüsterte Deke, sich offensichtlich etwas Zeit erkaufend. „Dann, ähm, können wir beim Abendessen reden? Ich bin mir nicht sicher, ob ich viel essen kann, aber es wäre schade, wenn mein Essen verschwendet würde."

Luther nickte. „Natürlich." Er wandte sich an Leo. „Würdest du mit Stephani die Steaks grillen, während Deke und ich hier drinnen aufräumen und den Salat fertig zubereiten?" Zu diesem Zeitpunkt, während sein Wolf immer noch knurrend nach Rache verlangte, konnte Luther Dekes Seite nicht verlassen.

Leo sprang auf und nickte. „Natürlich. Wie lange brauchst du denn für das, was du da kochst, Deke?"

„Lass mich nachsehen", murmelte Deke und fühlte sich offensichtlich unbehaglich bei der Unterhaltung.

Während Deke in den Ofen schaute, ging Luther um ihn herum zu der anderen Arbeitsfläche und begann, den Salat zu säubern. Er behielt, was er für gut hielt, und warf das weg, was er nicht für gut erachtete.

Offensichtlich erkannte Leo das Gleiche in Bezug auf Deke, denn er öffnete den Kühlschrank und holte den Teller mit Steaks heraus. Er drehte sich um und ließ seinen Blick durch die Küche schweifen. Dann ging er auf die Gewürze zu, die immer noch über die Insel verstreut waren.

„Benutzt du die immer noch?", fragte Leo. Er hob eines auf, las das Etikett und stellte es wieder hin. Luther breit angrinsend neckte er: „Wie erträgt dein Wolf das nur?"

Luther schnaubte. „Ein wenig Abwechslung hat noch niemandem geschadet."

„Durfte ich deshalb zwischen gebackenen Kartoffeln, Käsenudeln und Eiern wählen?", fragte Deke, schloss die Ofentür und drehte sich um, um sich an die Theke zu lehnen.

„Weil du Abwechslung magst?“

Während der leise Witz in Luthers Ohren gezwungen klang, zumal er wusste, wie Dekes sorgloses Necken tatsächlich klang, wusste er zu schätzen, dass sein Gefährte es versuchte. Während Leo lachte, ging Luther zu seinem Gefährten und schlang seinen Arm um dessen Schultern.

„Nun, ich mag nicht zu viel Abwechslung“, brummte Luther und zwinkerte. „Obwohl, was auch immer du da im Ofen hast, riecht erstaunlich gut, mein Gefährte.“

Deke lächelte ihn an, und ein Teil des Leuchtens kehrte in seine grüne Augen zurück. Dann wandte er sich an Leo. „Entschuldigung, dass ich ausgeflippt bin“, sagte er. „Ich erkläre alles beim Abendessen“, versicherte er. „Und der Auflauf braucht noch zehn Minuten im Ofen und fünf oder mehr zum Abkühlen, bevor er geschnitten wird.“

„Zwanzig Minuten, Schnuckel“, antwortete Leo, immer noch leise lachend. „Kapiert.“ Er wandte sich an Stephani. „Komm schon, hübsches Mädchen“, drängte er und nahm ein paar Gewürze in die Hand. „Du kannst mir zeigen, wie dein Vater diese Steaks zubereitet.“

Stephani wirkte unsicher und zog die Brauen zusammen, als sie sich unter den Männern umsah.

Luther schenkte Deke ein beruhigendes Lächeln, bevor er ihn losließ. Er bewegte sich um die Kochinsel herum, ging zu seiner Tochter und drückte sie fest an sich. Er schmiegte sich an ihre Schläfe, zeigte ihr Zuneigung und beruhigte so ihren Wolf.

„Ich denke, wir müssen uns alle anpassen“, flüsterte Luther. „Kannst du der Sache Zeit geben?“

Seufzend schlang Stephani ihre Arme fest um seinen Rücken und murmelte: „Ich musste dich noch nie zuvor teilen."

„Ich weiß, Liebling. Es wird eine Veränderung sein", antwortete Luther und durchforstete seinen Verstand nach einer Möglichkeit, seiner Tochter zu vergewissern, dass dies nicht bedeuten würde, dass er nicht für sie da wäre. Luther lehnte sich zurück, legte die Hände auf ihre Schultern und lächelte sie an. „Wenn Peggy wirklich deine Gefährtin ist, würde ich dich niemals bitten, sie nicht mehr zu sehen oder keine Zeit mit ihr zu verbringen. Stell dir das so vor, ja?"

Stephani seufzte und runzelte die Stirn. „Ja, ich kann es verstehen." Sie zuckte die Achseln und verdrehte die Augen. „Trotzdem gewöhne ich mich nicht über Nacht daran."

Luther nickte. „Ich weiß. Für keinen von uns ist das etwas, das sich über Nacht ändern wird, aber wir werden es hinbekommen." Er grinste. „Es liegt in unserer Wolfsnatur. Es wird nicht so schwer sein wie du denkst."

„Ich hoffe nur, dass Deke in Ordnung ist", sagte Stephani, trat zurück und ging hinter Leo hinaus.

Ich auch.

Luther drehte sich um und sah Deke in seiner Küche zu. Der Mensch summte, als er weiter den Salat zubereitete, aber seine Schultern blieben angespannt. Er nahm an, dass es zum Teil an den Ereignissen lag und zum Teil an ihrem bevorstehenden Gespräch. Auf jeden Fall gelobte Luther, einen Weg zu finden, um ihm darüber hinweg zu helfen, was auch immer es erforderte.

Luther behielt die Hälfte seiner Aufmerksamkeit bei

seinem Gefährten, beendete die Aufgabe, die Stephani zuvor begonnen hatte, und deckte den Tisch.

Nach kurzer Zeit war der Auflauf gebacken, die Steaks waren gegrillt und der Salat fertig.

Luther setzte sich mit den anderen an den Tisch, und alle machten sich über das Essen her. Nach dem ersten Bissen des cremigen, käselastigen Kartoffel- und Gemüseauflauf summte er vor genießerischem Staunen. Er schluckte und begegnete Dekes zufriedenem Grinsen.

„Magst du ihn?“, fragte Deke grinsend.

„Sehr“, antwortete Luther. „Wo hast du kochen gelernt?“

Leo schnaubte. „Verdammt, es ist mir egal, wo du kochen gelernt hast, solange ich viel öfter als ein paar Mal im Monat vorbeischauen kann.“

„Vielen Dank, Onkel Leo“, grummelte Stephani. „Die Familie ist wohl nicht gut genug, um die Anzahl der Besuche zu erhöhen?“

„Doch, natürlich“, antwortete Leo und spießte einen Bissen Steak auf. „Die Familie ist der Grund, warum ich mehrmals im Monat herkomme. Dies“, sagte er und deutete mit seinem Fleischbissen auf das andere Essen, „wäre nur ein Anreiz, öfter zu kommen.“ Leo lachte leise und schob sich das Essen in den Mund. Er fing an zu kauen und zwinkerte dem Teenager zu.

„Ich habe es von meiner Großmutter gelernt“, erklärte Deke, der wahrscheinlich die kommende Diskussion erahnte. Leo hatte immer eine Art, Stephani aufzuziehen, wie es nur die eigene Familie konnte. „Sie hat zuerst versucht, es meiner Schwester beizubringen, aber die konnte Wasser anbrennen lassen, und das tat sie auch ein paar Mal. Schließlich gab Nana auf und brachte es stattdessen mir bei."

Der Art nach, wie Deke die Achseln zuckte und sich weiterhin auf das Essen konzentrierte, wurde Luther klar, dass es ein wunder Punkt für seinen Gefährten war. Nicht nur, dass seine Nana sich lediglich damit begnügt hatte, ihm das Kochen beizubringen, er war schließlich auch vom Rest seiner Familie geächtet worden. Luther streckte die Hand aus und legte seine linke Hand über Dekes rechte. „Du kannst jederzeit in unserer Küche experimentieren."

„Unsere Küche?", wiederholte Deke mit hochgezogenen Brauen.

Luther wusste, dass er seinen Patzer nicht zurücknehmen konnte, also zuckte er die Achseln und lächelte schief. „Wir haben bereits darüber gesprochen, wie schnell Wandler vorgehen."

Deke nickte langsam, und sein Gesichtsausdruck wurde nüchtern. „Dann solltest du wahrscheinlich wissen, dass der Grund, warum ich hierhergekommen bin, der war, meinem Freund zu entkommen, und es gefällt ihm nicht, wenn die Leute ihm in die Quere kommen."

Luther neigte den Kopf und wehrte sich gegen die Galle, die in ihm aufstieg, als er hörte, wie Deke einen anderen Mann als seinen Freund bezeichnete. Obwohl er kein Recht hatte, eifersüchtig zu sein, war er es trotzdem. Er holte tief Luft und zwang sich zu einem Lächeln, als er die Hand seines Gefährten drückte.

„Schatz, was in vergangenen Beziehungen passiert ist, ist genau das. Vergangenheit", versicherte Luther. „Du gehörst jetzt zu *mir* und ich werde mich um dich kümmern."

Deke ließ seinen Blick über die anderen wandern, bevor er Luther mit angsterfüllten Augen ansah. „Ich möchte nicht, dass dir etwas passiert, weil du in meine Probleme reingezogen wurdest."

„Dann erzählst du mir besser von deinen Problemen", drängte Luther. „Auf diese Weise können wir sie gemeinsam bewältigen." Er warf Stephani und Leo einen Blick zu, die beide mit gespannter Aufmerksamkeit zuhörten, dann konzentrierte er sich wieder auf Deke. „Als eine Familie."

KAPITEL 9

Eine Familie.

Deke schauderte bei der Vorstellung. Außer Dirk, bei dem er irgendwie das Gefühl hatte, ihn verloren zu haben, als sein Freund sich mit dem weltenbummelnden Vampir verpaarte, hatte er lange nicht das Gefühl gehabt, Teil einer Familie zu sein. Konnte er dem vertrauen? Dann wurde ihm klar, dass er es wahrscheinlich konnte.

Luther glaubte, er wäre sein Gefährte. Nach den Erklärungen und Geschichten von Dirk, wenn er und Sebastian unterwegs waren, stellte der Vampir sein Glück immer an erste Stelle. Während Deke klar war, dass er sich die erste Stelle mit Stephani teilen würde, wusste er, dass er damit leben konnte. Er hatte noch nie jemanden gehabt, der wirklich zu ihm gehörte.

Michael hatte sich immer Dreier gewünscht. Schon am Anfang ihrer Beziehung. Es hätte ein eindeutiges Zeichen sein müssen, dass es nicht funktionieren würde, aber Deke war gerade von seiner eigenen Familie verstoßen worden und hatte verzweifelt nach Zuneigung gesucht. Da er noch nie Spaß an Dreiern gehabt hatte, hatte er Michael eine offene Beziehung angeboten.

Deke würde das hier nicht machen müssen.

Luther wäre ihm treu ergeben.

Deke atmete tief ein und langsam aus. „Ich habe dir schon erzählt, dass meine Familie mich vor ein paar Jahren verstoßen hat“, begann er langsam. „Ich habe Michael ein paar Wochen danach getroffen.“ Er zuckte die Achseln. „Ich war einsam. Er war nett … meistens.“

Deke machte eine Pause und blickte von Luthers ruhigem Gesichtsausdruck zu dem neugierigen seiner Tochter. „Ähm, sollte ich …“ Er räusperte sich und rutschte unbehaglich auf seinem Stuhl herum.

Stephanis Augen weiteten sich und sie schnaubte sehr un-damenhaft. „Ach bitte“, frotzelte sie, lehnte sich zurück und verschränkte die Arme über den Brüsten. „Ich bin mit diesen beiden hier aufgewachsen“, sagte sie und reckte das Kinn in Richtung Luther und Leo. „Leo hat das dreckigste Mundwerk von allen im Rudel.“

Leo runzelte die Stirn. „Hab ich nicht. Du solltest Kyle hören!“ Leo wandte sich an Deke. „Er ist ein verdammter Trucker. Er hat eine höllisch miese Ausdrucksweise.“

„Danke, dass du unseren Standpunkt deutlich gemacht hast“, sagte Luther trocken und verdrehte die Augen. „Leo konnte seine Zunge noch nie zügeln.“ Er drückte Dekes Hand noch einmal und versicherte: „Du kannst gerne frei sprechen.“

Deke nickte langsam. „Nun, ähm …“ Er konzentrierte sich auf seinen Salat und stocherte in den Blättern, die vom Dressing schlaff waren. „Michael mag Dreier und das mache ich nicht mehr. Ich sagte ihm, solange er auf Sicherheit achtet, könne er sich gelegentlich frei vergnügen. Er drängte mich immer wieder, mitzumachen, und sagte, er hätte ein paar

Freunde, die gerne die Gelegenheit hätten, sich uns anzuschließen." Deke hatte schon damals gewusst, was das bedeutete. Michaels Freunde wollten ihn ficken.

Nein, danke. Deke wählte selbst aus, wer ihn fickte.

Das Gesicht verziehend, gab Deke zu: „Das hat immer für Streit gesorgt. Wir haben uns getrennt, dann hat er sich entschuldigt und ich nahm ihn wieder zurück." Er schüttelte den Kopf, von Selbstekel erfüllt. „Offensichtlich wurde er es müde, dass ich immer Nein sagte", sagte er bitter. „Er hat trotzdem Freunde mitgebracht, und sie haben versucht …" Deke hielt inne und biss die Zähne zusammen. Er kämpfte, als die Erinnerungen an das Festgehaltenwerden sich regten.

„Hey, ruhig", murmelte Luther und drückte seine Hand. „Alles in Ordnung. Du bist jetzt hier. Niemand kann dich verletzen."

Deke lächelte dem Gestaltwandler zu und murmelte: „Ich bin entkommen, bin in mein Auto gestiegen und bin weggefahren. Schließlich rief ich Dirk an, und er sagte, ich solle ihn hier treffen. Das war vor fünf Tagen." Seine Stimme brach. „Ich habe Alpträume und weiß nicht, was ich mit mir anfangen soll. Ich bin mir sicher, dass ich meinen Job verloren habe und ich kann nicht zurück in meine Wohnung gehen und meine Sachen holen, aus Angst, dass Michael dort auf mich warten könnte."

„Schritt für Schritt, Deke", drängte Luther. „Wir können herausfinden, wo Michael ist und ob er dich sucht. Ich kenne viele Wandler, die uns gerne nach Sacramento begleiten würden, um all deine Sachen zu holen, die du haben willst. Du musst ihn nie wieder sehen, wenn das dein Wunsch ist."

„Zur Hölle“, mischte sich Leo ein. „Wenn du willst, könnten wir Michael gehörig verprügeln. Hört sich an, als könnte der Mann es vertragen.“

Dekes Kiefer klappte nach unten. „Nein“, rief er. „Tu das nicht.“

Leo runzelte die Stirn. „Warum? Du beschützt ihn doch sicher nicht.“

„Nein“, sagte Deke erneut. „Ich – ich möchte nur nicht, dass du dich auf sein Niveau begibst.“

„Wenn das dein Wunsch ist, Deke“, stimmte Luther zu. „Wir werden herausfinden, wo er sich aufhält, und dann weitersehen.“

„Danke“, murmelte Deke erleichtert.

Luther nickte und warf Leo einen bedeutungsvollen Blick zu. Der Gestaltwandler legte die Gabel auf seinen leeren Teller und nickte. „Richtig“, sagte er und erhob sich vom Tisch. „Wie lautet der Rest von Michaels Namen und wo lebt er?“

Dekes Augenbrauen hoben sich. Überraschung erfüllte ihn. „Oh, ähm, ja.“ Als ihm klar wurde, dass Leo gleich in diesem Moment mit der Suche beginnen wollte, rasselte er die Informationen über Michael herunter.

„Ich halte euch auf dem Laufenden“, sagte Leo, während er aus dem Zimmer ging und sein Handy von einem Clip an seinem Gürtel zog.

Stephani seufzte. „Passt ja. Er kommt immer drum rum, das Geschirr abzuwaschen.“

„Ich mache das“, bot Deke an und sprang auf.

„Bist du sicher?“, fragte Luther. „Du hast doch schon

beim Kochen geholfen."

„Das hast *du* aber nicht", sagte Stephani und zeigte auf ihren Vater.

Deke lächelte bei ihrem Geplänkel und seine Anspannung ließ nach. „Ich sag euch was", sagte er. „Ich werde den Abwasch übernehmen, wenn ihr zwei den Tisch abräumt und abtrocknet."

„Wer räumt ab und wer trocknet ab?", fragte Stephani mit zusammengekniffenen Augen.

Luther streckte die Faust aus. „Los geht's"

Grinsend hielt Stephani auch ihre Faust hoch. „Eins, zwei, drei."

Im nächsten Augenblick hielt Luther seine Hand flach ausgestreckt, und Stephani streckte zwei Finger aus. Sie lachte und tat so, als würde sie mit ihrer *Schere* Luthers *Papier* schneiden. „Ich gewinne. Ich wähle."

Lachend nickte Luther. „Gut."

Stephanis Augen funkelten frech. „Ich werde abräumen, dann werde ich zu Peggy gehen und dort übernachten." Sie wackelte mit ihren Augenbrauen. „Dem Brautpaar die Chance geben, zu …" Sie pfiff suggestiv.

Deke spürte, wie seine Wangen heiß wurden, als er versuchte, ein Lachen zu unterdrücken. Er versagte und bedeckte seinen Mund, als er mit seinem Teller in die Küche ging.

„So redest du nicht mehr, junge Dame", grummelte Luther, aber Deke stellte fest, dass sein Geliebter sein Lachen auch nicht erfolgreich unterdrücken konnte.

Deke spürte, wie seine Nervosität sich verstärkte, als er Luther den Flur entlang zum Schlafzimmer folgte. Während der Reinigung der Küche hatte der Wolfswandler ihm immer wieder sanfte Berührungen und bedeutungsvolle, lüsterne Blicke geschenkt. Inzwischen war Dekes Schwanz aufrecht und bereit in seiner Jeans.

Er war jetzt wirklich dankbar, dass Leo zugestimmt hatte, Stephani zu ihrer Freundin zu bringen.

Luther führte Deke ins Schlafzimmer und zeigte auf die offene Tür rechts. „Das ist ein Badezimmer. Es gibt ein paar neue Zahnbürsten unter dem Waschbecken. Fühl dich frei, dich frischzumachen. Ich werde Frankie anrufen und ihn wissen lassen, dass du über Nacht hierbleiben wirst."

Deke nickte und wandte sich dem Raum zu. Bevor er mehr als zwei Schritte gemacht hatte, ergriff Luther seinen Arm und drehte ihn sanft. Der Wolfswandler lächelte ihn an. „Hast du nicht etwas vergessen?"

Deke sah Luther verwirrt an und fragte: „Was?"

„Das", schnurrte Luther.

Luther senkte den Kopf und fing Dekes Mund ein. Er schob seine Zunge tief hinein, und Deke öffnete den Mund weit, um die Zunge seines Geliebten willkommen zu heißen. Er saugte leicht daran und seufzte in den Mund des anderen Mannes. Luther knurrte leise und zog sich dann zu Dekes Enttäuschung zurück.

„Ruhig, Deke", grollte Luther rau. „Wenn wir mehr tun als das, wird sich keiner von uns beiden frischmachen, und ich habe heute Abend Pläne für uns."

„J-ja, okay", stimmte Deke zu. Er wollte sich wirklich

frischmachen. „Macht es dir etwas aus, wenn ich dusche?“

Luther zwinkerte. „Du kannst gerne nackt herauskommen. Ich hatte noch keine Gelegenheit, dich zu erkunden.“

Hitze stieg in seinen Hals und sein Gesicht, und Deke trat einen Schritt zurück, dann noch einen. Er griff nach seiner Jeans, als er sich bewegte. Er knöpfte sie gerade weit genug auf, um den Ansatz seiner Schambehaarung zu zeigen … und die Spitze seines sehnsuchtsvoll weinenden Schwanzes.

Seine Augen weiteten sich, Luthers Nasenflügel flatterten, und er knurrte.

Deke grinste. Es gefiel ihm, dass er den anderen Mann so beeinflussen konnte. „Bin gleich zurück“, neckte er, drehte sich und wackelte mit seinem Hintern, so dass die Jeans herunterrutschte, um bei jedem Schritt etwas mehr seiner Backen zu enthüllen.

Als Deke das Badezimmer erreichte, hörte er Luthers Stöhnen, als er sich beklagte: „Du wirst mein Tod sein, sexy Gefährte.“

Als Deke sich daran machte, sich zu waschen – und er musste viel zu lange an der Toilette stehen und unsexy Gedanken hegen, um endlich den Druck in seiner Blase zu lindern –, erwartete er halb, dass Luther sich zu ihm gesellen würde. Als der Wolfswandler es nicht tat, beendete Deke seine Erfrischung schnell und wollte sehen, was der Mann sonst noch vorhatte.

Als Deke die Tür öffnete, fand er Luther auf dem Bett liegend vor. Die Bettdecke war ans Fußende des Bettes geschoben worden, und sein Geliebter lag ausgestreckt auf dem dunkelblauen Laken. Völlig nackt lag Luther mit der linken Hand unter dem Kopf da, der auf dem Kissen lag. Er hatte seine Beine gespreizt und mit der rechten Hand streichelte er langsam seinen aufgerichteten Schwanz.

Luther zog die linke Hand hinter seinem Kopf hervor und streckte sie aus. „Komm her, Gefährte. Ich habe Neuigkeiten."

Deke ging zum Bett. Nachdem er darauf gekrochen war, nahm er Luthers Hand. Sein Gefährte ließ seinen eigenen Schwanz los, ergriff Dekes Taille und führte ihn, bis er auf dem anderen Mann lag, zwischen seinen Beinen und sie von der Leiste bis zur Brust zusammengepresst waren. Deke schauderte bei dem intimen Kontakt.

Luther umfasste Dekes Kinn mit der linken Hand und packte seinen Hintern fest mit der rechten Hand. „Ich muss dir etwas sagen, Deke", murmelte Luther und hielt mit ernstem Gesichtsausdruckseinen Blick.

Besorgnis erfüllte ihn, und Deke legte die Ellbogen auf die Laken zu beiden Seiten von Luthers Oberarmen, umklammerte seine Schultern mit den Händen. „Was ist es?"

„Ich habe mit Leo gesprochen", sagte Luther. „Er hat bereits mit einem Hacker unseres Rudels gesprochen. Raul Braga. Raul verfolgte Michaels Kreditkarten und seine Einkäufe deuten darauf hin, dass er in diese Richtung unterwegs ist."

Deke spürte, wie ihm der Atem stockte, als ihn Angst erfüllte. „Wirklich?"

„Ich fürchte, ja. Und das ist noch nicht alles."

„Es gibt noch mehr?", quietschte Deke. Es wäre ihm

peinlich, wenn sein Körper nicht vor Panik zu beben begonnen hätte.

„Ja“, flüsterte Luther. Er bewegte seine Hand von Dekes Kiefer zu seinem Rücken und begann, sie an seinem Rücken entlang wandern zu lassen. „Ich habe auch mit Frankie gesprochen. Sie waren heute Abend zum Abendessen in der Stadt, und Dirk ist sich sicher, dass er Michael entdeckt hat. Er hat ihn und den Wagen des Kerls erkannt.“

Deke wimmerte. Er senkte den Kopf an Luthers Schulter und schauderte. „Was soll ich tun?“

„Ich werde dir sagen, was du tun wirst“, murmelte Luther in sein Ohr. „Du wirst nach unten greifen und mein Loch berühren.“

Deke hob den Kopf und starrte den Mann an. „Was?“

Als er das animalische Leuchten in Luthers Augen sah, die Hände des Mannes an seinem Körper spürte, die ihn streichelten und beruhigten, drückten und massierten, schauderte Deke. Luther grinste. „Mach weiter, mein Gefährte“, drängte Luther. „Ich weiß, dass du es willst.“ Er spreizte seine Beine noch weiter. „Greif nach unten und berühre mich. Sag mir, was du fühlst.“

Und schon fühlte Deke, wie sein Schwanz wieder härter wurde. Er konnte sich nicht helfen und gehorchte. Deke griff nach Luthers Eiern und rollte die harten Kugeln für eine Sekunde – wofür er ein Zischen von seinem Geliebten bekam –, bevor er weitermachte und tiefer wanderte.

Als er die Flüssigkeit spürte, die Luthers Anus überzog, wandte sich Dekes Blick wieder dem Gesicht seines Geliebten zu. Da er einfach nicht anders konnte, schob er einen Finger in den Gestaltwandler. Er spürte wenig Widerstand, seine Finger war sofort von geschmeidiger Hitze umgeben, und er fügte einen zweiten hinzu. Die Finger gekrümmt, suchte Deke nach dieser besonderen Stelle.

Luther grunzte unter ihm, und sein Körper zuckte.

Deke konzentrierte sich wieder auf das Gesicht seines Geliebten, als er den Mann mit den Fingern fickte. Luther stöhnte und knurrte, seine Brust hob sich. Ein wildes Grinsen im Gesicht, bewegte Luther sich Dekes Eindringen entgegen. „Hab mich fertig gemacht, als du unter der Dusche warst", stieß er durch zusammengebissene Zähne hervor.

„Warum?", gelang es Deke zu keuchen. Sein Schwanz pochte und schmerzte, als er ihn unbewusst gegen den Oberschenkel seines Geliebten rieb. Er fügte einen weiteren Finger hinzu und war erstaunt, als er spürte, wie der Körper dieses großen Mannes seinem Druck nachgab und seine Berührungen leicht akzeptierte.

„Jeder muss irgendwann das Gefühl haben, dass er die Kontrolle hat, mein Gefährte, und ich kann dir das geben."

Zuneigung für Luther erfüllte Deke, und er war erstaunt über das Geschenk, das er ihm machte. Seine Zweifel an dem Mann unter ihm ließen nach und wurden durch Staunen ersetzt. „Ich kann dich haben?"

Luther lachte leise und rau. „Oh, Deke", murmelte er, und seine Hände blieben nie an derselben Stelle, als sie Dekes Körper in ein Inferno der Lust streichelten und lockten. „Du hast mich schon. Sei gewarnt, während du mich mit deinem hübschen Schwanz füllst, habe ich die Absicht, dich zu beißen und den Paarungsvorgang abzuschließen." Schließlich ruhten seine Hände. „Kommst du damit zurecht?“

Ehrfurcht erfüllte Deke, dass Luther ihm das geben würde. Sein Geliebter hatte seine Ängste zum Ausdruck gebracht und erklärt, dass er noch nie der Bottom gewesen war. Dennoch war Luther bereit, dies für ihn zu tun, da er Dekes Bedürfnis erkannt hatte. Er wollte mit jeder Faser seines Wesens diesem Mann gehören.

Deke begegnete Luthers von Leidenschaft verdunkelten blauen Augen und grinste. „Oh ja. Ich komme damit zurecht.“

Luther knurrte, und seine Hände umklammerten Dekes Arsch. „Dann tu es.“

Sein Schwanz schmerzte, seine Eier waren schon gefährlich eng zusammengezogen, und Deke brauchte keine weitere Aufforderung. Er brachte seine Hüften in Position und spürte, wie seine empfindliche Eichel gegen Luthers Eier stieß, als er seine Finger herauszog. Er legte seine glitschigen Finger um seinen Ständer und rieb sich einmal, zweimal selbst. Dann führte er seinen Schwanz zum wartenden Loch seines Geliebten.

Deke drückte. Seine Erektion glitt an dem engen Muskelring vorbei. Wimmernd vor Lust bewegte sich Deke langsam und versuchte, Luther nicht weh zu tun, auch wenn er den Drang verspürte zu stoßen, tiefer einzudringen und zu fühlen, wie sein Liebhaber seinen pochenden Schwanz umhüllte, und weiter in Bewegung blieb. Schließlich fühlte Deke, wie seine Eier sich an Luthers Arsch schmiegten, und es gelang ihm, seine Hüften ruhig zu halten.

Schauder der Lust rasten durch Deke, strahlten von seiner Leiste aus durch seinen ganzen Körper. Seine Eier schmerzten köstlich und drohten mit seinem unmittelbaren Höhepunkt.

Er öffnete die Augen – Deke war sich nicht sicher, wann er sie geschlossen hatte – und schaute auf den erstaunlichen Mann unter ihm. „Wow."

Luther grinste ihn an, ohne einen Anflug von Schmerz oder Unbehagen im Gesicht. „Ja", flüsterte er. „Wow." Er hielt Deke fest, hob seine Beine und schlang sie um Dekes Taille. „Fick mich, Gefährte."

Stöhnend konnte Deke wenig anderes tun. Er zog seinen Schwanz fast ganz heraus und stieß dann in seinen Liebhaber hinein. Lange unterdrückte Instinkte durchfluteten ihn, und Deke stieß immer wieder in seinen Gefährten. Da er wusste, dass er nicht lange durchhalten würde, gelang es ihm, seinen Winkel anzupassen und die Drüse seines Geliebten bei jeder Bewegung zu stimulieren.

Mit einem Grunzen wiegte Luther sich mit ihm und nahm jeden Stoß willig auf. „Fuck", knurrte er Deke ins Ohr. „Ich bin so nahe dran. Gib es mir. Fülle mich mit deinem Samen."

Deke schrie auf, als sein Orgasmus ihn wie ein Blitzfeuer durchfuhr. Seine Eier leerten sich, sein Schwanz schwoll an und füllte Luthers Rektum mit seinem Samen.

„Das ist es", zischte Luther. „Ich mache dich zu meinem."

Das war die einzige Warnung, die Deke erhielt, bevor sich die scharfen Zähne dort niederließen, wo seine Schulter auf seinen Hals traf, und in ihn sanken. Schmerz ließ seinen Körper zucken, gefolgt von der glückseligsten Welle der Lust.

Dunkle Flecken tanzten hinter seinen Augen, als Deke die warme Nässe auf seinem Bauch wahrnahm. Sein eigener Schwanz spritzte erneut und füllte Luthers Kanal mit einigen weiteren Salven seines Spermas.

„Luther“, sagte Deke, zu selig, um an etwas anderes als an die berauschenden Endorphine zu denken, die durch seinen Körper tanzten.

Sein Geliebter summte und leckte seinen Hals. Dann murmelte er in sein Ohr: „Mein Gefährte.“

„Ja.“ Für Deke klang nichts besser.

KAPITEL 10

Luther schritt durch die kleine Wohnung.

„Also, wie viel Ärger wirst du am Hals haben, weil du herkommst und sein Apartment alleine ausräumst?“

Luther drehte sich um und sah Jared auf dem einzigen bequem aussehenden Stuhl in der schäbigen Umgebung. Er schaffte es gerade, sein Stirnrunzeln zurückzuhalten. Schließlich hatte Luther den Mann um seine Hilfe gebeten. Nun, ihn und seinen Gefährten Carson.

Luther seufzte und steckte die Hände in die Jackentaschen. Achselzuckend antwortete er: „Ich dachte, deine Philosophie wäre, dass es besser ist, um Vergebung zu bitten, als um Erlaubnis zu fragen.“

Jared summte und sein Blick wanderte zu Carson. „Oh, das ist sie. Und wie wunderbar war dieses Bitten schon. Nicht wahr, Injun?“, gurrte er.

Carson lachte leise und sein Blick wanderte zu ihnen, als er einen Bilderrahmen mit Seidenpapier umwickelte und ihn in eine offene Kiste stellte. „In der Tat“, grollte der Vollstrecker. „Wirst du dich mal von deinem Arsch erheben und helfen, Babe?“

Jared stieß einen gespielten Seufzer aus und stand auf. „Na gut.“

Luther lachte leise, auch wenn ihn seine Sorgen erfüllten. Jared hatte recht. Luther hatte keine Ahnung, wie Deke reagieren würde, wenn er herausfand, dass er den anderen Wandler Manon Lemelle überzeugt hatte, sie mit seinem Hubschrauber nach Sacramento zu fliegen. Er hatte seinem Gefährten gesagt, er habe Rudelangelegenheiten zu klären, die ihn für vierundzwanzig Stunden aus der Stadt führen würden.

Es war aus einem bestimmten Blickwinkel wahr. Luther wusste, Deke hasste es, dass seine Sachen hunderte von Kilometern entfernt waren und die Bedrohung in Form von Michael immer noch über seinem Kopf schwebte. Seit fast zwei Wochen hatte niemand etwas von dem Menschen gesehen oder gehört. Es war, als wäre er komplett vom Erdboden verschwunden.

Es war nicht leicht gewesen, seinem Cousin die Aufgabe zu überlassen, über Deke zu wachen, während Luther nicht wusste, ob Michael weiterhin eine Bedrohung blieb. Trotzdem vertraute er Leo, nicht nur, sich um seinen Gefährten zu kümmern, und da diese Woche Stephanis zweiwöchiger Aufenthalt im Camp begonnen hatte, war es jetzt oder nie gewesen.

„Dein Junge hat zu viele Klamotten, um sie in die Tasche zu stecken, mon ami“, rief Manon aus dem Schlafzimmer. „Vielleicht solltest du entscheiden, hm?“ Er zwinkerte. „Es sind auch viele lustige Dinge in diesem Nachttisch“, fügte er hinzu und zeigte hinter sich.

Knurrend ging Luther auf den anderen Wolf zu. Manon lachte und wich zurück, machte sich wieder daran, die

Schubladen aus der Kommode zu ziehen und sie mit Packpapier zu umwickeln, um alles darin zu halten. Sie waren vielleicht Wandler, aber volle Kommoden waren immer noch schwer.

Luther hatte bereits ein Umzugsunternehmen beauftragt. Alles, was sie tun mussten, war, den Container zu füllen, den er gemietet hatte, dann würde das Unternehmen ihn abholen und zu Luthers Haus in Stone Ridge transportieren. Luther würde alles in seine Garage stellen, und sein Gefährte könnte es in Ruhe auspacken.

Er konnte immer noch nicht glauben, dass es eine ganze Woche gedauert hatte, um Deke zu überreden, mit ihm zusammenzuziehen. Er betete, dass dies nicht dazu führen würde, dass sein Gefährte darüber nachdenken würde, wieder auszuziehen. Das wäre scheiße.

Luther verdrängte seine Besorgnis und machte sich wieder daran, Kisten zu füllen und zum Container zu tragen. Nach einigen Stunden begannen Luther und die anderen mit den Möbeln. Sie hatten gerade das kleine Esszimmer-Set bestehend aus Tisch und vier Stühlen rausgetragen, als Luther einen Schrei hörte.

„Hallo! Wer seid ihr, und was macht ihr da?“

Luther, der gerade in der Küche Geschirr eingewickelt und in eine Kiste gelegt hatte, richtete sich aus seiner Position auf. Manon hielt neben ihm inne und hob fragend die Brauen. Mit einem Achselzucken ging Luther ins Wohnzimmer, wo er einen großen, breitschultrigen blonden Mann sah, der Carson und Jared gegenüberstand.

„Ich denke, die eigentliche Frage ist, wer sind Sie?“,

sagte Luther.

„Tatsächlich kann ich das beantworten", mischte sich Jared ein und grinste. Er trat um den erbosten blonden Mann herum und zeigte auf ihn. „Luther Caldwell, erlaube mir, dir Derek Sommers vorzustellen. Derek", fuhr er mit einem Grinsen fort. „Das ist Luther Caldwell. Er ist der Partner Ihres Bruders."

Der Kiefer des Mannes, der ihm als Derek vorgestellt worden war, klappte nach unten. „Was? Du bist nicht Michael." Seine Augen verengten sich und er sah sie alle an. „Der Mann war nicht gut genug für meinen Bruder, aber er hat den Bastard immer wieder zurückgenommen. Versuchen Sie es noch einmal. Erklären Sie, wer Sie sind", schnappte er. Er verschränkte die Arme vor der Brust und nahm eine kämpferische Haltung ein. „Sind Sie Freunde dieses Arschlochs? Helfen Sie Deke, bei ihm einzuziehen?"

Luther verbiss sich seine erste Antwort, nämlich den Mann mit einer Hasstirade anzugehen, weil er Deke aus seinem Leben ausgeschlossen hatte. Nur offensichtlich musste der Mann ihn zumindest im Auge behalten haben. „Wenn Sie wussten, dass Michael nicht gut für Deke ist, warum sind Sie nicht eingeschritten?", fragte er, verschränkte die Arme und spiegelte den anderen Mann wider.

„Ich dachte, er hätte genug Selbstachtung, um es selbst herauszufinden", grummelte Derek.

„Sie und Ihre Familie haben Ihr Bestes getan, um ihn seiner Selbstachtung zu berauben, als Sie ihn zurückgewiesen haben", knurrte Luther. „Nicht, dass ich denke, dass Sie eine Erklärung verdienen, aber nein, ich bin nicht mit diesem betrügenden Arschloch befreundet. Wenn ich diesen Bastard jemals in die Finger bekomme, werde ich –"

„Ruhig, mon ami", mischte sich Manon ein und legte eine Hand auf Luthers Schulter. Luther ließ sich auf Befehl des Vollstreckers nieder. Manon ging um ihn herum und fragte: „Sie verleugneten Ihren Bruder, was machen Sie also hier?"

Derek sah sich unter den Männern um, begriff vielleicht erst jetzt, dass er in der Unterzahl war … nicht, dass sie ihn jemals verletzt hätten. „Hören Sie, ich kann mich nicht gegen meine Eltern stellen, egal wie sehr ich es will", murmelte er. „Aber ich habe nie aufgehört, ein Auge auf ihn zu haben, okay? Ich … ich wusste nur nicht, wie ich ihn von Michael wegkriegen könnte, ohne dass meine Eltern davon erfahren würden."

„Ihre Eltern haben was gegen dich in der Hand?", fragte Jared, dessen Interesse offenbar geweckt war.

Derek biss die Zähne zusammen und ignorierte die Frage. Stattdessen wandte er sich wieder an Manon. „Als ich Deke einige Tage nicht an seinen üblichen Aufenthaltsorten sah und er nicht zur Arbeit ging, versuchte ich, ihn zu finden, konnte es aber nicht, also zahlte ich der Vermieterin hundert Dollar, um mich wissen zu lassen, falls es in seiner Wohnung irgendwelche Aktivitäten gibt. Sie hat mich angerufen, sobald ihr angekommen seid."

Luther nickte langsam. „Okay, dann erzähle ich Ihnen Folgendes: Deke ist nicht mehr mit Michael zusammen. Er ist mit mir zusammen, und meine Lebensaufgabe besteht darin, ihn für den Rest unserer Tage so glücklich und zufrieden wie möglich zu machen."

„Sie sind gut zu ihm?“, murmelte Derek, musterte sein Gesicht und suchte offensichtlich nach etwas Wahrheit. „Sie werden Michael nicht mehr erlauben, ihn zu verletzen?“

Während Luther Derek wirklich aus der Wohnung werfen und ihm sagen wollte, er solle sich verpissen, war dies Dekes Bruder. Der Art und Weise nach, wie sein Gefährte über ihn gesprochen hatte und wie groß das Herz seines Gefährten zu sein schien – er akzeptierte Stephani und bat nie darum, vor sie gestellt zu werden –, wusste Luther ohne jeden Zweifel, dass er Derek ohne Zögern willkommen heißen würde.

Luther griff in seine Gesäßtasche und zog seine Brieftasche heraus. Er klappte sie auf und kramte durch den Inhalt. Schließlich fand er eine Visitenkarte, zog sie heraus und reichte sie dann Derek. Der Mensch sah sie an, las, und seine Stirn runzelte sich verwirrt, als er zurück zu Luther sah.

„Hören Sie zu“, sagte Luther schroff. „Ihr Bruder liebt Sie. Wenn Sie sich je entscheiden, unter dem Pantoffel Ihrer Eltern hervorzukrabbeln, kommen Sie zu uns. Deke würde Sie gerne zurück in seinem Leben haben“, sagte er überzeugt.

Derek verzog das Gesicht. „Da bin ich nicht so sicher“, murmelte er. „Es ist Jahre her.“

„Und er spricht immer noch liebevoll von Ihnen“, sagte Luther. „Er liebt es immer noch, jedem, der zuhört, davon zu erzählen, wie Sie den Baseball-Spieler, der versucht hat, ihn in sein Schließfach zu stecken, als er in der zehnten Klasse war, vermöbelt haben.“

Jared schnaubte. „Davon habe ich gehört“, sagte er und zog die Aufmerksamkeit auf sich. Seine haselnussbraunen

Augen funkelten, als er Derek angrinste. „Natürlich ist dir hoffentlich klar, dass ich, wenn du ihm weh tust, emotionalen Schmerz mit der körperlichen Sorte zurückzahlen werde."

Derek wurde blass. „Äh, okay."

Luther hätte gelacht, aber er wusste, wie ernst Jared es meinte.

Derek blickte stirnrunzelnd auf die Karte und sagte: „Hey, hier steht, Sie arbeiten als Zimmermann in Stone Ridge, Colorado." Sein Kopf schnellte nach oben und er traf Luthers Blick. „Deke ist in Colorado?"

„Er wird bald da sein, wenn wir diesen Scheiß gepackt haben und uns auf den Weg machen", sagte Manon. „Helfen Sie oder hindern Sie?"

Derek warf erneut einen Blick auf die Karte und steckte sie in die Hosentasche. „Ähm, ich habe ein paar Stunden übrig. Sicher."

Die Gruppe hatte eine Stunde lang in ziemlicher Stille gearbeitet, als Luther Carson im Vorderzimmer knurren hörte. Er machte eine Pause und verließ das Badezimmer, eines der letzten Zimmer, in dem noch verschiedene Sachen lagen, und streckte seinen Kopf vor. Er lachte fast, als er sah, dass der um ein gutes Stück kleinere Jared Carson gegen die Wand gedrückt hatte.

Carson hatte seine Beine gespreizt und verringerte so seine Größe um die paar Zentimeter, die nötig waren, um ihre Leisten aneinander zu bringen. Seine Hände waren auf Jareds Arsch. Das lange, offene schwarze Haar des Vollstreckers wehte wild, während er so gut austeilte, wie er einsteckte, und

Jared atemlos küsste.

Grinsend beobachtete Luther, wie das Paar für eine Sekunde um die Dominanz kämpfte. Er vermisste seinen eigenen Gefährten mehr, als er je ausdrücken könnte, und wandte sich ab. Luther entdeckte Derek an der Küchentheke, eine Kaffeetasse an den Lippen. Sein Mund stand offen und drückte seine Überraschung genauso deutlich aus wie seine großen Augen.

Luther trat auf Derek zu und räusperte sich. Es erforderte noch zweimal mehr Räuspern, jedes lauter als das vorige, bevor der Mensch seinen Blick schließlich von den beiden löste. „Stimmt etwas nicht?“, fragte Luther kühl.

Dereks Augen waren immer noch groß. Er blickte für einen Sekundenbruchteil auf das küssende Paar, dann errötete sein Gesicht, als er Luther wieder ansah. „Sie sind, ähm … sie sind ein Paar?“

Bevor Luther die Möglichkeit hatte zu antworten, kam Manon mit einer Kiste aus dem Schlafzimmer. „Das ist die letzte von dort drinnen. Ich – oh, sind die zwei schon wieder dabei? Wissen die nicht, dass das Bett schon eingepackt ist?“

Luther schnaubte. „Der Duschvorhang hängt noch. Sie können ihren Quickie auch da drin machen.“

Offensichtlich erregte dies zumindest die Aufmerksamkeit eines der Männer, denn Jared riss seine Lippen von Carsons und drehte sich mit einem wilden Knurren zu ihm um. „Na das ist doch eine *ausgezeichnete* Idee“, murmelte er und rieb seine Hüften unverhohlen an Carsons. Er konzentrierte sich wieder auf Carson und schnurrte: „Oh, Injun. Ich denke, es ist an der Zeit, dass wir uns um eine kleine persönliche Angelegenheit kümmern."

„Mein Gefährte", grollte Carson. „Ich werde mehr tun als mich nur um dich kümmern."

Damit zeigte Carson seine Wandlerstärke, indem er Jared von sich wegstieß. Jared lachte, als er einige Schritte rückwärts stolperte. Ebenso schnell griff Carson nach Jareds Handgelenk, bevor er zum Badezimmer ging.

Luther ging ihnen eilig aus dem Weg. Er griff in eine Tasche auf dem Boden, in die er vorhin den Inhalt von Dekes Nachttisch gepackt hatte – einige der darin befindlichen Dinge fanden er sehr interessant. „Hier", rief er, zog eine Tube heraus und warf sie den Männern zu.

Carson fing sie leicht mit seiner freien Hand auf. Dann verschwand er mit Jared in dem kleinen Bad und schlug die Tür hinter sich zu.

Manon lachte leise. „Was hast du ihnen gegeben?"

Luther zuckte die Achseln. „Gleitmittel."

„Gleitmittel? Was machen sie –", fing Derek an.

Ein lauter Aufprall aus dem Badezimmer, gefolgt von dem Geräusch von maskulinem Lachen und Grunzen drang durch die dünne Tür.

Seufzend drehte sich Luther um und ging zur Tür. „Zeit für eine Pizza, denke ich", sagte er. Manon nickte, ging neben ihm her und trug immer noch seine Kiste.

„Was –"

Derek versuchte es noch einmal, aber Luther schnitt ihm das Wort ab, indem er ihm die Hand auf die Schulter legte. „Komm mit, wenn du willst, dass ich dir eine allgemeine Vorstellung davon gebe, was sie dort drin machen. Ansonsten, bleib ruhig hier und hör zu.“ Er zwinkerte. „Auf diese Weise bekommst du eine *sehr* gute Vorstellung. Diese beiden sind nicht gerade leise.“

Dereks Mund stand offen und er nickte. „Ich habe noch nie zwei Männer gesehen, die so rangehen“, murmelte er und stolperte zur Tür.

„Nein?“, fragte Luther. „Nicht einmal in Pornos darüber gestolpert?“

Derek griff nach unten und rückte sich zurecht. „Nein“, bestritt er. „Ist es immer so heiß?“

Nun gut, dachte Luther, vielleicht lag es in der Familie. Statt irgendetwas in der Art zu sagen, als er von der Wohnung wegging, kommentierte er: „Ich finde es so heiß, allerdings liebe ich deinen Bruder, also –“

„Du liebst Deke?“

Scheiße, die Worte waren aus seinem Mund gekommen, bevor er überhaupt darüber nachgedacht hatte. Was natürlich bedeutete, dass sie wahr waren. Er nickte. „Ja, und ich freue mich schon darauf, zu ihm zurückzukehren.“

Drei Stunden später verabschiedete sich Luther von Derek. Hin und wieder hatte er ein bisschen von Deke in dem Mann gesehen, und er hoffte wirklich, dass Derek seinen eigenen Scheiß in den Griff bekommen und versuchen würde, sich mit seinem Gefährten zu versöhnen. Deke würde das zu schätzen wissen.

Er stand am Flughafen und wartete darauf, dass Manon die Startfreigabe erhielt, da summte Luthers Handy in seiner Tasche. Er zog es heraus und sah, dass die Nummer seines

Telefons zuhause darauf angezeigt wurde. Lächelnd antwortete er und grüßte: „Deke?“

„Nein, hier ist Leo“, antwortete der Mann. „Wir haben ein Problem.“

„Michael?“, knurrte Luther sofort.

„Ich bin mir nicht sicher. Nicht, dass ich ihn gerochen habe, jedenfalls“, antwortete Leo.

Luther runzelte die Stirn. Es war nicht die Art seines Cousins, um den heißen Brei herumzureden. „Also, was ist es dann? Was ist los?“

„Als ich bei dir Zuhause ankam, war Deke nicht hier. Als ich sein Telefon anrief, ging es direkt auf Voicemail“, sagte Leo. „Ich habe Synthias Duft im Foyer und in der Küche bemerkt, aber keinen anderen, den ich nicht erkennen kann.“

Luthers Herz erstarrte in seiner Brust. „Synthia? Was zum Teufel hat sie dort gemacht?“ Sie hatte keinerlei Anlass, in oder in der Nähe seines Hauses zu sein.

„Ich weiß nicht, Lu“, antwortete Leo. „Ich habe Frankie und Dirk angerufen, aber seit Stunden hat ihn niemand gesehen oder von ihm gehört.“

„Hurensohn“, knurrte Luther. „Weitersuchen. Wir brechen gerade auf.“ Er beendete das Gespräch, riss seinen Kopf hin und her und suchte nach Manon. Schließlich fand er ihn, als er aus dem privaten Hangar kam und auf ihn und den Hubschrauber zu schritt.

„Beeil dich!“, brüllte Luther. „Deke wird vermisst.“

Manon sprintete los. „Steig ein“, befahl er und deutete auf den stählernen Vogel.

Innerhalb weniger Minuten waren sie alle an Bord und

festgeschnallt.

Es waren die längsten Stunden in Luthers Leben.

KAPITEL 11

Deke konnte nicht glauben, dass er darauf reingefallen war. Verdammt noch mal! Wann würde er lernen, dass man nicht jedem trauen kann?

Als er durch das Guckloch gespäht und Synthia gesehen hatte, hatte er durch die Tür gerufen und gefragt, was sie wollte. Sie hatte breit gelächelt, einen Teller Kekse in die Höhe gehalten und gesagt, sie wollte sich entschuldigen und ihn im Rudel willkommen heißen.

Verlegen hatte Deke die Hand gehoben und das Paarungsmal an seinem Hals berührt. Er hatte es geschafft, eine Woche durchzuhalten, aber er hatte nicht lange gebraucht, um zu realisieren, dass er nirgendwo anders sein wollte als bei Luther, in seinem Bett und mit ihm Liebe machen … und das war es, hatte er begriffen.

Liebe machen. War ich jemals wirklich in jemanden verliebt?

Bisher nicht.

Trotzdem war Synthia ein Teil des Rudels, also hatte er sie hereingelassen. Er hatte ihr einen Drink angeboten und war voraus in die Küche gegangen. Deke wusste jetzt, dass er ihr niemals den Rücken hätte kehren dürfen. Sie hatte ihn mit irgendwas auf den Kopf geschlagen, und er war wie ein Sack Kartoffeln zu Boden gegangen. Er dachte, er wäre nur ein paar

Sekunden ausgeknockt gewesen, aber es war lang genug, um seine Arme mit etwas zu fesseln. Sie hatte ihn sich über die Schulter geworfen – was ziemlich beeindruckend war, da sie eine Frau war –, ihn nach draußen getragen und auf die Ladefläche ihres Pick-ups geworfen.

Deke starrte in den blauen Himmel und versuchte anhand der Formen der Bäume herauszufinden, wo er sich befand. Das funktionierte aber nicht. Er war einfach nicht genug mit den Bäumen vertraut. *Würde Heulen helfen?* Deke schnaubte fast bei dem Gedanken. Vielleicht hatte Synthia ihn etwas härter auf den Kopf getroffen, als er gedacht hatte.

Es konnte aber nicht schaden, oder? Deke lachte leise, fühlte sich ein wenig schwindelig und hatte Schmerzen, öffnete den Mund und heulte. Nach ein paar Sekunden, in denen nichts geschah, außer dass der Motor brummte und er auf der Ladefläche herumgeworfen wurde – verdammt, er würde höllische Blutergüsse bekommen, wenn er das durchstand –, öffnete Deke wieder den Mund und heulte erneut.

Innerhalb weniger Sekunden öffnete sich das kleine Schiebefenster, und Synthia schrie: „Halt die Klappe, dummer Mensch!“

Nur weil es sie ärgerte, tat Deke es wieder und immer wieder. Er heulte, selbst als sie den Truck anhielt und auf die Ladefläche sprang. Er heulte, bis sie eine Rolle Klebeband aus einem Werkzeugkasten zog, ein Stück abriss und es über seinen Mund klebte.

Synthia höhnte, griff nach seinem Haar und schlug seinen Kopf gegen die metallische Ladefläche.

Verdammt, das tat weh.

Das war das Letzte, woran er dachte, bevor die Dunkelheit hereinbrach … wieder.

„Was zum Teufel hast du mit ihm gemacht?"

Deke wollte angesichts des wütend klingenden Mannes zusammenzucken, aber sein Instinkt sagte ihm, er solle weiter schlafen. Er atmete ruhig und versuchte herauszufinden, wo er war, wer sich in seiner Nähe befand und wie, verdammt nochmal, er dort gelandet war.

„Ich habe ihn zu dir gebracht, genau wie ich es versprochen habe", antwortete eine Frau, die sich gelangweilt anhörte.

„Ich habe dir nicht gesagt, dass du ihn schlagen oder fesseln sollst", antwortete der Kerl.

Die Frau schnaubte. „*Dein* Freund tut sich mit *meinem* Freund zusammen und du erwartest, dass ich nett zu ihm bin? Fick dich", knurrte sie.

„Wird nicht passieren", murmelte ein anderer Mann.

„Als ob ich dich mit deinem erbärmlichen Schwanz an mich heranlassen würde", antwortete die Frau genauso bissig.

„Genug", rief der erste Mann. „Es macht es mir und meinen Freunden ein bisschen schwer, Deke an seinen Platz zu erinnern, wenn er bewusstlos ist", sagte er.

„Was?", schnappte die Frau. „Du sagtest, wenn ich Deke zu dir bringe, Michael, würdest du ihn aus der Stadt bringen."

„Nein, Synthia", knurrte Michael zurück. „Ich sagte, ich würde ihm eine Lektion erteilen und ihn nach Hause bringen. Du musst lernen, zuzuhören." Sein Ton wurde kühl.

„Vielleicht kannst du deinen Mann deshalb nicht bei dir behalten. Du hörst nicht zu.“

Eine weitere Runde gegenseitiges Beschimpfen begann, und Deke erinnerte sich schließlich daran, was geschehen war. Er hatte mit Luther zusammengelebt und war nur mit Freunden aus dem Haus gegangen, weil niemand herausfinden konnte, wohin Michael gegangen war. Offensichtlich hatte er sich irgendwo im Wald eingenistet und sich mit Synthia zusammengetan.

Selbst als Deke sich fragte, wie das geschehen war, riss er die Augen auf. Er wünschte, er hätte es nicht getan. Zwei andere Männer standen an die Wand gelehnt da und beobachteten ihn. Es waren dieselben Männer, die Michael vor Wochen zuvor mit nach Hause gebracht hatte. Die Männer, vor denen er weggelaufen war.

Deke begegnete dem Blick des Größeren und der Mann grinste. „Hey, Mike, dein kleines Spielzeug ist wach.“

Wenn Deke die Energie gehabt hätte, hätte er den Mann angeknurrt. Er hasste es, als Spielzeug bezeichnet zu werden. Nur weil er klein und schlank war und gelegentlich gern Eyeliner und Lipgloss trug, war er kein Spielzeug, am allerwenigsten Michaels.

Michaels Gesicht erschien in Dekes Sichtfeld, als der Mann vor ihm auf die Knie sank. Als Michael nach ihm griff, wollte Deke vor ihm zurückweichen, doch er hielt sich davon ab, besorgt über den seltsamen, fast manischen Ausdruck in den Augen seines Ex-Freundes. Sein Kopf tat schon weh, und obwohl Michael ihn noch nie zuvor geschlagen hatte, konnte sich alles ändern.

„Ruhig, Baby“, sagte Michael. „Bleib still. Ich werde dir das abnehmen.“

Deke konnte nicht anders als zusammenzuzucken. Zum Glück musste Michael interpretiert haben, dass es daran lag, dass er das Klebeband von seinen Lippen zog. Zum Teil war es das, aber vor allem lag es an Michaels Händen.

„Bist du okay, Baby?“, fragte Michael und sein Daumen fuhr über Dekes Oberlippe.

Deke versuchte zu entscheiden, wie er die Situation handhaben sollte, und flüsterte: „Mein Kopf tut weh.“ Es war nicht das Einzige, was weh tat, aber normalerweise machten sich die Leute am meisten Sorgen um Kopfverletzungen, richtig? Außerdem war er mit Luther verbunden. Er hatte erhöhte Heilungsfähigkeiten. Alle Schnittwunden, Abschürfungen oder Quetschungen, die durch das Herumschleudern auf der Ladefläche von Synthias Pick-up verursacht worden waren, als sie einen Feldweg entlangfuhr, würden so schnell heilen, dass, wenn Michael ihn lange genug behielt, sein Ex dies vielleicht merkte.

Michael fuhr mit seiner anderen Hand durch Dekes Haar und betastete seinen Schädel.

Deke zischte als der Schmerz durch seine Schläfen stach.

Grimmig hob Michael seinen Kopf und schnappte: „Womit hast du ihn geschlagen?“

Synthia zuckte mit den Schultern und verschränkte die Arme über ihrer Brust. „Ein Wasserglas.“

Richtig, Deke erinnerte sich daran, dass er ein leeres Glas auf der Theke stehengelassen hatte. Er hatte geplant, es noch einmal zu verwenden.

Notiz: immer den Geschirrspüler benutzen.

„Das ist alles?“, fragte Michael ungläubig. „Hier sind zwei Striemen und einer blutet.“

„Das erklärt das klebrige Gefühl“, murmelte Deke. Da er Zwietracht zwischen ihnen sah, murmelte er: „Das muss passiert sein, als sie meinen Kopf auf die Ladefläche ihres Trucks schlug.“

Michael stand auf und stellte sich vor Synthia. „Was? Warum zum Teufel würdest du das tun?“

Synthia kräuselte ihre Lippe und knurrte: „Der kleine Scheißer hörte nicht auf zu heulen. Ich habe ihn nicht so fest erwischt.“

„Verpiss dich, Schlampe“, befahl Michael. „Ich mache von hier an weiter.“

Synthia runzelte die Stirn. „Du sagtest, du würdest ihn von hier wegbringen. Ich will, dass er weg ist, bevor ich gehe.“

Michael zuckte die Achseln. „Dann musst du warten, bis ich Deke an seinen Platz erinnert habe.“

Schnaubend ging Synthia zu einem Stuhl an einem kleinen Tisch in der Ecke und setzte sich prompt. Sie schlug züchtig die Beine übereinander und zog eine Augenbraue hoch.

Der große Mann, der immer noch an der Wand lehnte, lachte leise und lenkte die Aufmerksamkeit auf sich. „Du willst zusehen, wie wir ihn ficken?“

Deke spürte, wie das Blut aus seinem Gesicht wich. „Was?“, quietschte er.

Michael widmete sich wieder Deke und lächelte ihn

herablassend an. „Nun, Deke. Du hast doch nicht gedacht, dass ich den ganzen Weg hierhergekommen wäre, um dich zu holen und dich nicht für dein schlechtes Benehmen bestrafen würde? Ich musste Noturlaub auf der Arbeit einreichen. Ich habe Geld verloren, weil du vergessen hast, wer das Sagen hat.“ Er kniete nieder, griff nach Deke und hob ihn hoch. „Ich werde dich ficken, dann gebe ich dich meinen Freunden. Ich bin sicher, wenn sie fertig sind, wirst du zu schätzen wissen, wie freigiebig ich bin.“

Oh, verdammt, nein!

Deke kämpfte gegen Michaels Griff an und schaffte es, sich zu befreien. Mit den Händen auf dem Rücken gefesselt landete er unbeholfen auf seiner Schulter. Schmerz schoss durch seinen Oberkörper, aber Deke ignorierte es. Er versuchte, sich wie ein Wurm zentimeterweise von seinem Ex weg zu winden.

Michael funkelte ihn an und packte sein Bein.

Deke trat zu und traf Michaels Schulter.

Sein Ex zuckte zurück. Knurrend stürzte Michael wieder nach vorne. Er packte Dekes gefesselte Arme und riss ihn auf die Füße. Deke konnte seinen Schmerzensschrei nicht zurückhalten, als Feuer durch seine Schulter schoss.

Michael ließ ihn mit einer Hand los und schlug ihm kräftig auf den Hintern, als er schnappte: „Verdammt, Deke. Mach das hier nicht schwieriger, als es sein muss.“

Deke konnte seine Zunge nicht länger im Zaum halten und fauchte: „Ich bin nicht mehr dein Freund, Michael. Ich habe mit deinem besitzergreifenden Arsch Schluss gemacht.“

Michaels Blick wurde wild. Er zog seine Hand zurück

und schlug Deke ins Gesicht. „Oh, Baby. Du gehörst mir“, erklärte er mit zusammengekniffenen Augen. „Ich habe bisher Samthandschuhe benutzt, dich nett angefasst, aber jetzt nicht mehr. Wenn wir mit dir fertig sind, hast du keinen Zweifel mehr, wem du gehörst.“

„Egal was du mit mir machst“, keuchte Deke und kämpfte sich durch die schwindelerregende Schmerzwelle, als Michael ihn herumschleuderte und auf das Bett schubste. Er landete auf seinem Rücken und wieder schoss Schmerz durch seine Schulter, was es ihm schwer machte, sich zu konzentrieren. Trotzdem schaffte er es zu beenden: „Ich werde niemals dir gehören.“

Michaels kaltes Grinsen, als er seine Lippen verzog, ängstigte Deke sogar mehr als sein Geschrei. „Du sagst das jetzt, aber du wirst deine Meinung noch ändern.“

Deke hätte versucht, ihn erneut zu treten, als Michael sich hinunterbeugte und seinen Reißverschluss packte. Leider traten Michaels Freunde zu beiden Seiten neben ihn und packten ihn an den Beinen. Die Hände hinter dem Rücken gefesselt und die Beine von festen Griffen gehalten, die wahrscheinlich blaue Flecke hinterlassen würden, konnte er kaum mehr als mit den Hüften wackeln.

Schade, dass dies auch seine Arme belastete, was Qualen durch seine Schulter sandte. Als Michael seine Jeans und Unterwäsche runter zog, fragte sich Deke, ob seine Schulter möglicherweise ausgerenkt war. Schwarze Flecken begannen seine Sicht zu beeinträchtigen. Mit der Hoffnung, dass Michael, wenn er ohnmächtig werden würde, seine Bestrafung verschieben würde, begann er sich ernsthaft zu winden und warf sich hin und her.

Leider reagierten Michael und seine Freunde darauf, indem sie Deke auf den Bauch drehten. Dann drückte jemand eine Hand zwischen seinen Schulterblättern auf seinen Rücken. Eine andere Person packte seine Hüfte, während eine dritte Hand seine rechte Arschbacke umfasste.

Deke stieß einen Schrei aus. Hölle, vielleicht wurde er in der Nähe von jemandem festgehalten, der ihn hören könnte.

„Oh ja, Schlampe“, höhnte einer der Fremden. „Zeig mir, wie du es magst. Lass mich dich hören.“

Deke drehte den Kopf und sah zu seinen Entführern auf, wobei er mit der Entscheidung rang, den Mund zu halten, nur um den Bastard zu ärgern oder noch einmal zu schreien. Der größere Mann grinste breit und schien sich offensichtlich zu amüsieren. Der schlankere Mann sah etwas unbehaglich aus, blickte jedoch immer zu dem größeren Mann, als suchte er nach Anweisungen.

Plötzlich erstarrten alle.

„Was war das?“, quietschte der schlankere Mann.

Ein Heulen hallte schwach in der Ferne wider.

Deke reagierte sofort und heulte zurück. Er wusste nicht, ob das Heulen eines Wolfs tatsächlich etwas bedeutete, aber er nahm an, dass er Schmerzen vermitteln konnte, was einfach war. Außerdem waren die einzigen Wölfe hier Wandler. Er hoffte nur, dass sie nicht mit Synthia verbündet waren.

„Halt den Mund!“, schrie Synthia und erschien neben dem Bett.

Sie schnappte sich ein Kissen und hielt es über sein

Gesicht, unterbrach sein Heulen.

Das war die Antwort darauf. Leider machte das es ihm auch schwer zu atmen. Deke drehte den Kopf in die andere Richtung und versuchte, genug Luft in seine Lungen zu bekommen.

„Ihr müsst ihn hier wegbringen", forderte Synthia. „Ihr alle. Weg. Jetzt!"

„Wir gehen, wenn wir verdammt nochmal bereit sind", brüllte Michael.

Das Geräusch von zerbrechendem Glas und splitterndem Holz erklang in der Hütte. Deke versuchte, an der Wand aus Personen vorbeizuschauen, aber er hätte sich keine Mühe machen müssen. Sie zogen sich vom Bett zurück, spalteten sich in der Mitte und enthüllten einen massigen schwarzen Wolf. Er wirkte mit den wenigen grauen Haaren an seiner Schnauze etwas alt. Das Tier knurrte tief in der Kehle, als er auf die Gruppe zuging. Ein zweiter schwarzer Wolf, dieser etwas kleiner und schlanker, begleitete ihn.

„Ihr habt hier nichts zu suchen", sagte Synthia, offensichtlich in dem Versuch, streng zu klingen. „Geht jetzt."

Der große Wolf ignorierte sie. Er sprang auf das Bett und fing an Deke zu beschnuppern. Deke blieb still und versuchte nicht zu zittern, als eine kalte Nase über seine nackte Hüfte strich. Dann bewegte sich die Schnauze des Wandlers von seinem mit einem T-Shirt bedeckten Rücken bis zum Hals. Er schnupperte an Dekes Hals und roch offensichtlich das Gefährtenmal an seinem Hals.

„Halt einfach still, Deke", befahl Michael. „Wir werden uns, äh, etwas einfallen lassen."

Schließlich hob der Wolf seinen Kopf und starrte ihn an. Seine dunklen Augen blickten in Dekes. Er neigte den Kopf, sah zu den anderen im Raum und konzentrierte sich wieder auf ihn. Deke konnte die Frage in den Augen der Kreatur sehen, klar wie der Tag.

„Bitte, hilf mir", flüsterte Deke. Er erkannte den Wolf nicht, aber die Intelligenz war kaum zu übersehen. Außerdem hatte Frankie gesagt, dass Wandler in Tierform bei klarem Verstand waren. „Ich bin Luther Caldwells Gefährte. Synthia hat mich entführt."

Ein leises Knurren entkam dem Wolf und er zeigte einen Mund voll beeindruckender scharfer Zähne. Der Anblick und das Geräusch hätten Deke verrückt gemacht vor Angst, nur knurrte der Wolf nicht ihn an. Das Tier drehte sich auf dem Bett um, legte sich dann hin, die Brust über Dekes nackten Hintern, um ihn vor Blicken zu schützen.

Deke atmete langsam aus, Tränen brannten in seinen Augen. Er schluckte schwer und versuchte sich zu beherrschen, als ihn eine Welle der Erleichterung überkam. „Danke", flüsterte er und hielt seine Stimme mühsam davon ab, zu brechen.

Der Wolf schnaufte.

„Scheiß drauf", sagte der große Fremde. „Lass uns hier verschwinden."

Als der Mann zur Tür ging, baute sich der kleinere schwarze Wolf vor der Tür auf. Den Kopf gesenkt, die Eckzähne entblößt, knurrte der Wolf und schnappte nach dem Kerl.

„Scheiße", quietschte der kleinere Mann, wich zurück

gegen die Wand und wand seine Hände.

„Oh, geh aus dem Weg, Laramie“, befahl Synthia. Sie hatte offensichtlich beide Wandler erkannt und versuchte immer noch, als dominierendes Mitglied der Gruppe zu fungieren. „Wir gehen!“

Statt sich zu bewegen, warf der Wolf, Laramie, seinen Kopf zurück und heulte.

Synthias Augen weiteten sich. „Ich gehe deswegen nicht unter“, zischte sie. Sie drehte sich um und sprang mit dem Kopf voran aus dem zerbrochenen Fenster, durch das die Wölfe offensichtlich hereingekommen waren. Das Geräusch von zerreißendem Stoff, knackenden Knochen und Muskeln erreichte Deke und sagte ihm, dass sie sich verwandelt hatte.

„Oh mein Gott!“, quietschte der kleine Mann. Seine blauen Augen rollten nach hinten und er fiel zu Boden.

Deke hatte keine Ahnung, wie lange er dort lag, der Wolf über ihn drapiert. Deke drehte den Kopf und bemerkte, dass der andere sich zwischen Tür und Fenster hielt, und sicherstellte, dass niemand sonst entkam.

Schließlich ertönte ein Klopfen auf der anderen Seite der Tür. Laramie trat zur Seite und bellte. Declan schritt in die Hütte, gefolgt von Lark, Shane, Leo und einigen Männern, die Deke nicht kannte.

Declan, flankiert von einem der Fremden, ging zu den noch stehenden Männern und befahl: „Auf die Knie. Hände auf den Kopf.“

Lark und Leo eilten durch das Zimmer zum Bett. Als sie Dekes Seite erreichten, hüpfte der Wolf vom Bett. Leo zog ein

Messer hervor und schnitt die Fesseln durch, die Dekes Arme auf dem Rücken hielten. Schmerzhaftes Kribbeln schoss seine Extremitäten hoch. Deke wimmerte und zischte.

„Ruhig“, drängte Lark, streckte die Hände aus und massierte seine Arme. „In wenigen Minuten wird es okay sein.“ Dann starrte Lark auf Dekes Schulter. „Oh, verdammt“, flüsterte er, als er Dekes Schulter und Oberarm abtastete. „Ausgerenkt“, bestätigte er.

„Renk sie wieder ein“, befahl Deke.

„Bist du sicher?“, fragte Lark und seine Augen füllten sich mit Sorge.

Deke nickte. „Ja, nur – Scheiße!“

Noch bevor er zu Ende gesprochen hatte, benutzte Lark den Griff um seine Schulter und seinen Arm für einen kräftigen Ruck. Schmerz schoss durch Deke, gefolgt von einem dumpfen Pochen.

„Lass uns dich hier rausholen“, murmelte Leo, legte einen Arm um seinen Oberkörper und half ihm auf die Füße. Er packte Dekes Jeans am Taillenbund und zog sie hoch. „Luther wird sich sehr freuen, dich in Sicherheit zu sehen.“

Deke seufzte und drückte sich an Leo. „Ich mich auch.“

Lark berührte seine unversehrte Schulter. „Ich werde mit dir gehen. Ich würde dich gerne vollständig untersuchen.“

Deke nickte und humpelte zur Tür, dann blieb er stehen und drehte sich zu einem nackten, vollbärtigen Mann um, der sich an die Wand lehnte und ihn beobachtete. Er trat auf ihn zu, schluckte schwer und warf sich dann auf den Mann.

„Ich bin froh, dass es dir gut geht“, grollte der Mann mit tiefer und beruhigender Stimme.

„Dank dir und deinem Freund."

„Freunden", korrigierte der Mann sanft. „Gute Idee, so zu heulen, wie du es getan hast." Er umfasste Dekes Kinn und neigte seinen Kopf, so dass sich ihre Blicke trafen. Sein Lächeln wirkte freundlich. „Du hast mehr nach einem steckengebliebenen Schwein geklungen als nach einem Wolf, aber es hat unsere Aufmerksamkeit geweckt. Sobald wir durch das Fenster blickten und sahen, was los war, schickten wir Jamie zu Declan. Laramie und ich haben nur die Bastarde abgehalten", murmelte er und ließ ihn einen Schritt zurücktreten. „Ich bin Michel McDover."

„Deke Sommers", antwortete er. „Ich stehe in deiner Schuld."

„Ich auch." Leo trat vor. „Schön, dich wiederzusehen, Michel."

Michel schnupperte in der Luft. „Du bist nicht sein Gefährte." Seine Augen verengten sich. „Wo ist Dekes Gefährte?"

„Luther ist auf dem Weg von Sacramento hierher und Manon fliegt so schnell, wie es nur geht, da bin ich mir sicher", antwortete Leo.

„Sacramento", sagte Deke. „Was macht er dort?"

Leo verzog das Gesicht. „Es scheint, dass du und Luther eine Reihe von Dingen zu besprechen habt."

Als Deke Leo erlaubte, ihn zur Tür zu führen, hörte er Michel Declan sagen, dass Synthia beteiligt war. Er hoffte, dass die Schlampe bekam, was ihr zustand.

KAPITEL 12

Luther öffnete die Tür zu seinem Haus und ging durch das Gebäude.

Seit Dekes Entführung waren vier Tage vergangen, und der einzige Grund, warum Luther an diesem Tag bereit gewesen war, seinen Gefährten alleine zu lassen, war, dass Kade, einer der Vollstrecker der Gruppe, Synthia endlich aufgespürt hatte. Als Luther Deke gefragt hatte, welche Art von Restitution er für ihren Verrat wollte, hatte er gefragt, ob es etwas gab, was einer einstweiligen Verfügung, wie Menschen sie hatten, gleichkam. Er hatte sie einfach nie wieder sehen wollen.

Luther konnte zwar nicht garantieren, dass sie nicht wiederkommen würde – es sei denn, sie würden Synthia umbringen, was Deke abgelehnt hatte –, aber sie konnte gebrandmarkt und aus ihrem Rudel verbannt werden. Er hatte erklärt, dass Frankies Bruder Reb Tätowierer war. Der Wandler platzierte eine kleine Acht auf das Innere von Synthias linkem Handgelenk mit magischer Tinte – *ja, es gibt wirklich Hexen und Hexenmeister* – was sie als Verräterin eines Gefährten kennzeichnen würde – jemanden, dem man nicht mit einem Gefährten trauen konnte.

Als Deke gefragt hatte, woher Synthia überhaupt von

seinen Problemen mit Michael wusste, hatte Declan erklärt, dass Shanes Gefährtin Caroline mit Synthia befreundet war. Shane hatte das Problem mit Caroline besprochen, und seine Gefährtin hatte Synthia davon erzählt, die eifersüchtige Wölfin so unwissentlich auf eine Idee gebracht, wie sie Deke loswerden könnte.

Deke hatte sogar gesagt, dass er nicht an der Verurteilung von Michael und seinen Freunden wegen ihrer versuchten Vergewaltigung beteiligt sein wollte. Luther schätzte das wirklich und hatte keine Bedenken, die Menschen für ihre Handlungen zum Tode verurteilen zu lassen. Zum Teufel, wenn sie bereit wären, das mit Deke zu tun, dann war es naheliegend, dass, wenn sie in der Vergangenheit niemanden vergewaltigt hatten, dies in Zukunft sicherlich der Fall sein würde. Persönlich glaubte Luther, dass er der Welt einen Gefallen tat.

Jared hatte gesagt, dass es erledigt werden würde.

Während Luther davon ausging, dass Deke irgendwann von Michaels Hinrichtung erfahren würde, hoffte er, dass es noch eine Weile dauern würde. Er wollte nicht, dass irgendetwas seinen süßen, frechen, weichherzigen Gefährten änderte.

Luther wusste, dass er seitdem praktisch an Deke klebte, aber sein Wolf ließ seinen Gefährten einfach nicht außer Sicht. Um ehrlich zu sein, hatte Luther ihre gemeinsame Zeit genossen und gewusst, dass die Möglichkeit, zu jeder Zeit in einem beliebigen Raum des Hauses Sex zu haben, enden würde, wenn Stephani aus dem Lager zurückkehrte.

Mit diesem Gedanken umrundete Luther eine Ecke und

blieb stehen. Er schluckte und sah Deke dabei zu, wie er seine Hüften neigte, als er an der Theke an etwas arbeitete. Nur mit kurzen Jeans-Shorts bekleidet, die Luther noch nie zuvor gesehen hatte, schien Dekes Knackarsch vor ihm zu hüpfen, und seine Finger juckten danach, diese prallen Backen zu ergreifen.

Luther musste ein Geräusch gemacht haben, denn Deke drehte sich um und grinste breit. „Hey, du bist zurück. Lief alles gut?"

„Ja", antwortete Luther und schluckte, um Feuchtigkeit in seinen plötzlich trockenen Hals zu bekommen. „Woher hast du die?"

Deke lachte und drehte sich. „Magst du sie? Jason kam vorbei. Die Firma, bei der er seine Kleidung bestellt, hat die falsche Größe geschickt und er dachte, sie könnte mir passen." Deke grinste. „Er hatte recht. Also?"

Seit dem *Vorfall* – wie Deke und Jason es nannten – war Deke von Michels Kreis aufgenommen worden. Er war oft mit Michels Gefährten Jason und dem Wolfswandler Jamie zusammen. Luther wusste, dass er in Zukunft einen dieser Männer anrufen könnte, wenn er seinen Gefährten nicht finden konnte, und sie könnten es ihm sagen.

Verdammt, Luther und Leo hatten sich bereits mit Michel und seiner Gruppe zum Grillen zusammengetan und waren dann in Wolfsgestalt durch den Wald gelaufen. Er musste sich nicht einmal darum sorgen, dass sein Gefährte allein zurückblieb, denn Deke hatte Jason und Laramies Gefährtin Denise, mit denen er sich treffen konnte.

Luther nahm das gesamte Bild seines Gefährten in sich

auf, und sein Blick blieb auf dem blauen Nagellack an Dekes Zehen hängen, dann auf dem Eyeliner, der die funkelnden grünen Augen seines Gefährten betonte. „Ja“, murmelte er. „Götter, ja. Du bist absolut fickbar.“

Luthers Schwanz schmerzte in seiner plötzlich zu engen Jeans, und er drückte den Handballen dagegen.

Grinsend rieb Deke eine schlanke Hand über seinen flachen Bauch. „Mmm, ich bin froh, dass du es magst.“

„Ja“, grollte Luther und ging auf ihn zu. Da entdeckte er es. Er war nicht der Einzige, der erregt war. Man sah gerade so die gerötete Spitze von Dekes Erektion, die nur teilweise durch den Bund seiner winzigen Shorts verborgen war. Leise grummelnd schob Luther die Fingerspitze in Dekes Shorts und massierte die Eichel seines Gefährten. „Mach das Mittagessen fertig“, befahl er schroff. „Ich werde zuschauen.“ Er wischte eine Perle Vorsperma weg, hob seinen Finger an den Mund und leckte sie von seinem Finger.

Deke stöhnte. „O-okay, aber ich bin fast fertig“, gab er atemlos zu. „Ich habe Hühnersalat-Sandwiches gemacht.“

„Wirklich?“, antwortete Luther, und eine bessere Idee kam ihm in den Kopf. Als Deke nickte, grinste er zurück. „Okay, dann beeil dich, Schatz. Ich werde ein Fernsehtablett im Arbeitszimmer aufstellen.“

„Okay“, murmelte Deke keuchend.

Luther entfernte sich von Deke und fuhr mit der Hand über den Bauch seines Gefährten. Diesen ersten Schritt weg von seinem sexy Menschen zu machen, erwies sich als schwierig, vor allem, als er den süßen Hintern seines Gefährten noch einmal ansah und sich daran erinnerte, was er an diesem

Morgen hineingesteckt hatte.

Luther umfasste eine von Dekes Pobacken und schob die Fingerspitzen in die Spalte. „Trägst du immer noch den Plug?“, fragte er, gerade als er die Basis fand und dagegen stieß.

Deke erstarrte und stöhnte. „J-ja“, keuchte er.

„Gut.“

Luther ließ Deke los und trat aus der Küche. Als er sich im Arbeitszimmer befand, stellte er neben seinem großen Sessel ein Tablett auf. Er stand einige Sekunden da und versuchte, sich unter Kontrolle zu bringen. Als er endlich das Gefühl hatte, dass er nicht abspritzen würde, wenn er seinen Schwanz berührte, zog er sich aus, faltete seine Kleidung zusammen und legte sie auf den Couchtisch.

Luther griff in die Schublade eines der Beistelltische, schnappte sich eine Tube Gleitmittel und ließ sich dann auf seinem Sessel nieder. Er goss einen Tropfen auf seinen Schwanz und platzierte die Tube auf dem Stuhl neben seiner Hüfte. Seinen Ständer umfassend, verteilte Luther das Gleitmittel von oben bis unten.

In diesem Moment kam Deke herein und erstarrte keuchend. „Oh“, murmelte er und der Teller, den er in der Hand hielt, zitterte etwas in seinem Griff.

Freudig brummend bei Dekes Antwort, ließ Luther seinen Schwanz los und nahm ein Taschentuch aus der Schachtel auf dem Beistelltisch. Er wischte sich die Finger ab und winkte seinen Gefährten nach vorne. Deke schritt zu ihm. Sobald er nahe genug war, packte Luther die linke Hand seines Gefährten und nahm den Teller mit der rechten.

„Wir werden das erstmal beiseite stellen“, sagte Luther

und stellte den Teller auf das Tablett.

„Ich dachte, du hättest Hunger“, murmelte Deke heiser, seinen Blick auf Luthers dicken Schaft gerichtet.

„Oh, den habe ich“, versicherte Luther und konzentrierte sich wieder auf Deke und seinen Schritt. Er öffnete schnell die Hose seines Gefährten und strich mit dem Daumen entlang der dicken Vene, die entlang der Basis seines Schwanzes verlief. „Ich bin *sehr* hungrig.“

Dann beugte Luther sich vor und legte seine Lippen um Dekes Eichel. Er saugte leicht und genoss das Keuchen und Jammern seines Gefährten, als er entlang des Schafts leckte und die runzlige Haut unter der Spitze kitzelte.

Als Dekes Hände auf seinen Schultern landeten und drückten, tat Luther, worum sein Gefährte ihn bat. Er ließ Dekes Schwanz los und grinste seinen Gefährten breit an.

„Dein Mund fühlt sich toll an“, flüsterte Deke.

„Dein Schwanz ist der perfekte Bissen“, antwortete Luther und schob die Shorts seines Gefährten über seine Beine nach unten. „Aber ich bin bereit für etwas anderes“, sagte er. Er umfasste die Backen seines Gefährten, zog sie auseinander und rieb über die Unterseite des Plugs, bewegte ihn im Hintern seines Geliebten.

„Luther“, jammerte Deke und schauderte in seinem Griff. „Halt! Ich werde kommen.“

„Das kann ich noch nicht zulassen. Zieh deine Shorts aus, Deke.“

Sobald Deke gehorchte, drehte Luther ihn um, fand den Plug und löste ihn aus dem Loch seines Gefährten. Er genoss den Schauer, der Deke durchlief, und liebte es, wie sehr der

Mann auf jede Berührung reagierte. Dann half er Deke auf seinen Schoß, positionierte seinen Schwanz dabei und ließ den Schwung, als er sich wieder setzte und im Sessel zurücklehnte, seinen Schwanz tief in seinen Gefährten treiben.

Seufzend schlang Luther die Arme um seinen Gefährten und hielt ihn an sich. Er schmiegte sich an Dekes Hals und genoss das Gefühl, seinen Schwanz in dem heißen, festen Griff des Mannes begraben zu haben. Egal wie oft er seinen Gefährten fickte, sein Körper schien immer bereit zu sein und er betete, dass es immer so sein würde. Luther entspannte sich in dem Wissen, dass er seinen Gefährten sicher und gesund in den Armen hielt.

Deke drehte seinen Kopf, wo er auf Luthers Schulter ruhte, und küsste ihn, dann zwickte er ihn in den Hals.

Luther summte. Er drehte den Kopf und fing Dekes Mund, schob seine Zunge tief hinein und rang mit der seines Gefährten. Luther knurrte, probierte und erkundete den Mund seines Menschen, schwelgte in Dekes einzigartigem Geschmack.

Schließlich beendete Luther den Kuss und seufzte. Er lockerte seinen Griff, so dass er seine Hände über Dekes Brust, Bauch und Hüften gleiten lassen konnte. „Ich habe mir so große Sorgen um dich gemacht“, flüsterte er, bewegte langsam seine Hüften und stimulierte sie beide. „Der Flug nach Hause war die längste Stunde meines Lebens. Ich schulde deinen neuen Freunden so viel.“

Deke stöhnte und drückte seinen Kopf in Luthers Schulter, als er seinen Körper krümmte. Er rollte mit den Hüften, ergriff die Armlehnen des Sessels und drückte seinen

Arsch nach unten, um Luthers Bewegungen zu begegnen. „Ich wusste, dass du mich retten kommen würdest. Egal was."

„Ich wollte nie, dass du noch mehr Schmerzen erleidest", grummelte Luther. „Hier gehörst du hin. In meine Arme, sicher und geborgen."

„Das tue ich", stöhnte Deke. „Das bin ich. Deine Familie hat mich gerettet. Es geht mir gut", versicherte er und drückte sein Gesicht an Luthers Hals. „Ich bin hier, süßer Wandler."

Luther bewegte sich langsam weiter, als er an Dekes Körper hinabblickte. „Deke", stöhnte er, betrachtete die schlanken Linien seines Mannes und feste Haut. „Ich liebe es, wie du dich um mich anfühlst, während ich dich halte. So perfekt. Liebe dich so sehr."

Er wusste nicht, dass er das ausgesprochen hatte, bis Deke über ihm erstarrte.

Deke drehte den Kopf und starrte ihn an, sein Kiefer war ein wenig offen.

Luther räusperte sich und murmelte: „Ich weiß, es ist trivial, das beim Sex rauszuposaunen, aber das macht es nicht weniger wahr."

Deke lächelte, sein Ausdruck voller Wärme und Zuneigung. „Ich weiß es zu schätzen, dass du das sagst." Er zwinkerte. „Auch wenn ich momentan auf deinem Schwanz aufgespießt bin." Dann wurde er ernst. „Weil ich dich auch liebe. Ich wusste es, bevor ich bei dir eingezogen bin, deshalb stimmte ich endlich zu. Ich wusste, dass ich hier sein sollte."

Luther konnte nicht anders als grinsen. „Auf meinem Schwanz?"

Knurrend schaukelte Deke nach vorne, erhob sich halb von Luthers Schwanz und glitt dann wieder runter.

Luther zischte durch zusammengebissene Zähne und festigte seinen Griff um Dekes Taille. „Deke."

„Mmm", murmelte Deke. „Ich dachte, wir hätten einen ernsthaften Moment. Haben uns unsere Liebe verkündet und all das", murmelte er, spannte und lockerte seine Arschmuskeln, wahrscheinlich, weil Luther jetzt seine Hüften still hielt.

„Scheiße", murmelte Luther. „Es tut mir leid. Das hatten wir und ich habe es versaut." Seufzend versuchte er, sie wieder dahin zu bringen, wo sie gewesen waren, und er sagte: „Schatz, ich liebe dich. Ich liebe es, dass das Schicksal dich zu mir gebracht hat, und ich liebe es, dass du bei mir eingezogen bist." Er strich mit der Nase an Dekes Hals entlang, kratzte dann mit den Zähnen über die zarte Haut. „Ich möchte, dass du nie daran zweifelst."

Deke neigte den Kopf und bot ihm mehr Platz. „Oh, das werde ich nicht", schnurrte er. „Zweifle du auch nicht daran, sexy Wandler."

Luther knurrte leise und genoss das Gefühl von Dekes Haut unter seinen Fingerspitzen. Er ließ Dekes Hüften los. „Nimm was du willst, mein Gefährte", drängte er. „Reite meinen Schwanz."

Luther massierte Dekes Brust, seine Seiten, seine Bauchmuskeln und seufzte, als er seine Füße auf beiden Seiten seiner Waden platzierte, wo sie auf der ausklappbaren Fußstütze ruhten. Deke tat genau das, was Luther vorgeschlagen hatte. Mit seinem Griff an den Armlehnen und der Positionierung seiner Füße krümmte er den Rücken, stieß den Hinterkopf in Luthers Schulter und begann einen langsamen, gleichmäßigen Rhythmus, bei dem er sich auf Luthers Schwanz erhob und senkte.

„Scheiße, Luther", jammerte Deke. „Dein Schwanz fühlt sich so gut an, wie er meinen Arsch ausfüllt."

„Ja", knurrte Luther. „Ich mag es zu sehen, wie du dich auf meinem Schwanz fickst, dich auf und ab bewegst und deinen Schwanz hüpfen lässt. Scheiße! So sexy." Luther knurrte und konnte seinen Blick nicht von Dekes hüpfendem Ständer abwenden.

Als Dekes Hüften auf und ab schnellten, winkte sein Schwanz wie ein Fahnenmast und schwang wie ein Pendel auf und ab. „Schau dich an", jammerte Luther. „Dein Schwanz ist so hübsch. Du wirst ohne eine Berührung kommen, nicht wahr, Schatz?", drängte er.

„Oh ja", jammerte Deke. „Dein Schwanz füllt mich so gut, füllt mich genau richtig. Deine Eichel reibt über meine Prostata und jagt Funken durch meinen Körper. Macht mich so heiß für dich."

„Ja", knurrte Luther. „Bist du bereit zu kommen? Ich werde meine Zähne in dich versenken, genau wie mein Schwanz in deinen Arsch versenkt wird. Du wirst wie ein Geysir losgehen und deinen Samen in die Luft schießen lassen. Es wird so schön sein, deinen Samen wie einen Brunnen sprühen zu sehen."

Deke stöhnte. „Oh. Oh, Scheiße, ja!"

Luther verschwendete keine Zeit, stieß seine Zähne tief in Dekes Schulter. Blut floss über seine Zunge und er stöhnte bei dem berauschenden Geschmack. Deke schrie, und genau wie Luther es vorhergesagt hatte, zuckte der Schwanz seines Gefährten einmal, dann spritzte er und schoss Spermasalven hoch in die Luft. Der Samen spritzte auf und um sie herum, und der berauschende Duft erfüllte die Luft.

Dekes warmer Kanal glitt über Luthers Länge und melkte ihn. Stöhnend kämpfte Luther nicht gegen seine Lust an. Seine Eier zogen sich zusammen und er ergoss sich, schoss seinen Samen in den Kanal seines Geliebten. Deke wurde langsamer, sein Atem kam in harten Stößen.

„Heilige Scheiße", murmelte Deke. „Wie machst du das mit mir?"

Luther zog die Zähne aus dem Hals seines Gefährten, leckte über Dekes Haut und heilte das Gefährtenmal. „Oh, süßer Deke", murmelte er und genoss den glückseligen Tanz der Endorphine. „Du bist wirklich erstaunlich. Ein echtes Geschenk des Schicksals."

Deke lehnte sich gegen ihn und entspannte sich seufzend an ihm. Sein Kopf kippte zur Seite, so dass er Luthers Blick begegnen konnte. „Wow."

Luther grinste seinen Gefährten an und zwinkerte. „Oh ja, Schatz. Denk nur. In wenigen Minuten werden wir das alles wieder machen."

„Ich glaube nicht, dass ich ihn bald wieder hochkriegen kann", warnte Deke grinsend.

Luther lachte leise. Er bemühte sich, seinen Gefährten nicht zu sehr herumzuschubsen und griff nach dem Teller mit Hühnersalat-Sandwiches. „Das wirst du", versprach er. Er stellte den Teller auf Dekes Bauch, ohne auf das Sperma zu achten, nahm eine Sandwich-Ecke und hielt sie Deke an den Mund.

Nachdem sein Gefährte ein Stück abgebissen hatte, zwinkerte Luther und biss selbst etwas ab. Als er das Sandwich geschluckt hatte, murmelte er: „Du machst wirklich tolle Hühnersalat-Sandwiches, Liebster."

Deke lachte leise und zappelte ein wenig auf seinem Schoß. „Danke", antwortete er, nachdem er geschluckt hatte.

Luther hielt den letzten Bissen der Sandwichecke hoch und fütterte ihn seinem Geliebten. „Denk nur", flüsterte er Deke ins Ohr. „Wenn wir alle Sandwich-Ecken gegessen haben, die du für uns gemacht hast, wird mein Schwanz wieder hart sein." Er küsste Dekes Hals. „Und deiner auch. Ich werde dich über den Couchtisch beugen und dich bis zum Höhepunkt ficken", versprach er. „Dann werde ich dich nach oben zur Dusche tragen und dich waschen, bevor ich dir eine Wahl gebe."

Zitternd traf Deke seinen Blick. „Welche Wahl?"

Breit grinsend sagte Luther: „Wir können uns im Bett zusammenrollen und den Tag lang ficken, oder wir können rausgehen und noch ein paar dieser sexy Shorts kaufen."

Dekes grüne Augen funkelten. „Dann fangen wir besser an."

Luther fütterte seinen Gefährten noch einmal. Er stimmte voll und ganz zu.

Der Vampir und sein Geek

KAPITEL 1

„Was meinst du mit, du hast noch nichts herausgefunden?“

Tullion Kuznetsov wusste, dass es nichts nützen würde, den Vampir am anderen Ende des Wegwerf-Handys wütend anzubrüllen, aber seine Nerven waren unerträglich angespannt. Wenn sein bester Freund ihn jetzt sehen könnte, so wusste Tullion, würde der unbekümmerte Kerl lachen. Leider war sich Tullion zu diesem Zeitpunkt nicht sicher, ob Viktor Minsky am Leben oder tot war.

„Es tut mir leid, Sir“, antwortete Anatoly zaghaft. „Ich tue alles, was ich kann.“

„Da bin ich sicher“, grummelte Tullion und hielt das Knurren mühsam aus seiner Stimme fern. „Ich rufe in vierundzwanzig Stunden wieder an. Ich hoffe, es gibt dann bessere Nachrichten.“

Bevor Anatoly antworten konnte, beendete Tullion das Gespräch. Dann zerquetschte er mit seiner vampirischen Kraft das Handy. Er fügte in Gedanken den Kauf eines weiteren Wegwerf-Handys zu seiner To-Do-Liste hinzu … direkt unter die Suche nach einem sicheren Ort, um sich zu verstecken. Am liebsten einen mit Internetzugang. Es war höchste Zeit, dass Tullion seine eigenen Nachforschungen anstellte. Es dauerte zu verdammt lange, darauf zu warten, dass Anatoly herausfand, wer seinen Anführer wirklich getötet hatte. Soviel dazu, dass der Mann ein Sicherheitsexperte war.

Tullion setzte seinen Helm wieder auf und ließ das alte Motorrad an, zu dessen Verkauf er einen Mann überredet hatte. Es tat ihm leid, dass er den Menschen mit seiner Fähigkeit beeinflusst hatte, um das Motorrad kaufen zu können, aber er hatte es satt, mit dem Bus zu fahren.

Zwei Monate zuvor hatte sich Tullions Leben abrupt verwandelt.

Als einer von mehreren Vollstreckern des Zirkels hatte Tullion seinen Anführer Boris Shavinkof zu einer Versammlung begleitet, die von den drei russischen Mitgliedern des Vampirrates organisiert worden war. Tullion hatte sich auf die Gelegenheit gefreut, Freunde in anderen Zirkeln persönlich zu treffen. Darüber hinaus planten Tullion und Viktor, der auch ein Vollstrecker war, eine Nacht lang die nahe gelegene Stadt zu erkunden.

Am zweiten Abend, als sie dort waren, war Boris ermordet worden. Tullion hatte den Schrei seines Anführers gehört, aber als er die Tür aufgebrochen hatte, hatte er Boris auf dem Boden seines Zimmers ausgestreckt vorgefunden. Beim Anblick von Boris' regloser Gestalt war Tullion an seine Seite geeilt und hatte entdeckt, dass seine Kehle aufgeschlitzt war, aber Boris' Zeremoniendolch ragte aus seiner Brust und war demnach wahrscheinlich das, was ihn getötet hatte.

Instinktiv handelnd, hatte Tullion den Griff des Dolches ergriffen und ihn aus Boris' Brust gezogen. Es war ziemliches Pech, dass mehrere ältere Wachen genau in dieser Sekunde eintrafen – sein Anführer war tot und Tullion beugte sich über ihn, ein blutiges Messer in der Hand haltend. Auch wenn Tullion wusste, wie es ausgesehen hatte, war der einzige, den er von der Wahrheit hatte überzeugen können, sein bester Freund und Mitstreiter, Viktor. Leider waren sie nicht in der Lage gewesen, die Anwesenheit einer anderen Person im Raum zu bestätigen, also hatte Viktor Tullion bei der Flucht geholfen.

Tullion wusste, dass Viktor von den Wachen verhört worden war. Da er ein paar Tage nach seiner Flucht von seinem Freund gehört hatte, wusste er, dass der redegewandte Vampir es irgendwie geschafft hatte, sich aus der Bestrafung dafür, dass er ihm geholfen hatte, herauszureden. Tullion dankte den Göttern für kleine Gefälligkeiten.

Seine Aufmerksamkeit landete auf einem Schild in der Ferne, dem er näher kam. Tullion konzentrierte sich wieder auf die Straße anstatt auf seine Probleme. Als er von seinem Zirkel in Russland geflohen war, hatte sein erster Instinkt im befohlen, in ein anderes Land zu fliegen und sich in einer großen Stadt zu verstecken. Das hatte nicht funktioniert. Zweimal hatten ihn Verfolger seines Zirkel gefunden, zuerst in

Paris, Frankreich, dann wieder in New York City. Also hatte er sich ein altes Motorrad besorgt und fuhr jetzt die Nebenstraßen entlang.

„Stone Ridge“, murmelte Tullion. „Wohin zum Teufel bin ich bloß geraten?“ Er zuckte die Achseln, brauchte die Antwort nicht wirklich zu wissen. Verdammt, wenn er nicht wusste, wo er war, würden seine Verfolger es auch nicht wissen. Zumindest konnte er darauf hoffen.

„Hallo, Hintertupfingen“, flüsterte Tullion, als er die alternde Tankstelle mit den beiden altmodischen Zapfsäulen vor sich sah. Mehrere Fenster sowie die Tür waren mit Brettern vernagelt, und ein schmutziges *Zu verkaufen*-Schild mit einer verblassten Telefonnummer war an die Wand genagelt. „Ich frage mich, ob das noch funktioniert“, murmelte er abwesend und wandte seinen Blick von dem Gebäude ab.

Seit Tullion als Junge über die Ruinen einer verlassenen Kirche gestolpert war, liebte er es, alte Gebäude zu erkunden. Kurz nachdem er die Vampir-Version der Pubertät hinter sich gebracht und angefangen hatte, Blut zu trinken, hatten seine Eltern ihn für ein paar Jahre aufs Land gebracht, um dort zu leben, während er lernte, sich zu beherrschen. Wie sich herausstellte, waren die Gedanken einfacher Leute vom Land leichter zu manipulieren. Das, und er hatte viel Freiraum gehabt, um herumzulaufen und seine neuen Fähigkeiten zu erkunden, ohne dass ihn jemand bemerkte.

Tullion betrachtete den Wald und lächelte. Es würde Spaß machen, ihn zu erkunden.

„Was zum Teufel“, grummelte er. „Ich bin nicht im Urlaub. Ich bin auf der Flucht.“

Tullion schüttelte bei seinen eigenen Gedanken den Kopf. Als er das Schild mit der Aufschrift *Willkommen in Stone Ridge* sah, stellte er fest, dass der Ort nicht so klein war, wie er ursprünglich gedacht hatte. Die Angabe über die Bevölkerung lautete mehr als dreitausend Einwohner.

„Die müssen sich in den Bäumen verstecken“, überlegte Tullion, als er sein Motorrad verlangsamte.

Als er die Stadt erreichte, sah er sich um und erblickte die wie erwartet sauberen, wenn auch etwas heruntergekommenen Gebäude. Die Gehwege wirkten ordentlich und gepflegt. Tullion fand den Ort malerisch und entspannte sich fast. Ihm gefiel es.

Tullion fuhr durch die Stadt, schaute dabei hin und her. Da er versuchte, ein Gefühl für die Gegend zu bekommen, drehte er um, als sich die Bäume verdichteten und die Häuser weniger wurden, und fuhr erneut durch die Stadt. Dieses Mal bemerkte Tullion die Sheriff-Station, die Post, einen Lebensmittelladen und das Büro eines Immobilienmaklers.

Letzteres interessierte ihn, und Tullion lenkte sein Motorrad auf den winzigen Parkplatz. Er parkte, schwang sich von dem Fahrzeug, nahm den Helm vom Kopf und sah sich wieder um. Das Unternehmen bewarb sowohl möblierte als auch unmöblierte Mietobjekte. Das klang vielversprechend.

Nachdem er seinen Helm an den Lenker gehängt hatte, ging Tullion in das Gebäude. Er lächelte die hübsche Frau an, die hinter dem Schreibtisch neben der Tür saß. Sie erhob sich augenblicklich und ging auf ihn zu, ein einladendes Lächeln umspielte ihre Lippen.

„Guten Tag, Sir“, begrüßte sie und hielt ihm ihre Hand

hin. „Ich bin Angela. Wie kann ich Ihnen heute helfen?“

Tullion nahm Angelas Hand und drückte sie sanft, dann ließ er sie los. „Hallo, Angela“, antwortete Tullion und verstärkte gezielt seinen russischen Akzent. Er hatte schnell gelernt, dass Leute, wenn sie Schwierigkeiten hatten, ihn zu verstehen, keine persönlichen Fragen stellten. „Ich fahre gerade vorbei und sehe Ihr Anzeigen für möblierte Wohnungen. Ich brauche ein Ort für eine Weile zu bleiben.“

Angelas Augen weiteten sich nur ein wenig und ihr Lächeln schwankte. Aufgrund ihres Geruchs wusste Tullion, dass sie sich ein bisschen unwohl fühlte. Das war ok. Wenn Tullion es unangenehm für sie machte, wäre er eine Geschichte, die sie ihren Freundinnen beim Mädelsabend erzählte, dann würde er vergessen werden.

„Oh ja“, antwortete Angela schließlich und schien sich zusammenzureißen. „Ich glaube, ich habe gerade ein paar möblierte Wohnungen zur Verfügung. Lassen Sie mich meine Unterlagen durchsehen.“ Sie deutete auf den Stuhl vor ihrem Schreibtisch und forderte ihn auf: „Bitte nehmen Sie Platz. Ich werde nur ein paar Augenblicke brauchen.“

Tullion nickte und lächelte, immer darauf bedacht, seine Lippen zusammenzuhalten. Kein Grund, einen Menschen zu verschrecken, indem er sie seine zu langen, zu scharfen oberen Eckzähne entdecken ließ. Während Tullion oft überrascht war, dass die meisten Menschen seine Zähne völlig übersahen, könnte es sich als tödlich erweisen, wenn sie jetzt entdeckt würden.

Tullion ließ sich auf dem angewiesenen Platz nieder, entspannte sich auf dem einigermaßen bequemen Stuhl und streckte die Beine aus. Er hob die Arme über den Kopf, drehte sich auf seinem Sitz ein wenig und ließ seine Rückenwirbel knacken. Er stieß ein zufriedenes Grunzen aus, legte die Arme auf die Lehnen und stützte den gestiefelten rechten Fuß auf das linke Knie.

Er fand, dass es sich, nachdem er mehrere Stunden mit dem Motorrad gefahren war, immer erstaunlich gut anfühlte, sich ordentlich zu strecken.

Tullion sah zu, wie Angela durch das spärlich eingerichtete Zimmer ging. Sie blieb neben einem von zwei weiteren Schreibtischen stehen, an dem eine junge Brünette saß und vorgab, sich auf ihren Computer zu konzentrieren. Tullion hatte bemerkt, dass sich die Frau zweimal zu ihm umschaute, bevor Angela an ihre Seite trat. Mit seinem feinen Gehör hatte Tullion keine Probleme, ihre Unterhaltung zu hören.

„Colleen, hast du Zeit, ein paar Wohnungen zu zeigen?“, fragte Angela.

Die Brünette, Colleen, grinste. „Sicher. Ich kann dir sogar Mittagessen bringen, wenn du willst“, bot sie an und ihr Blick wanderte zu Tullion.

Während er den Austausch beobachtete, vergewisserte sich Tullion, dass er den Anschein erweckte, sich im Büro umzuschauen, soweit es sehenswert war. Aktenschränke, eine Tür mit der Aufschrift *Toilette*, drei Arbeitsplätze und schließlich eine weitere Tür mit der Aufschrift *Lager*. Aufgrund der Brandschutzbestimmungen vermutete Tullion, dass dort ein weiterer Ausgang war.

„Sicher, lass es nur nicht zu spät werden“, warnte

Angela. Sie warf einen Blick über die Schulter zu Tullion und drehte sich dann zurück zu Colleen. „Ich denke, er ist Russe und sein Akzent ist ziemlich stark. Du bist immer besser mit … na ja …“

Colleen grinste. „Verstanden, Boss.“ Sie zwinkerte. „Wir haben alle unsere Macken, und Akzente sind deine.“

Angela zuckte mit den Schultern, als sie eine Mappe von Colleens Schreibtisch nahm. Sie blätterte murmelnd durch die Seiten: „Ist es zu viel verlangt, dass die Leute Englisch lernen, bevor sie herkommen? Es ist schließlich unsere Landessprache.“

Tullion entging Colleens Antwort, da er zu beschäftigt damit war, nicht zu lachen. Er hob die Hand an sein Gesicht und tat so, als würde er sich den Kiefer reiben, um sein Grinsen zu verbergen. Auch wenn er immer zumindest einen leichten Akzent haben würde, wenn Tullion deutlich sprechen wollte, konnte er es.

Er sprach fließend Englisch, sowohl britisches als auch amerikanisches, sowie Französisch, Spanisch und Portugiesisch. Er kam sogar in Japan zurecht, und er kannte ein paar Brocken verschiedener chinesischer und arabischer Dialekte. Es war einer der Gründe, warum er zu einem Vollstrecker befördert worden war, noch bevor er das achtzigste Lebensjahr erreichte.

Dieser Gedanke ließ Tullions Heiterkeit schnell verfliegen. Er hatte Boris über dreißig Jahre lang treu gedient, und es ärgerte ihn, dass sein Dienst nicht berücksichtigt worden war.

„Hallo, ich bin Colleen“, sagte die Frau und lenkte

Tullions Aufmerksamkeit auf sich.

Tullion stand auf und nahm ihre angebotene Hand. „Alex", log er glatt. „Sie können mir Wohnungen zeigen?"

Colleen legte den Kopf schief und lächelte. „Sicher kann ich das. Möchten Sie Bilder sehen oder selbst zu den Objekten fahren? Ich kann die Schlüssel holen."

Als er feststellte, dass seine Aufmerksamkeit auf den Puls an Colleens Hals gezogen wurde, erkannte Tullion plötzlich, wie lange es her war, seit er sich genährt hatte. Ständig unterwegs zu sein war nicht gerade förderlich für Verabredungen. Hmm, vielleicht könnte er das ändern.

Tullion erwiderte ihr Lächeln und nickte. „Ich würde gerne welche sehen. Zeigen Sie sie mir?"

„Sicher doch. Nur eine Sekunde", antwortete Colleen. Sie drehte sich um und ging durch den Raum zu einem Schreibtisch. Dort zog sie eine Schublade hervor, holte einen Schlüsselbund heraus, dann ging sie voran aus der Tür. „Werden Sie lange in Stone Ridge sein?", fragte sie, als sie an ihm vorbeiging.

„Eher kurz", antwortete Tullion. „Ich weiß nicht genau, wie lange."

„Oh", antwortete Colleen. Ihr Lächeln geriet für einen Moment ins Stocken, dann grinste sie breit. „Nun, was bringt Sie denn hierher? Besuche bei Freunden? Familie?"

Tullion zermarterte sich sein Gehirn nach einer geeigneten Antwort. „Ich bin, äh, wie Sie sagen … *фотограф*", sagte er, gezielt das russische Wort für Fotograf verwendend. „Ich fotografiere für Reisemagazine."

„Wirklich?" Colleen schwang ihren Arm und zeigte auf

die Wälder, die in nahezu alle Richtungen sichtbar waren. „Es gibt viel zu sehen. Vielleicht kann ich Sie irgendwann mal herumführen."

„*Da*", stimmte Tullion in seiner Muttersprache zu, als er nickte. Es wäre eine perfekte Gelegenheit für ihn, sich zu nähren.

Colleen wirkte erfreut und eilte zu einem Mittelklassewagen. Obwohl Tullion vermutete, dass sie erwartete, dass er mit ihr fahren würde, hatte er nicht die Absicht, dies zu tun. Stattdessen öffnete er die Fahrertür für sie, was ihm ein weiteres Lächeln einbrachte. Dann zeigte er auf sein Motorrad. „Ich werde Ihnen folgen."

„O-Okay", antwortete Colleen und blickte in diese Richtung, während ihre Brauen sich zusammenzogen. „Sind Sie sicher? Ich kann Sie hierher zurückbringen."

Tullion lächelte zurück. „Machen keine Sorgen." Er hatte nicht vor, eine Wohnung zu mieten. Er wollte nicht, dass sein Name in irgendeinem System auftauchte, oder auch nur die Information, dass ein Russe in der Gegend war. „Nur verlieren Sie mich nicht." Er zwinkerte, wandte sich dann ab und ging zu seinem Motorrad.

Tullion hoffte, bei einer der möblierten Wohnungen eine Gelegenheit zu finden, wo er sich niederlassen konnte. Wenn er leicht einbrechen könnte, würde er einfach abends rein- und rausschlüpfen, vielleicht eine Internetverbindung anzapfen und herausfinden, was zum Teufel er gegen seine missliche Lage tun könnte.

Fast zwei Stunden später nahm Tullion Colleens

Telefonnummer entgegen und versprach, sie anzurufen und sich von ihr zu verabschieden. Er wusste, dass sie enttäuscht war, dass er nicht ins Büro zurückkehren und Papiere für eine der Wohnungen unterschreiben wollte, aber es war ihm wirklich egal. Die menschliche Frau würde darüber hinwegkommen.

Nun wandte sich Tullion einer anderen Form der Notwendigkeit zu. Er hielt sein Motorrad bei dem Lebensmittelladen am Rande der Stadt an. Da er mit dem Motorrad gereist war und angehalten hatte, wann und wo er konnte, hatte er von Konserven, getrocknetem Fleisch, Obst und Nüssen gelebt. Leider glaubte Tullion nicht wirklich, dass sich dies bald ändern würde.

„Vielleicht kann ich Colleen dazu bringen, für mich zu kochen", murmelte Tullion vor sich hin und ging in den Laden.

Ein interessanter Geruch kitzelte Tullions Sinne, als er auf die Lebensmittelabteilung zuging. Während er mehrere Äpfel und Orangen auswählte, fühlte er, wie sein Schwanz in seiner Jeans anzuschwellen begann, sich verdickte und verlängerte. Tullion drehte sich langsam um und versuchte herauszufinden, woher der Geruch kam.

Das Geschäft war klein. Tullion war beim Betreten an ein paar Kassen vorbeigekommen, von denen nur eine von einem gelangweilt aussehenden Teenager besetzt war. Die junge Frau trug zu viel Parfüm, und Tullion war an ihr vorbeigeeilt. Der faszinierende Duft stammte offensichtlich nicht von ihr.

Tullion entdeckte einen kleinen, leicht übergewichtigen

Mann, der die Lebensmittelabteilung am anderen Ende verließ. Neugierig ging er in diese Richtung. Sobald er den Bereich erreicht hatte, in dem der Mensch einen Moment zuvor gestanden hatte, schmerzten Tullions Zähne von dem berauschenden Geruch, der in seine Nase stieg, … süßer Zimt gemischt mit erdigen männlichen Untertönen. Sein Magen knurrte tatsächlich und erinnerte ihn wieder daran, wie lange es her war, seit er in eine Bar gegangen war und einen Menschen dazu gebracht hatte, sein Blut im Austausch gegen Vergnügen zu spenden.

Von Verlangen getrieben folgte Tullion dem köstlichen Geruch auf der Suche nach dem Mann. Es war Jahrzehnte her, seit er einem Mann Vergnügen bereitet hatte. Nicht mehr, seit er während seiner Studienzeit gereist war und zum ersten Mal Sex gehabt und ein bisschen experimentiert hatte. In seiner Heimat hatte er sich an Frauen gehalten.

Jetzt jedoch bog Tullion um die Ecke und fand sich im Müsligang wieder. Auf halber Höhe stand das Objekt seiner plötzlichen Begierde, ein etwas kräftiger menschlicher Mann mit zauseligen, dunkelbraunen Haaren und Brille. Tullion konnte nicht erkennen, was ihn an dem Mann anzog. Vielleicht war es die Art, wie die Augenbrauen des Mannes zusammengezogen waren und seine Zunge den Rand seiner Oberlippe berührte, als er die Nährwertkennzeichnung von zwei Müslis zu betrachten schien. Tullions Schwanz zuckte, als ihm der Gedanke kam, wie diese rosa Zunge seinen Ständer leckte, als wäre er ein Lutscher. Er würde die dichten Haare des Menschen festhalten und seinen Schwanz in dessen Mund schieben.

Tullion atmete einen weiteren tiefen Zug des köstlichen Aromas dieses Menschen ein und schlenderte in seine Richtung. Ja, er wollte ihn, scheiß auf die Konsequenzen. Bei diesem Gedanken traf ihn eine Möglichkeit wie eine Tonne Steine.

Könnte das mein Geliebter sein?

Tullions Schritte gerieten ins Stocken, aber er hielt nicht an. Auch wenn das Schicksal ein schlechtes Timing haben mochte, musste er es wissen. Könnte dieser Mensch sein einzig Wahrer sein?

Ich werde es verdammt noch mal herausfinden.

KAPITEL 2

Toby Dallow starrte auf das Müsli. Zu dumm, dass er sich nicht auf die Ernährungshinweise konzentrieren konnte.

Er war zu seinem wöchentlichen Lebensmitteleinkauf in den Supermarkt gekommen, bevor er sich später auf den Pokerabend mit seinen Freunden vorbereitete. Erledige deine Aufgaben und so, bevor du spielen gehst, richtig? Er hatte seine Wäsche gewaschen, die jetzt zu Hause im Wäschekorb auf seinem Bett stand. Ihm war bewusst gewesen, dass etwas ihn ablenken würde, wenn er sich die Zeit genommen hätte, sie wegzuräumen, und dann hätte er nie etwas zu essen besorgt … und ihm war das Müsli ausgegangen.

Das war der einzige Gedanke gewesen, der Toby davon überzeugt hatte, kehrtzumachen und gleich wieder nach draußen zu seinem Auto zu gehen. Er liebte Müsli.

Toby war fast mit dem Einkaufen fertig gewesen, hatte gerade ein paar Bananen ausgesucht, als er den sexy Fremden entdeckte. *Kurzgeschorene blonde Haare, breite Schultern und eine muskulöse Figur? Lecker!* Er hatte verstohlen nach unten greifen und sich zurecht rücken müssen, als er den selbstbewussten Gang des Mannes sah. Dann, als der Fremde sich vorbeugte, um einen Apfel zu nehmen und dabei zeigte, wie seine Jeans seinen Arsch zur Schau stellte … Toby war schnell aus dem

Bereich geeilt, musste es einfach.

Im Gang mit den Müslis angekommen, hatte sich Toby wieder zurechtgerückt und dann versucht, sich darauf zu konzentrieren, sein Müsli auszusuchen. Aus den Augenwinkeln hatte er den sexy Mann auftauchen sehen und daraufhin panisch das nächstbeste Müsli gepackt. Jetzt hielt er es vor sich, als würde er die Zutaten studieren, während sich der Typ näherte. Toby versuchte ihn zu ignorieren, weil er wusste, dass ein sexy Kerl wie dieser sich niemals für einen übergewichtigen, brillentragenden Nerd wie ihn interessieren würde.

Aber meine Güte! Wie könnte man diesen hüftschwingenden Gang ignorieren?

Als der Mann direkt hinter ihm anhielt, stockte Tobys Atem in seiner Brust. Er konnte praktisch die Körperwärme des anderen Mannes spüren, so nah stand er ihm. Hatte er kein Gefühl dafür, einer anderen Person Freiraum zu lassen? Dann legte der Mann seine Hände auf Tobys Schultern und lehnte seine Brust an seine Schulterblätter.

„Ich bin sicher, du schmeckst genauso süß wie dieses Müsli", murmelte der Typ. „Wirst du mir eine Chance geben, es herauszufinden?"

Tobys Verstand schaltete ab, als er die tiefe Stimme des Mannes hörte. Sie schien in der Brust des Fremden zu rumpeln und fühlte sich an, als würde sie durch Tobys Schultern vibrieren. Und was war das für ein Akzent? Toby war sich nicht ganz sicher, aber er würde ihn sich gerne den ganzen Tag anhören.

„Ich verspreche, ich kann dir eine gute Zeit bereiten,

Süßer“, fuhr der Fremde fort.

Süßer? Warte mal, was? Niemand außer seiner Mutter nannte ihn süß … und das war vor Jahren gewesen.

Toby riss sich aus seinem lustbedingten Nebel und runzelte die Stirn. Er starrte über seine Schulter und zog sich von dem Mann zurück. „Was für ein Spiel ist das?“, schnappte er mit klopfendem Herzen. „Verarschst du den Geek? Wie lautet die Wette? Mal sehen, ob ich dir einen blasen werde? Oder denkst du, ich habe es so nötig, dass ich mich von jedem dahergelaufenen Arschloch ficken lassen werde?“

Die Brauen des Fremden schossen hoch. Dann verengten sich seine tiefgrünen Augen, und er streckte seine Hand aus. „Mein Name ist Tullion Kuznetsov, und es gibt keine Wette.“

Vorsichtig griff Toby nach der Hand des Mannes. „Toby Dallow.“ Er nahm an, wenn der Fremde, Tullion, versuchen sollte, ihm wehzutun, konnte er immer noch schreien. Doch als er seine Hand in Tullions viel größere Handfläche legte, fuhr dieser mit den Fingerspitzen über sein inneres Handgelenk, sodass ihre Hände zusammenblieben, als er sie an seine Brust legte.

Tullion trat näher und drückte Toby an das Regal hinter ihm. Toby schaute zu dem Mann auf und erkannte, wie unterschiedlich groß sie waren. Da er einen Meter fünfundsiebzig groß war, schätzte er, dass Tullion es auf etwa eins neunzig bringen musste. Tullion wiegte sein Becken gegen Tobys Bauch und Toby schnappte nach Luft, als er die Erektion des Mannes über seinen weichen Bauch reiben spürte.

„Keine Wette, keine Spiele, nur Lust", knurrte Tullion leise. „Ich spüre, wie sich deine Antwort darauf in meine Hüfte bohrt, sodass ich weiß, dass du die Anziehungskraft zwischen uns ebenfalls fühlst." Er veränderte seine Haltung gerade genug, um Druck auf Tobys tropfenden Schwanz auszuüben, als er seinen Kopf senkte und in Tobys Ohr flüsterte. „Nun, wie wäre es, wenn du zustimmst, mich mit nach Hause zu nehmen, wo ich dir richtig Lust bereiten kann, bevor wir uns hier im Laden in Verlegenheit bringen." Tullion beendete seine Worte mit einem Lecken an Tobys Ohrmuschel und schickte damit ein Kribbeln über seinen Hals.

Da Toby noch nie zuvor auch nur eine andere Person geküsst hatte, ließ ihn das Gefühl, wie Druck auf seinen Schwanz ausgeübt wurde, keuchen. Er bemühte sich, sich zu konzentrieren und unternahm einen letzten Versuch, den Kerl zu verscheuchen … nur für den Fall.

„Wenn – wenn du lügst, ich habe Freunde, die dir in den Hintern treten würden." Toby schaffte es irgendwie, die Warnung hervorzubringen, obwohl sich seine Eier bei der Stimulation zusammenzogen.

„Du hast mein Wort", schwor Tullion. „Nur Vergnügen."

Toby schaffte es zu nicken, denn zum Teufel, er würde es nicht ablehnen, seine Jungfräulichkeit an diesen sexy Mann zu verlieren. „Okay."

Tullion knurrte leise. „Beeil dich mit deinen Einkäufen und triff mich gleich draußen", befahl er rau, und seine tiefere Stimme verriet seine eigene Erregung. „Ich werde dir zu deinem Zuhause folgen."

„Okay“, stimmte Toby erneut zu.

Als Tullion seinen Unterleib wegbewegte, kämpfte Toby gegen ein enttäuschendes Wimmern an. Er musste aber ein Geräusch gemacht haben, denn Tullion stöhnte. „Verdammt“, murmelte der große Mann. „Ich möchte dieses Geräusch hören, während wir im Bett sind, du nackt unter mir. Ich wette, ich kann dich dazu bringen, noch weitere schöne Geräusche zu machen.“

Toby stöhnte, als seine Eier schmerzten und drohten, ihn in seine Jeans abspritzen zu lassen. Da er diese Peinlichkeit nicht riskieren wollte, rutschte er seitwärts von dem Mann weg … und schaffte es, über das Rad seines Einkaufswagens zu stolpern. Quietschend fiel Toby in Richtung des Müsliregals.

Tullions große Hände ergriffen seine Oberarme und stützten ihn. „Ganz ruhig“, sagte er. „Bist du okay?“

Nickend dachte Toby, dass dies zumindest seinen Schwanz ein bisschen entspannt hatte. Würde Tullion ihn immer noch wollen, nachdem er seine Unbeholfenheit so deutlich gezeigt hatte? „Mir geht es gut“, murmelte er.

„Gut.“ Tullion lächelte ihn verführerisch an. „Ich möchte nicht, dass du dir weh tust. Das würde meine Pläne für den Abend etwas durchkreuzen.“ Er zwinkerte Toby zu.

Nun, damit war diese Frage beantwortet. „Äh, ja“, antwortete Toby atemlos, als seine Erregung genauso schnell zurückkehrte, wie sie vor einer Sekunde verpuff war. „Das wäre blöd.“

Tullion kicherte. „Dann sehen wir uns gleich vor der Tür.“ Tullion ließ ihn los, musterte ihn von Kopf bis Fuß und wieder zurück nach oben. Er warf ihm einen schwelenden Blick zu, bevor er kehlig brummte und sich abwandte.

Toby spürte, wie Gänsehaut auf seinen Armen ausbrach. Er musste kein Genie sein – obwohl er es war –, um zu wissen, dass er sich mit diesem Typen völlig übernahm. Trotzdem konnte Toby sich nicht helfen. Wie oft würde ihn ein so heißer Typ anbaggern? Toby nahm an, dass dies eine einmalige Gelegenheit war und er hatte die Absicht, sie zu nutzen.

Gott, ich hoffe, der Schuss geht nicht nach hinten los.

Toby konzentrierte sich wieder auf seine Einkäufe und schaute auf die Müslischachteln, die er hochhielt, … und wand sich. Er hatte den Nährwert von zwei hochkalorischen, mit Zucker vollgepackten Sorten verglichen. Obwohl er beide Mischungen liebte, konnte er sich vorstellen, wie das für Tullion ausgesehen haben musste.

„Oh, na ja“, murmelte Toby. Er ließ beide Schachteln in seinen Wagen fallen und ging dann nach vorne. Er hatte gerade die Kasse erreicht, als ihm klar wurde, dass er die Milch vergessen hatte. „Mist.“ Er zwang sich zu einem Lächeln und sah Natalie an, die an ihre Kasse gelehnt dastand. Nur, dass sie ihn nicht ansah. Sie starrte auf ihr Handy.

Seufzend trat Toby von der Kasse zurück und schob seinen Wagen so schnell, wie er es für sicher hielt, in Richtung der Kühlabteilung. Er schnappte sich einen Karton mit fettarmer Milch und eilte zurück zur Kasse. Als er sich hinter einer Frau und ihrer Tochter anstellte, entdeckte Toby Tullion, der ein paar Plastiktüten trug und aus der Tür verschwand.

Toby trat ungeduldig von einem Fuß auf den anderen, während er der Tochter der Frau zuhörte, die mit Natalie über die Schule schwatzte. Offensichtlich waren sie beide im letzten Jahr, beste Freundinnen und planten, nächstes Jahr zusammen aufs College zu gehen. Toby wünschte nur, sie hätten die Klappe gehalten, damit Natalie den Kassiervorgang beendete und er and er Reihe war.

Blöde Milch. Toby rollte innerlich mit den Augen. Es war seine eigene Schuld, dass er sie vergessen hatte, obwohl er sie für sein Müsli brauchte. *Blödes Müsli!*

Schließlich rief die Mutter: „Komm, Jenny. Es war schön, dich zu sehen, Natalie“, und beendete damit ihre Unterhaltung.

Trotzdem dauerte es noch gut drei Minuten, bis die zwei aufhörten, sich gegenseitig Dinge zuzurufen, als Jenny den Laden verließ. Schließlich wandte sich Natalie wieder ihrer Arbeit zu und fing an, Tobys Lebensmittel einzuscannen. Toby bedankte sich nicht einmal bei dem Mädchen. Stattdessen hastete er, sobald er fertig war, nach draußen.

Zuerst sah Toby keine anderen Fahrzeuge auf dem Grundstück als sein eigenes. Enttäuschung erfüllte ihn und erschütterte ihn mit ihrer Intensität. Er wusste nicht, warum die Tatsache, dass Tullion gegangen war, einen fast körperlichen Schmerz in seiner Brust verursachte, aber sie tat es.

Toby ließ die Schultern hängen und begann, seinen Wagen zu seinem Fahrzeug zu schieben. Als er es erreichte, hörte er das leise Brummen eines Motorrades. Toby erwartete, Kade zu sehen, einen Wolfswandler, der fast das ganze Jahr über Motorrad fuhr, und sah sich um, nachdem er den Kofferraum seines Autos geöffnet hatte.

„Toby, was ist los?“

Toby bemerkte Tullion, der auf einem alten, heruntergekommenen Motorrad saß. „Oh“, keuchte er. „Ich dachte …“ Er errötete und klappte den Mund zu.

Tullion hatte sein Motorrad ein paar Meter von Tobys offenem Kofferraum entfernt angehalten und ließ den Motor im Leerlauf brummen. Er beugte sich vor und stützte die Ellbogen auf den Lenker. Offensichtlich muss er Tobys Reaktion gedeutet haben, denn er sagte: „Ich war mit meinem Motorrad im Schatten auf der anderen Seite des Gebäudes, um auf dich zu warten.“ Er legte den Kopf schief und deutete auf die Seite des Gebäudes, die im Schatten lag. „Ich war mir nicht sicher, wie lange dieser Teenager brauchen würde. Sie erschien mir nicht besonders kompetent.“

„Nein“, flüsterte Toby. „Definitiv nicht.“

„Räum deine Einkäufe weg, Toby“, befahl Tullion leise, seine grünen Augen verengten sich und sein Blick war intensiv. „Ich kann nicht versprechen, wie lange ich meine Hände bei mir behalten kann.“

Toby starrte ihn an. „Was?“

Tullion lächelte breit und zeigte ein anzügliches Grinsen. „Oh, Süßer. Ich habe hier angehalten, denn wenn ich dich berühre, bin ich möglicherweise nicht mehr in der Lage, mich davon abzuhalten, dich hier und jetzt zu nehmen. Dein Rücksitz sieht aber groß genug aus“, fuhr er grinsend fort. „Ein bisschen beengt, aber wir könnten es schaffen, oder?“

Toby klappte die Kinnlade zu und schluckte schwer. Er konnte sich nicht helfen. Sein Schwanz spritzte einen Tropfen Vorsperma in seine Unterwäsche bei dem Gedanken, dass

Tullion sich auf dem winzigen Rücksitz seines Fahrzeugs mit ihm vergnügte, als wären sie Teenager, die nicht in der Lage waren, die Hände voneinander zu lassen. Er griff nach unten und drückte den Handballen gegen die Basis seines Schwanzes, hielt geradeso seinen Orgasmus zurück.

Tullions Lächeln wurde wild und seine Augen schienen im Sonnenlicht ein bisschen rot zu leuchten. „Beeil dich, Süßer. Ich habe Pläne für dich."

Toby nickte kurz. Er warf seine Einkäufe schnell in sein Auto, ohne Rücksicht darauf, wo sie landeten. Dann eilte er um sein Fahrzeug herum, setzte sich ans Steuer und startete den Motor. Er überprüfte seinen Rückspiegel, setzte aus der Parklücke zurück und fuhr in Richtung seines Zuhauses. Ein Blick in den Spiegel bestätigte, dass Tullion folgte.

Angst rang mit Aufregung … vor allem empfand er Aufregung. Irgendetwas an dem Kerl drückte alle seine Knöpfe … und es war nicht nur, weil er so gut aussah. Okay, größtenteils war es, weil er so gut aussah. Plus die Art und Weise, wie der Mann ihn ansah. Und wie er mit ihm sprach, ihn berührte und sich so benahm, als wollte er ihn wirklich.

Obwohl Toby wusste, dass es ein One-Night-Stand oder höchstens eine kurze Affäre sein würde, konnte er es kaum erwarten, Tullion nackt zu sehen. Er wollte endlich wissen, wie es sich anfühlte, wenn ein Mann ihn nahm, ihn dehnte und all seiner Gedanken beraubte. Toby wusste einfach, dass Tullion genau das auch tun konnte.

Alles andere kann bis morgen warten …

Toby bog in die Einfahrt der Doppelhaushälfte ein, die er gemietet hatte und parkte in dem Carport, der an seiner

Haushälfte angebracht war. Er atmete langsam und lauschte dem Dröhnen von Tullions Motorrad, als dieser in die Einfahrt fuhr. Zu Tobys Überraschung rollte Tullion langsam an seinem Auto vorbei und weiter nach vorne, bis er sein Motorrad zwischen dem Auto und dem Haus anhielt. Er parkte in die entgegengesetzte Richtung, das Motorrad der Straße zugewandt.

Bevor Toby den Mut fassen konnte, aus seinem Auto auszusteigen, war Tullion von seinem Motorrad gestiegen, hatte den Helm abgenommen und achtlos auf den Sitz gelegt. Er ging zu Tobys Fahrzeug und riss seine Tür auf, dann lehnte er sich ins Auto und löste Tobys Sicherheitsgurt.

„Komm her", forderte er.

Während Tullion sprach, ergriff er Tobys Arm und zog ihn fast aus dem Fahrzeug. Toby widersetzte sich nicht und erlaubte dem viel größeren Mann, ihn zu ziehen, zu schieben und zu manövrieren. Schnell fand er sich mit dem Rücken gegen die Seite seines Autos gedrückt wieder, und Tullion bedeckte seine Vorderseite von der Brust bis zu den Oberschenkeln.

Toby legte seine Hände instinktiv auf Tullions Taille, als der Mann sich vorwärts bewegte und Tobys Kopf mit seinen Unterarmen umgab. Seine Hände glitten in Tobys Haar und umfassten seinen Schädel, vielleicht, um ihn davon abzuhalten, sich seinen Kopf vor Überraschung anzuschlagen, als Tullion seinen eigenen Kopf zu senken begann.

Tullion hielt inne und summte. Seine Augen funkelten vor unverkennbarer Geilheit, als er auf ihn hinunter starrte. Mit seinen Fingern massierte Tullion leicht Tobys Schädel. „Ruhig, süßer Toby", gurrte er. „Ich will das schon tun, seit ich dich im Laden gesehen habe, wusste aber nicht, wie die Leute in dieser ruhigen kleinen Stadt reagieren würden."

Ohne auf eine Antwort zu warten, schloss Tullion den Rest der Distanz zwischen ihnen. Er presste seinen Mund leicht auf Tobys Unterlippe und dann auf seine Oberlippe. Toby blieb widerstandslos im Griff des großen Mannes und nahm die sanfte, sinnliche Berührung auf. Als Tullion mit seiner Zunge über Tobys Unterlippe fuhr, registrierte er die subtile Bitte um Einlass.

Toby öffnete den Mund für Tullion, der es schnell ausnutzte. Der Mann glitt mit der Zunge in Tobys Mund und schob sie über seine. Toby stöhnte bei der Empfindung, sein Körper glühte und kribbelte. Toby gab seinem Drang nach und leckte zögernd an Tullions Zunge. Er bockte und stieß gegen den harten Grat, den er gegen seinen eigenen drücken fühlte.

Seine Sinne waren überwältigt, und Tobys Orgasmus überraschte ihn. Seine Eier zogen sich zusammen, sein Schwanz pulsierte in seiner Unterwäsche und füllte sie mit einem Strahl Sperma nach dem anderen. Toby stöhnte in Tullions Mund und ritt auf den berauschenden Wellen seines Höhepunkts.

KAPITEL 3

Als er fühlte, wie der Mann, von dem Tullion sich sicher war, dass es sich bei ihm um seinen Geliebten handelte, in seinen Armen zitterte, zogen seine Eier sich zusammen. Grunzend hob Tullion den Kopf und unterbrach den Kuss. Er schnappte nach Luft, als sein eigenes Bedürfnis durch seine Adern schoss.

„Toby“, flüsterte Tullion.

Tullion schaute auf den Mann herab, den er zwischen sich und dem Auto festhielt. Sein Schwanz pulsierte, und seine Zähne schmerzten, als er in Tobys gerötetes Gesicht sah, seine geweiteten Augen unter den gesenkten Lidern betrachtete und den keuchenden, zitternden Körper. Niemals hatte er etwas so Erstaunliches gesehen oder gerochen wie diesen Menschen im Griff der Leidenschaft. Tobys Blut lockte ihn wie feinster Wein und der Geruch seines Samens war wie das berauschendste Aphrodisiakum.

Toby lehnte sich gegen das Auto. Sein Kopf ruhte träge in Tullions Händen und der Mann vertraute darauf, dass er ihn festhielt, während er auf dem Endorphinhigh dahinflog, das sein Höhepunkt mit sich gebracht hatte. Tullion sehnte sich danach, ihm mehr zu geben, selbst als sein eigener Körper vor Verlangen bebte … und da Tobys Kopf so schön geneigt war, konnte Tullion nicht widerstehen.

Tullion senkte den Kopf und kratzte mit den Zähnen an dem Puls in Tobys Kehle. „Toby“, hauchte er. Dann, unfähig, dem Lockruf des Bluts zu widerstehen, versenkte Tullion seine Zähne in Tobys Kehle.

Tobys Blut floss über seine Zunge und ließ seine Sinne singen. Die berauschende, eisenhaltige Flüssigkeit schmeckte besser als alles, was er bisher kennengelernt hatte, und sein Instinkt schrie nach mehr, verlangte, dass sie sich für alle Ewigkeit verbanden. Tullion wiegte seine Hüften und wünschte, sein Schwanz wäre tief in Tobys Körper vergraben. Sein Schwanz spritzte in seine Jeans, und sein Körper zitterte heftig, als sein Orgasmus durch ihn schoss.

Tullion trank mehrere Schlucke vom Blut seines Geliebten – der Geschmack des Menschen bestätigte es – und summte vor Vergnügen. Er zog seine Zähne heraus und leckte schnell über die Einstichstellen, versiegelte damit das beanspruchende Mal. Er wusste, dass Toby für immer ein paar kleine Narben zurückbehalten würde, und als er sie sah, strömte ein gewisses Maß an Stolz durch Tullion.

Dann erregte ein leises Wimmern Tullions Aufmerksamkeit. Tullion hob seinen Kopf gerade weit genug, um auf seinen Geliebten herabzublicken, und er sah Tobys gerötetes Gesicht, die geschlossenen Augen und wie er sich auf die Unterlippe biss. Zuerst glaubte er, dass Toby nur versuchte, zu Atem zu kommen. Das war der Moment, in dem Tobys Geruch seine Aufmerksamkeit auf sich zog … Unsicherheit und Verlegenheit trübten die Freude.

Das konnte nicht sein.

„Ruhig, Toby“, murmelte Tullion und senkte den Kopf. Er küsste den Hals seines Menschen und beknabberte leicht seine Kehle. Er riet, was seinen Geliebten verunsichert hatte, und fuhr fort: „Es tut mir leid, Süßer. Ich hätte dich warnen sollen, dass ich ein Beißer bin, aber ich tue es nur, um dir Lust zu bereiten.“

„Es tut mir so leid“, flüsterte Toby. „Ich kann nicht glauben, dass ich das getan habe.“

Tullions Augenbrauen schossen bei Tobys unerwartetem Kommentar hoch. Nachdem er noch einen Kuss auf den Hals seines Geliebten gedrückt hatte, hob er seinen Kopf wieder. Diesmal benutzte er seinen Griff um Tobys Kopf, um ihn so zu drehen, dass sich ihre Blicke trafen. Toby sah Tullion zögernd an.

„Was getan?“, fragte Tullion. „Du hast nichts falsch gemacht.“

„Aber ich bin gekommen, und wir haben nicht einmal etwas gemacht … zweimal“, gab Toby zu, und seine Wangen färbten sich noch mehr. Er bewegte seinen Blick und konzentrierte sich auf Tullions Schulter, bevor er flüsterte: „Ich habe nur noch nie etwas mit jemandem gemacht. Mir war nicht klar, dass es sich so gut anfühlen würde.“

Tullion schluckte schwer und schaffte es gerade noch, sein lustvolles Knurren zu unterdrücken. Nach seinem Orgasmus war sein Schwanz etwas weicher geworden. Jetzt verdickte er sich wieder, wurde erneut hart wie Stahl. Tullion behielt eine Hand hinter Tobys Kopf und ließ seine zweite an Tobys Seite gleiten. Er schob sie zwischen das Auto und Tobys Rücken, während er einen Schritt zurück machte, und seinen

Geliebten mit sich zog.

„Mein süßer Toby“, brummte Tullion rau. „Dass du gekommen bist, schmeichelt mir.“ Er legte seine Stirn an Tobys und verbarg damit seine Zähne, also gab er seinem Drang nach, zu grinsen. „Außerdem bin ich auch gekommen, und ich habe die Absicht, uns beide wieder kommen zu lassen.“ Er senkte seine Stimme und flüsterte rau: „Vielleicht mehr als einmal.“

Tobys Augen weiteten sich, als er hineinschaute. „Und es ist in Ordnung für dich, dass ich …“

Rau kichernd brummte Tullion: „Oh, Liebling, ich werde sehr vorsichtig dabei sein, dir deine Jungfräulichkeit zu nehmen.“ Er küsste Toby auf die Lippen. „Nimmst du mich jetzt mit rein zu dir nach Hause? Ich glaube, dass eine Säuberung angebracht ist.“

Während der Geruch der Verlegenheit immer noch anhielt, nickte Toby.

Tullion küsste Toby noch einmal auf die Lippen, bevor er sich entfernte und seinen Geliebten losließ. „Darf ich dir mit deinen Einkäufen helfen?“, fragte er in der Hoffnung, dass ein wenig Freiraum und das Erwähnen des gekauften Essens den deutlich benommenen Menschen in Bewegung bringen würde.

Stolz erfüllte ihn, als Toby ihn fast verständnislos anstarrte. Tullion gefiel es, dass er seinen Geliebten mit einem Kuss und etwas gegenseitigem Reiben so sehr erfreuen konnte – ganz zu schweigen von seinem Biss. Er konnte es kaum erwarten, mehr Vergnügungen mit diesem Menschen zu teilen. Tullion wollte jeden möglichen Weg herausfinden, um seinem jungen Liebhaber Lust zu bereiten.

Dennoch musste Tullion den deutlich benommenen Menschen in sein Zuhause bekommen, um das zu tun. Mit diesem Ziel vor Augen legte Tullion eine Hand auf Tobys Hüfte und führte ihn sanft zur Seite. Dann öffnete er die Heckklappe des alten Ford Taurus und begann, die Tüten mit Lebensmitteln herauszunehmen. Tullion reichte Toby welche, was genau das gewesen sein musste, was der Mensch brauchte, um sich in Bewegung zu setzen, denn er nahm alle Plastiktüten in eine Hand und zog seine Schlüssel aus der Tasche.

Tullion nahm mühelos den Rest der Lebensmittel und drehte sich zu seinem Geliebten um. „Geh voran", drängte er.

Toby warf einen Blick auf Tullions Motorrad. „Gibt es irgendetwas, das gekühlt werden muss?", fragte Toby leise. „Du kannst die Sachen in meinen Kühlschrank legen."

Während er sich über die Aufmerksamkeit seines Geliebten freute, schüttelte Tullion seinen Kopf. „Nein, danke. Es sind nur Konserven und ein paar Früchte."

Toby nickte abwesend, wandte sich ab und ging um die Ecke seines Hauses. Tullion verschloss den Wagen und eilte ihm nach. Er fand die Haustür offen, folgte den Geräuschen und fand Toby, der gerade seine Einkäufe wegräumte.

Tullion sah zu. Er lehnte sich an die Theke und betrachtete den Mann, den das Schicksal ihm für den Rest seines jahrhundertelangen Lebens zugedacht hatte. Toby war nicht das, was man klassisch schön nennen würde. Er war von durchschnittlicher Größe, etwa eins fünfundsiebzig, hatte dunkle Haare, die aussahen, als ob ein Schnitt erforderlich wäre, da die zerzausten Strähnen in jeder Richtung wegstanden. Ein Teil des Problems – das wusste Tullion – war, dass er seine Finger in den letzten Minuten mehrmals durch Tobys Haar geschoben hatte.

Schließlich bemerkte Tullion die Brille und die leicht übergewichtige Statur des Menschen. Im Allgemeinen würde Toby von den meisten Menschen wohl nicht als sexy angesehen werden. Verdammt, der Mensch war weit entfernt von dem, was Tullion normalerweise auswählte, und die Tatsache, dass er ein Kerl war, war nur ein Teil davon. Aus irgendeinem Grund waren die meisten Spender seines alten Zirkels blond.

Trotzdem bemerkte Tullion, dass ihm das gefiel, während er Toby in der kleinen Küche seines Hauses herumlaufen sah. Er mochte es zu wissen, dass sein Geliebter anders war als die Leute, mit denen er sich normalerweise beschäftigte. Er sehnte sich danach, alles über den Mann herauszufinden … wie das, was er damit meinte, ein Geek zu sein.

Und wie zum Teufel kann ich für ihn sorgen, während ich auf der Flucht bin? Wie werde ich ihn vor meinem Zirkel schützen?

Tullion schob die Gedanken an seine Probleme beiseite – verdammt, er hatte gerade seinen Geliebten gefunden und wollte es genießen … zumindest für ein paar Stunden – und trat um die Ecke. Er sah zu, wie Toby sich vorbeugte und die Plastiktüten in eine Art Stoffschlauch steckte. Er nutzte die Gelegenheit. Tullion streckte die Hand aus und fuhr mit den Fingerspitzen über Tobys Wirbelsäule, bis er den prallen Arsch des Menschen umfasste.

Perfekt!

Toby zuckte nach vorne und fing sich mit einer Hand

an der Theke ab, bevor er sich den Kopf anschlug.

Plötzlich wurde Tullion klar, wie ungewohnt es für seinen süßen Toby war, dass man ihn berührte. Sobald sich sein Mensch herumgedreht hatte, trat Tullion dicht an Toby heran und legte seine Hände auf dessen Hüften.

Tullion schaute in die Augen seines Geliebten und fragte: „Ist deine Dusche groß genug für zwei?“

Toby starrte ihn einige Sekunden lang an, und seine dunklen Augen blinzelten hinter seinen dicken Gläsern. Schließlich nickte er. „J-ja. Mm-hmm. Hier entlang.“

Tullion trat von Toby zurück und gestattete seinem Menschen, um ihn herum zu treten. Er folgte Toby aus der Küche, durch ein ebenso kleines Esszimmer und einen Flur hinunter. Drei Türen säumten den Gang, alle standen offen.

Tullion sah, dass ein Raum als Schlafzimmer eingerichtet war, ein bisschen chaotisch, mit Büchern und Zeitschriften, die den Nachttisch und die Kommode belagerten, zusammen mit einem Korb voller gefalteter Kleidung auf dem ungemachten Bett. Durch die zweite Tür blickte Tullion in den kleinsten, ebenfalls mit Büchern gefüllten, Arbeitsraum, den er jemals gesehen hatte. Er warf einen kurzen Blick auf die Titel und erkannte, warum Toby sich für einen Geek hielt. Die Sammlung der Werke des Mannes reichte von grundlegender Chemie bis hin zu Dingen, bei denen Tullion sich nicht sicher war, wie er sie überhaupt aussprechen sollte.

„Wow“, murmelte Tullion und legte eine Hand auf den Türrahmen, während er Tobys Bücher ansah. „Beeindruckende Sammlung.“

Toby räusperte sich und murmelte: „Das Badezimmer ist hier."

Tullion drehte sich um und nahm Tobys verschränkte Arme und hängende Schultern wahr. Er mochte die defensive Unsicherheit nicht, die sein Geliebter ausstrahlte, und entschied, dass er den niedlichen Menschen beruhigen musste, dass sein offensichtlich hochentwickeltes Gehirn ihn kein bisschen weniger anziehend machte. Tatsächlich fand Tullion es sexy.

Tullion trat an Toby vorbei ins Badezimmer. Dann drehte er sich wieder zu Toby um und legte seine Hände auf die Schultern des offensichtlich nervösen Menschen. Als Tullion ihn sanft in den kleinen Raum zog, schob er seine Hände an den Armen seines Geliebten entlang und zog sie sachte von seiner Brust weg.

„Wir werden uns säubern", murmelte Tullion. „Dann machen wir uns wieder schmutzig. Wie klingt das?"

Toby nickte und seine Wangen färbten sich tief rosa.

Auch wenn Tullion nicht in der Lage gewesen wäre, Tobys Nervosität zu riechen, verriet ihn seine Körpersprache. Er bevorzugte den geschmeidigen, stöhnenden Toby und bemühte sich, diesen süßen Menschen wieder hervorzulocken.

Tullion legte seine Hände von Tobys Armen auf seine Taille und ergriff das T-Shirt seines Geliebten am Saum. „Hebe deine Arme", drängte er. Als er Tobys Zögern sah, erklärte er: „Das ist nur für eine schnelle Wäsche. Ich habe vor, dich auf dein Bett zu legen und jeden Zentimeter deines Körpers zu küssen, während ich dich öffne."

Toby schnappte nach Luft, hob aber die Arme.

Tullion betrachtete das als Einladung und zog den Saum von Tobys T-Shirt hoch und über seinen Kopf. Er entfernte das Kleidungsstück schnell und ließ es achtlos auf den Boden fallen. Dann knöpfte Tullion die obersten Knöpfe seines eigenen langärmeligen Hemdes auf und zog sich dieses ebenfalls über den Kopf.

Tullion streckte die Hand aus, knöpfte Tobys Khakihose auf und öffnete dann den Reißverschluss. Er hielt den Blick seines Geliebten und ließ seine Hand in Tobys Unterwäsche gleiten, um seine Erektion zu umfassen. Als Toby nach Luft schnappte und seine Augen sich weiteten, erfüllte Tullion Vergnügen darüber, dass sein süßer Mensch seine Berührung so sehr genoss. Er schätzte es auch, das pralle Stück Männlichkeit wieder bereit für ihn vorzufinden.

Lächelnd schaffte es Tullion geradeso, dass seine Augen sich nicht von seiner eigenen Geilheit verfärbten, als er langsam den vom Sperma klebrigen Schwanz in seiner Hand rieb. Er wollte nicht, dass seine Augen jetzt rot wurden und seinen Menschen erschreckten.

Tullion hielt Tobys Schwanz fest und pumpte langsam, um seinen nervösen, unerfahrenen Geliebten abzulenken. Er zog die feuchte Unterwäsche von Tobys Schwanz weg und schob sie ihm über die Schenkel. Er summte vor Vergnügen, als er sah, dass sich der Mund seines Geliebten ein wenig öffnete, als er leise keuchte. Toby hielt die Arme an den Seiten, und seine Hände ballten und entspannten sich, als wüsste er nicht, was er damit anfangen sollte.

Tullion ließ Tobys Schwanz los und kniete sich zu seinen Füßen. Als Tullion Tobys Ständer auf Augenhöhe wippen sah, konnte er kaum dem Drang widerstehen, sich nach vorne zu beugen und das trocknende Sperma von ihm zu lecken. Stattdessen konzentrierte er sich darauf, Toby so schnell wie möglich die Hose, die Unterwäsche und die Socken auszuziehen.

„Mach das Wasser an“, befahl Tullion mit tiefer und schroffer Stimme, die sein Bedürfnis verriet. Er trat zurück und stand auf. „Zeit zum Waschen.“

Während Toby gehorchte, knöpfte Tullion seine Jeans auf, schob sie an seinen Beinen nach unten und zog sie zusammen mit den Socken aus. Er richtete sich auf und verschluckte fast seine Zunge. Toby beugte sich vor, lehnte sich mit der Hand unter dem Wasserstrahl in die Dusche und überprüfte offensichtlich die Temperatur. Die Bewegung brachte Tobys prallen Hintern perfekt in Sicht.

Tullion wollte nach Tobys sexy Po greifen und ihn drücken. Er wollte die runden Backen zusammendrücken und erinnerte sich daran, wie sie perfekt seine Hände füllten. Er wollte diese Backen auseinander ziehen, sich nach vorne beugen und das Loch seines Geliebten lecken. Er würde seine Zunge hineinstecken, ihn schmecken, bevor er ihn bereit machte, seinen Schwanz aufzunehmen. Vielleicht würde er seine Reißzähne in eine dieser Hinterbacken versenken und Tobys Arsch als seinen markieren.

Grunzend drückte Tullion den Ballen seiner Hand auf die Basis seines Schwanzes, versuchte, seine Lust zu zügeln. „Verdammt, du hast einen geilen Arsch, Toby“, knurrte er. „Steig in die verdammte Dusche.“

Toby drehte sich um und sah ihn über die Schulter an,

sein Mund offen. Er nickte schnell, trat in die Wanne und unter die Brause.

Tullion unterdrückte ein Stöhnen, als er sah, dass der Stern des Mannes ihm bei der Bewegung zuzwinkerte. Tobys Pobacken waren gerade weit genug auseinander gezogen … Tullion schüttelte einmal den Kopf und brachte sich unter Kontrolle. Er folgte Toby in die Dusche und erinnerte sich in Gedanken an seine Worte an ihn … Zeit zum Waschen, dann ins Bett gehen.

KAPITEL 4

Toby hatte noch nie mit jemandem geduscht. Kein Wunder, da er erst vor kurzem seinen ersten Kuss erhalten hatte. Als er den Ausdruck auf Tullions Gesicht bemerkte, den er nur als hungrig und wild beschreiben konnte, hatte ihn ein Schaudern überrollt. Er wusste nicht, ob es Angst oder Vorfreude gewesen war.

Tullion begann genau das zu tun, was ihm gesagt wurde.

Als Tullion nach dem Badeschwamm griff, versuchte Toby nicht zu erröten, nun, noch *mehr* zu erröten. Tullion goss jedoch nur eine Portion Duschgel auf den Schwamm, lächelte ermutigend, ergriff dann Tobys Schulter und drehte ihn zur Wand.

„Entspann dich einfach“, ermutigte Tullion ihn. „Wir werden uns beeilen.“

Dann wusch Tullion Toby. Er griff mit der Hand, die den Badeschwamm hielt, um ihn und begann seine Brust zu schrubben. Er bewegte sich aufwärts, rieb über seine Schlüsselbeine und dann über seinen Bauch. Toby zog seinen Bauch ein – jedenfalls so weit wie möglich –, aber Tullion schien sich nicht um seinen Rettungsring oder seine Speckröllchen zu kümmern. Tullion wusch Tobys Seiten, kitzelte ihn am Bauchnabel und wanderte dann bis zu den

Falten seiner Schenkel und Leiste weiter.

Während alledem begann Tobys Schwanz wieder hart zu werden, bis sein Ständer wieder zuckte und pochte. Selbst seine Verlegenheit konnte ihn nicht schlaff halten. Sein Schwanz zuckte und klopfte gegen seinen Bauch und Vorsperma sickerte heraus. Das Kratzen des Schwamms über seinen Schaft, dann an seinen Eiern, entlockte ihm ein Stöhnen.

Tullion ließ seine andere Hand von Tobys Schulter zu seiner Kehle gleiten. Er rieb den Puls mit seinen Fingerspitzen, als er seine Brust gegen Tobys Rücken drückte. „Du bist so verdammt sexy, Toby", gurrte er. „Ich finde es toll, wie du auf meine Berührung reagierst." Er kratzte mit den Zähnen an Tobys Hals, als er mit dem Schwamm seinen Schwanz umfasste und langsam streichelte. „Du bist ein junger, süßer Mann. Ich wette, ich könnte dich wieder zum Abspritzen bringen und du wärst immer noch hart und würdest darum betteln, gefickt zu werden. Was denkst du?"

Toby lehnte sich an Tullion und seine Knie fühlten sich an wie Gelee. „Oh Gott", wimmerte er.

Rau kichernd rieb Tullion auf und ab, auf und ab. „Ist das ein Ja?"

„Ja, bitte", flüsterte Toby, und seine Eier rollten in ihrem Sack. „Ja."

„Du musst mich nie bitten", erwiderte Tullion und sein Griff wurde fester. „Kämpfe nicht dagegen an, Toby. Komm für mich."

Während Tullion sprach, senkte er den Schwamm zu Tobys Eiern. Toby wimmerte, als er seinen Geliebten spürte –

oh mein Gott, ich habe einen Geliebten –, wie er den schaumigen Schwamm über seine Hoden bewegte. Toby schaute nach unten und beobachtete, wie sich die große, blasse Hand wieder nach oben bewegte, um über seinen Schwanz zu reiben, und dann wieder nach unten, um seine Eier zu rollen. Tobys Eier verengten sich, der Anblick und das Gefühl der Stimulation waren zu stark.

Toby konnte seinen Blick nicht von Tullions Hand abwenden, als sein Orgasmus ihn überschwemmte. Er stöhnte vor Lust und bespritzte die Wand mit seinem weißen Samen. Tullion ließ den Schwamm fallen und packte seinen Schwanz, wichste ihn langsam und verlängerte das Vergnügen, bis Tobys Augen fast in seinem Kopf nach hinten rollten.

„Aufhören", wimmerte Toby und sein Körper zitterte.

Tullion gehorchte sofort. Er rieb Tobys Bauch und knetete das Fleisch sanft, während er ihn festhielt. „Mmm, fühlst du dich besser?"

„Kann es sich nach einem Orgasmus schlecht anfühlen?", murmelte Toby und versuchte, den Raum zum Stillstand zu bringen.

Nachdem er Tobys Nacken geküsst hatte, flüsterte Tullion: „In meinen Armen niemals."

Toby summte. Sobald er das Gefühl hatte, alleine stehen zu können, zog er sich von Tullion zurück. „Wow", flüsterte er und sah den Mann über die Schulter an. Toby drehte sich um und schaute nach unten. Er schluckte. Der Schwanz seines Geliebten war lang – wirklich lang – und dick. Sein Arschloch zog sich zusammen. Das Ding sah furchtbar groß aus, um es jemandem in den Arsch zu schieben.

Offensichtlich las Tullion seinen Gesichtsausdruck und kicherte. „Ruhig, Süßer“, schnurrte er, griff nach Tobys Kinn und neigte seinen Kopf nach oben, damit sich ihre Blicke trafen. „Wenn ich dich nehme, wirst du mehr als bereit sein.“ Er lächelte und seine Augen verengten sich. „Betteln, erinnerst du dich?“

„Ich werde dich daran erinnern“, murmelte Toby atemlos.

Tullion nickte. „Hört sich gut an.“ Er ließ Toby los, ging in die Hocke und hob den heruntergefallenen Schwamm auf. „Also dann. Tritt unter das Wasser und spül dich ab. Ich bin direkt hinter dir.“

„Bist du sicher, dass du nicht willst, dass ich …“ Toby winkte Tullions Schwanz vage zu. Nicht, dass er eine Ahnung davon gehabt hätte, jemandem einen Handjob zu geben, geschweige denn einen Blowjob. „Ich könnte …“

Tullion wischte sich mit der rechten Hand nonchalant mit dem noch zum größten Teil seifigen Schwamm ab. Mit seiner Linken packte er sanft Tobys Handgelenk. „Während die Vorstellung, dass du auf deinen Knien meinen Schwanz lutschst, äußerst reizvoll ist, bin ich bereit zu warten, bis ich tief in deinem süßen Arsch vergraben bin.“

Toby hatte sich nie für prüde gehalten. Verdammt, er hatte die Wandlerpaare, mit denen er rumhing, mehr als einmal dabei gesehen, wie sie miteinander rummachten. Es war nur der besitzergreifende Charakter eines Wandlers, der Drang, niemals zuzulassen, dass andere ihre Gefährten in leidenschaftlichen Momenten sehen, was dazu führte, dass Toby sie noch nie beim Ficken gesehen hatte. Trotzdem hatte noch nie jemand so mit Toby gesprochen, und er spürte, wie sein Gesicht rot wurde.

„Richtig, dann räume ich die Wäsche vom Bett“, murmelte Toby, drehte sich um und trat tiefer in die Dusche. Er spülte sich schnell ab. Als er über seine Schulter blickte, entdeckte er Tullion, der an der Duschwand lehnte. Er streichelte müßig mit dem Schwamm über seinen Schwanz auf und ab und starrte unverhohlen auf Tobys Arsch. „Was machst du da?“ Die Frage war aus Tobys Mund, bevor er sie zensieren konnte.

Tullion erschien nicht im Geringsten verärgert und zuckte mit der Schulter, die nicht gegen die Wand gelehnt war. „Ich bewundere deinen Arsch“, antwortete er und neigte den Kopf zur Tür. „Raus jetzt mit dir, damit ich mich abwaschen kann. Ich bin gleich bei dir.“

Toby nickte einmal und stieg dann aus der Dusche. Er nahm das Handtuch vom Regal und wickelte es um seine Taille, ging aus dem Raum und eilte in sein Schlafzimmer. Dort nahm er den Wäschekorb vom Bett und stellte ihn auf den Boden. Dann durchwühlte er die gefalteten Kleidungsstücke und zog ein sauberes Handtuch heraus. Toby kehrte ins Badezimmer zurück und stellte fest, dass Tullion auf dem Haufen ihrer Kleidung stand. Der große Mann benutzte das Handtuch vom Waschbecken, um sich abzutrocknen.

Toby räusperte sich und streckte das saubere Handtuch aus. „Äh, hier. Es tut mir leid. Ich habe heute Morgen erst Wäsche gewaschen.“

Tullion grinste, nahm das Handtuch und warf das kleinere Stückchen Stoff ins Waschbecken. „Danke.“ Er hob seinen Fuß und stellte ihn auf die Toilette, stellte die Muskeln seiner Beine und seines Hinterns zur Schau, während er sich nach vorne beugte und sein Bein abtrocknete.

„Oh“, keuchte Toby und konnte nicht anders, als auf die blasse, muskulöse Gestalt vor sich zu starren.

Toby sah zu, als Tullion seinen Körper abtrocknete. Es war wie eine Art Striptease, nur ohne Kleidung. Jedes Mal, wenn das Handtuch einen Bereich bedeckte und Tullion es über seine Haut rieb, sehnte sich Toby danach, dass dieses Stück Haut wieder enthüllt wurde. Toby spürte, wie sein Schwanz jenseits aller Wahrscheinlichkeit langsam anschwoll.

Schließlich richtete sich Tullion auf und hängte das Handtuch an die Stange. Er wühlte durch die jetzt feuchten Klamotten auf dem Boden, holte seine Brieftasche heraus und legte seine freie Hand auf Tobys Rücken. „Komm schon“, drängte er und trieb Toby aus dem Raum. „Zeit, dich hinzulegen, Toby“, brummte er. Zuversicht und Geilheit erfüllten seine Stimme.

Sobald Toby am Bett stand, warf Tullion seine Brieftasche auf den Nachttisch und packte das Handtuch um Tobys Taille. Mit einem scharfen Ruck riss er es los und warf es auf den Boden. Als nächstes bückte er sich ein wenig, umfasste Tobys Taille und warf ihn in die Mitte des Bettes. Tullion kroch hinter ihm auf das Bett. Er schob eine Handfläche gegen Tobys inneren Oberschenkel und drückte, damit er zwischen seine Beine klettern konnte.

Toby sah einfach zu und gehorchte, auf den Laken ausgebreitet. Tullions Bewegungen schrien nach Raubtier, und Toby war mehr davon angemacht, als er es sich je vorstellen konnte, sich selbst als Beute zu betrachten. Mit seinen Knien drückte Tullion Tobys Schenkel weiter auseinander, dann beugte er sich vor und legte seine Handflächen auf beide Seiten seines Kopfes.

Tullion schwebte über Toby und starrte ihm einige Sekunden lang in die Augen. „Entspann dich einfach, Geliebter", murmelte er. „Sag mir, wo das Gleitmittel ist, und ich kümmere mich um alles."

Toby blickte auf und ließ eine Hand unter sein Kissen gleiten. Er holte eine Flasche Gleitmittel hervor, dann legte er die Hand wieder neben seinen Kopf und ließ sie los.

Tullion grinste. „Wundervoll. Jetzt schau nach unten."

Toby keuchte leise und warf einen Blick auf ihre Körper. Er sah ihre Ständer, hart und ganz nah beieinander. Wenn er seine Hüften nur ein bisschen nach oben schaukeln würde, könnte er sie aneinander reiben. Als Toby Tullions leises Knurren hörte, sah er gespannt zu, wie die Hüften seines Geliebten rollten und seinen Schwanz senkten und schwangen. Der andere Mann hatte einen viel größeren, längeren Schwanz, der an seinem rieb.

Toby schnappte nach Luft, als er spürte, wie seine und Tullions Erektionen zusammenstießen. Ein Kribbeln breitete sich über seinen Schwanz bis zu seinen Eiern aus, sodass sie sich anfühlten, als ob sie beinahe vibrierten. Dann senkte Tullion seine Hüften vollständig und klemmte ihre Ständer zwischen ihren Körpern ein. Er begann eine langsame Bewegung, schaukelte und stimulierte.

Tullion senkte sich auf seine Ellbogen und drückte ihre Körper dicht zusammen, während er einen Teil des Gewichts auf seinen Armen hielt. „Schlinge deine Arme um mich, Toby", befahl Tullion leise. Toby hob seinen Blick zu Tullions Augen. Für eine Sekunde schienen sie rot zu leuchten, dann senkte Tullion sein Gesicht zu Tobys Halsbeuge. „Sehr gut, mein Toby. Bist du bereit für den Ritt?"

Toby konnte nicht einmal antworten. Er konnte nur genau das tun, was Tullion sagte. Der andere Mann kratzte ihm mit den Zähnen über den Hals und saugte und küsste dabei. Toby bohrte seine Finger in Tullions Rücken, als sich heiße Gänsehaut über seinen Körper ausbreitete.

Tullion bewegte sich über Tobys Brust nach unten, machte sich über eine Brustwarze her und lutschte hart daran. Toby bäumte sich unter dem Biss des angenehmen Schmerzes auf. Als Tullion seine jetzt empfindliche Knospe losließ und seine Zunge um das kleine Stück Fleisch wirbelte, bemerkte Toby, dass sich ein Finger in seinen Arsch bewegte und wieder herausglitt.

Toby umklammerte instinktiv diesen Finger und keuchte.

„Ruhig", schnurrte Tullion, bevor er zu seiner anderen Brustwarze überging. „Entspann dich und genieß es."

Toby bemühte sich, die Anweisungen zu befolgen. Dann fing Tullion an, an seiner anderen Knospe zu knabbern und ihn abzulenken. „Tullion", keuchte er, als sich eine neue Welle von Kribbeln über seine Brust ausbreitete. Er bemerkte vage, dass der Finger, der seinen Arsch dehnte, größer wurde. Vielleicht hatte Tullion einen zweiten hinzugefügt. Als Hitze durch seinen Kanal schoss, stöhnte Toby. Instinktiv öffnete er seine Beine weiter und hoffte, diese Empfindung wieder zu spüren.

„Da ist deine Prostata“, schnurrte Tullion.

Tullion muss sie erneut berührt haben, denn ein weiterer Funke traf Toby. Er schaffte es, seine Augen aufzubekommen, obwohl er sich nicht sicher war, wann er sie geschlossen hatte. Er spähte nach unten und sah, wie Tullion ihn mit dem Mund auf seiner Brust bearbeitete. Er liebkoste und streichelte die Haut an Tobys Seiten, Brust und Bauch, berührte und erregte ihn. Die Finger seiner anderen Hand bewegten sich in ihm vor und zurück, dehnten ihn.

Toby warf den Kopf zurück auf die Matratze und keuchte leise. Sein Körper zitterte, und er krümmte sich mit dem Bedürfnis nach … etwas. „B-bitte“, keuchte er. „Bitte.“

Tullion summte um die Brustwarze, an der er knabberte, und sah zu ihm auf. Mit grünen Augen, die blutunterlaufen und wild wirkten, grinste er um den Nippel in seinem Mund. Tullion hielt Tobys Blick gefangen, als er wieder gegen seine Prostata drückte.

Toby stöhnte. Er spürte, wie eine Perle Vorsperma aus seinem Schwanz tropfte und über die pralle Kuppe glitt, was ihm noch mehr Stimulation bescherte.

Tullion ließ schließlich die Knospe los, die er bearbeitete, und hob den Kopf. „Auf die Knie, Toby“, befahl er rau, als er sich selbst auf die Knie begab und seine Finger aus Tobys Körper zog.

Keuchend versuchte Toby zu gehorchen. Stattdessen war sein Blick auf Tullions Schwanz gerichtet, als sein Geliebter ein Kondom aufriss und es über seine dicke Erektion rollte. Tobys Arsch zog sich zusammen. Er fühlte sich leer und wollte verzweifelt gefüllt werden, gleichzeitig war er aber auch ängstlich. Konnte er wirklich Tullions Schwanz aufnehmen? Das Ding sah riesig aus, als es von der leicht behaarten Leiste des Mannes aufragte.

Nachdem er sich mit Gleitmittel eingerieben hatte, griff Tullion nach Tobys Oberschenkel und strich leicht über die Haut. „Ich kann dich auf diese Weise nehmen, wenn du willst. Es ist jedoch beim ersten Mal einfacher, es anders herum zu machen", erklärte er.

Toby starrte immer noch auf Tullions Ständer und murmelte: „Woher hast du das Kondom?"

„Aus meiner Brieftasche", antwortete Tullion.

„Der ist riesig."

„Er wird reinpassen."

Tullion fuhr mit seiner Handfläche über Tobys inneren Schenkel bis zur Leistenfalte. Mit der anderen Hand rieb er Tobys Eier sanft und rollte die Kugeln in ihrem Sack. Toby stöhnte und starrte auf die Stelle, an der Tullion mit ihm spielte. Er wusste nicht, warum es sich so verdammt fantastisch anfühlte, die Hände eines anderen Mannes an seinen Genitalien zu haben, aber –

Tullion packte Tobys Schaft mit Daumen und Zeigefinger unter der Kuppe und massierte die faltige Haut direkt unter seiner Spitze. Vorsperma sickerte aus ihm, und Tullion hob seinen Zeigefinger, um ihn um die Eichel zu wirbeln. Als er seinen Nagel in Tobys Schlitz tauchte, fühlte es sich an, als würde ein inneres Feuer seinen Ständer verschlingen.

„Oh Gott!", schrie Toby.

„Nur Tullion“, neckte ihn sein Liebhaber. „Ergreif jetzt deine Beine, Süßer. Ich werde dich nehmen.“

„Ja“, flehte Toby. „Jetzt!“ Er würde alles tun, um kommen zu können, aber Tullion hielt seine Eier zu fest und ließ sie sich nicht an seinen Körper ziehen. „Nimm mich, Tullion.“

„Ich habe dir gesagt, du würdest betteln“, knurrte Tullion.

Toby nickte. „Ja, ja, jetzt.“

Tullion ließ seinen Schwanz los und Toby konnte sein Stöhnen bei dem Verlust der Stimulation nicht zurückhalten.

„Nur eine Sekunde, Süßer“, sagte Tullion zu ihm, als er nach oben griff und sich ein Kissen schnappte. „Wir legen das unter deine Hüften.“

Toby packte seine Kniekehlen, zog seine Beine hoch und zur Seite.

Tullion schob das Kissen unter seine Hüften und positionierte seinen Arsch noch höher. „Schöner Anblick, all das so für mich bereitgelegt“, kommentierte Tullion. Er griff nach der Basis seines Schwanzes und richtete ihn auf Tobys Loch, während er sich vorbeugte und Toby erneut bedeckte.

„Entspann dich und drück nach unten, Geliebter“, drängte Tullion und hielt seinen Blick.

Toby schlang die Arme um Tullion und klammerte sich an die Schultern des großen Mannes. Als er fühlte, wie der Kopf von Tullions Schwanz gegen sein Loch drückte, versuchte er zu gehorchen und drückte. Sobald Tullions Eichel in ihn flutschte, schnappte er nach Luft und umklammerte sie sofort. Er wimmerte über das Brennen, das durch seinen Kanal strahlte.

„Ruhig“, beruhigte Tullion ihn. „Entspann dich.“

Tullion senkte den Kopf und nahm Tobys Mund gefangen, schob seine Zunge hinein und berührte Tobys. Er leckte daran, neckte und kitzelte, lenkte ihn damit ab.

Schließlich, als das Atmen zunehmend wichtig wurde, beendete Tullion den Kuss und hob den Kopf. Toby keuchte heftig, als er seinen Geliebten ansah. Tullion fuhr mit den Fingern einer Hand durch Tobys Haar und schob die andere Hand unter seinen Rücken. Er musste sein Gewicht auf diesem Arm abstützen, denn Toby fühlte sich gehalten, geliebt und nicht zerdrückt.

„Fühlst dich so gut an, Toby“, murmelte Tullion.

Toby holte tief Luft. Er fühlte sich maximal gedehnt und bemerkte, dass Tullion bis zum Anschlag eingedrungen war. Das Brennen ließ schnell nach, und er versuchte, sich zu winden. „Bitte, beweg dich“, drängte er und versuchte mit seinen Körperbewegungen, den größeren Mann dazu zu bringen, genau das zu tun.

Tullion knurrte und wiegte seine Hüften, zog seinen Schwanz langsam aus Toby. Die Bewegung stimulierte Tobys Kanal und er schnappte nach Luft bei dem seltsamen Gefühl. Als Tullion die Richtung umkehrte und in ihn zurückglitt, zitterte Toby und stöhnte, als Funken durch seinen Körper schossen. Er bohrte seine Fingernägel in Tullions Rücken und klammerte sich fest.

„Mehr“, flehte Toby. „So gut. Bitte mehr.“

„Es wird sich noch besser anfühlen, wenn ich dich ohne Gummi nehme, süßer Geliebter“, knurrte Tullion.

Toby lächelte über das Kosewort, als er sein Gesicht an Tullions Hals vergrub. Er dachte keinen Augenblick, dass der große Mann es ernst meinte, aber das war egal. Er würde den Ritt genießen und Erinnerungen für einen anderen Tag sammeln.

„Bleib bei mir“, forderte Tullion und festigte seinen Griff in Tobys Haar.

Nach Luft schnappend legte Toby den Kopf zurück und starrte zu ihm auf.

Tullion grinste. „Da bist du ja“, grollte er und seine Hüften beschleunigten ihr Tempo. „Ich liebe es, wie eng du bist. So verdammt perfekt, Toby.“

In diesem Moment änderte Tullion den Winkel seiner Hüften. Er traf Tobys Drüse und sandte berauschende Glückseligkeit durch seinen Arsch in seine Leistengegend. Tobys Augenlider schlossen sich und seine Eier zogen sich zusammen.

„Ja, komm für mich, Toby“, befahl Tullion schroff. „Schrei meinen Namen.“

Tullion stellte seinen Winkel noch einmal anders ein. Dieses Mal, als er Tobys Prostata traf, rieb er auch seine Bauchmuskeln über Tobys gefangene Erektion. Die Stimulation, die neue Kombination von Empfindungen, war mehr, als Toby sich jemals hätte vorstellen können. Seine Eier zogen sich zusammen und zwangen Sperma seinen Schwanz hinauf, als sein Orgasmus übernahm.

Toby stöhnte Tullions Namen, als sein Körper zitterte und zuckte.

„Ja, so ist gut“, knurrte Tullion. „So sexy, mein

Geliebter."

Dann spürte Toby Tullions Zähne an seinem Hals. Als er sich daran erinnerte, wie gut es sich zuvor angefühlt hatte, summte er und legte den Kopf schief, um dem Mann mehr Platz zu gewähren. Tullion knurrte, offensichtlich erfreut. Nach dem anfänglichen Schmerzensblitz, als Tullion ihm wie zuvor in den Hals biss, stöhnte Toby, als ein zweiter, kleinerer Orgasmus seine Sinne tanzen ließ.

KAPITEL 5

Tullion zitterte, als sein Orgasmus glückselige Endorphine durch seinen Kreislauf schoss. Seufzend leckte er sich die Lippen und fing die letzten Spuren der Blutstropfen auf, die er genommen hatte. Nachdem Tullion überprüft hatte, ob er die Wunde versiegelt hatte, hob er den Kopf und sah zu Toby hinunter. Er grinste, als er sah, dass sein Geliebter vor Glückseligkeit ohnmächtig geworden war.

Nach einer Weile packte Tullion die Basis seines Schwanzes und zog seinen erschlaffenden Schaft vorsichtig aus Tobys Kanal. Er zog das Kondom von seinem Schwanz und hielt es in seiner linken Hand, als er vom Bett rollte, und tat sein Bestes, um seinen schlafenden Liebhaber nicht zu stören. Tullion griff nach ein paar Taschentüchern, wickelte das Kondom ein und warf es in den Abfallkorb.

Dann ging Tullion ins Badezimmer und griff nach dem Handtuch, das er zuvor ins Waschbecken geworfen hatte. Nachdem er es mit warmem Wasser getränkt hatte, wrang er es aus und reinigte sich. Dann spülte er es aus und ging ins Schlafzimmer. Tullion lächelte als er sah, dass Toby sich keinen Zentimeter bewegt hatte.

Mit gespreizten Beinen war Tobys Leistengegend offen zur Schau gestellt. Tullion war der Meinung, dass die einzige

Möglichkeit, wie sein molliger Geliebter noch besser aussehen könnte, wäre, wenn sein Samen gerade aus seinem Arsch tropfte. Tullions Schwanz begann bei dieser Idee tatsächlich anzuschwellen. Auch wenn Toby sicherlich nicht das war, was er als seinen Lebenspartner erwartet hatte, war Tullion mehr als zufrieden mit dem Geschenk, das er erhalten hatte.

Nachdem Tullion seinen Geliebten sanft gesäubert hatte, zog er das Kissen unter dessen Hintern hervor und legte den Mann bequemer ins Bett. Er hob die Bettdecke hoch und zog sie über den Mann, kletterte dann auf das Bett neben ihm. Tullion legte sich auf die Seite, schob seinen Arm unter Tobys Schultern und zog seinen Geliebten sanft an sich, wobei er sich in Löffelchenstellung hinter den kleineren Mann kuschelte.

Tullion seufzte. Mit seinem Geliebten in den Armen fühlte er sich zufriedener als seit langer, langer Zeit. Da er jetzt mit dieser besonderen Person zusammen war, fragte er sich müßig, was sein bester Freund wohl von der Wahl halten würde, die das Schicksal getroffen hatte. Seine Finger juckten in dem Verlangen, Viktor anzurufen und dem Vampir von seinem Glück zu erzählen. Leider war er, als er die Nummer seines besten Freundes das letzte Mal gewählt hatte, direkt an die Voicemail weitergeleitet worden. Er hoffte, dass es dem Mann gut ging.

Langsam, während er Tobys gleichmäßigen Atemzügen zuhörte, glitt Tullion in einen entspannenden Schlaf.

Etwas Kaltes drückte sich gegen Tullions Nacken. Er riss die Augenlider auf und starrte in die kältesten haselnussbraunen Augen, die er je gesehen hatte. Tullions Sicht veränderte sich sofort und seine Nägel traten hervor, als er den Mann anknurrte. Normalerweise hätte er versucht, wegzurollen, den Menschen anzugreifen und ihn mit seinen Krallen zu attackieren.

Leider lag Tullion neben seinem Geliebten, ganz zu schweigen davon, dass der messerschwingende Mensch nicht allein war. Er sah ein paar Leute hinter ihm stehen und bemerkte zwei Wolfswandler in ihrer tierischen Form. War er über Menschen gestolpert, die Wolfswandler benutzten, um Paranormale zu jagen? Tullion hatte von solchen Dingen gehört.

„Hallo, Vampir", sagte der Mensch fast im Plauderton. „Du hast den falschen Menschen für deine Bedürfnisse verführt." Er lächelte, aber seine haselnussbraunen Augen blieben eisig. „Jetzt lernst du unseren Alpha kennen."

Alpha? Scheiße.

Das war noch schlimmer. Irgendwie war Tullion in das Territorium eines Wolfswandlers gestolpert. Wenn seine Position dem Wandlerrat gemeldet würde, könnte sie bis zum Vampirrat durchdringen … was nicht nur ihn selbst, sondern auch seinen neu gefundenen Geliebten in Gefahr bringen würde. Tullion sah sich um und suchte nach Optionen.

Tullion wusste, dass er wahrscheinlich einen Schnitt von einem Messer überleben konnte. Er bewegte seine Klauen, als er flüsterte: „Das passt mir nicht wirklich." Wenn er den Menschen erstechen und den Schwung seiner Bewegung nutzen könnte, um ihn gegen einen der Wölfe zu stoßen, könnte er –

Vielleicht konnte der Mensch seine Absicht in seinem

Gesichtsausdruck erkennen, denn plötzlich drückte der Mann das Messer fester an seine Kehle. „Das ist keine gute Idee, Vampir. Versuch es, und du wirst sterben." Die Augen des Mannes verengten sich und funkelten auf merkwürdige Art im schwachen Licht. „Ich möchte Toby nicht wirklich erklären, warum dein Blut auf seinem Fußboden ist. Er ist zu süß, um diese Erinnerung zu haben."

Das erregte Tullions Aufmerksamkeit. Seine Brauen schossen hoch. „Du kennst Toby?"

Toby wurde wach, reagierte entweder auf seinen Namen – auch wenn er schlief – oder auf die Stimmen in seinem Schlafzimmer. Er summte und kuschelte sich wieder in Tullions Umarmung. Instinktiv zog Tullion seine Krallen zurück. Es erforderte viel mehr Anstrengung, um seine Sicht zu klären … zumal Tobys Arsch, der an seinem Schwanz rieb, seinen Schaft schnell anschwellen ließ.

Die Augen eines Vampirs veränderten sich beim Jagen oder Nähren automatisch. Deshalb hatte er seinen Kopf an Tobys Hals geschmiegt oder die Augen geschlossen, wenn er seinen Geliebten beißen wollte. Er hatte seinen süßen Menschen nicht erschrecken wollen.

Nun rang Tullion in Gedanken damit, wie er mit der Situation umgehen sollte.

Zu Tullions Überraschung starrte Toby – gleich nachdem er seine Augen geöffnet und Tullion schläfrig angelächelt hatte – den Mann mit dem Messer an. „Was zum Teufel, Jared? Was machst du hier?" Dann rollte sich Toby auf die Knie und stupste gegen die Brust des Menschen – Jared.

Seltsamerweise wich der Mensch tatsächlich zurück und

nahm das Messer von Tullions Kehle. Ungefähr zu dieser Zeit musste Toby bemerkt haben, dass er immer noch nackt war, denn sein Gesicht färbte sich beeindruckend tiefrot, als er an der Bettdecke zerrte und seinen Schritt bedeckte. Trotzdem schaffte er es, die Gruppe weiter wütend anzufunkeln, sogar die beiden Wölfe eingeschlossen.

Jared steckte die Klinge jedoch nicht weg. Außerdem trat der braune, etwas kleinere, aber deutlich dominantere Wolf neben Jared und entblößte seine Zähne vor Tullion. Tullion erkannte den Befehl: Keine Bewegung.

Leider wurde dadurch auch Toby angespannt. „C-Carson? Ich wollte nicht …“ Er runzelte die Stirn, als sein Blick auf einen der Männer fiel, die hinter den beiden standen. „Edwin? Was ist los?“

Ein großer, schlanker Mann trat näher, flankiert von dem größeren schwarzen Wolf. „Toby, es ist fast elf. Du bist nicht ans Telefon gegangen. Wir haben uns Sorgen um dich gemacht.“

Für ein paar Sekunden wirkte Toby verwirrt. Dann wurden seine Augen riesig, und er flüsterte: „Oh, Mist. Poker.“ Er sah sich verlegen in der Gruppe um. „Ich habe mein Telefon im Badezimmer vergessen.“ Dann machte Toby wieder ein finsteres Gesicht. „Ich verstehe nicht, warum ihr nicht einfach an meine Tür klopfen konntet.“

Während die Gruppe sprach, bemerkte Tullion eine Sache verdammt schnell. Zumindest wusste Toby über Wandler Bescheid, also war das ein guter Anfang. Andererseits, wie viel wusste er? War er sich der Sache mit Wandlergefährten bewusst? Wusste er von Vampiren? Geliebten?

„Lyle war heute Nacht im Dienst“, sagte Edwin leise. „Wir haben ihn vorbeischauen lassen, um dein Haus zu überprüfen.“

Offensichtlich war Tullion zu lange still geblieben, denn Toby sah sich wieder in der Gruppe der Männer um und konzentrierte sich dann auf ihn. Er legte eine Hand auf Tullions Hüfte und sagte: „Das tut mir so leid. Die Wölfe tun dir wirklich nicht weh, sie sind nur …“ Seine dunklen Brauen zogen sich zusammen. „Meine Freunde sind überfürsorglich und –“

Tullion bewegte sich langsam in eine sitzende Position und behielt die Gruppe von Männern im Auge, die sich im Raum versammelt hatten. Er wusste nicht, wer Lyle war oder welche Art Dienst er hatte, aber irgendwie hatte er Tullions Geruch als den eines Vampirs erkannt. Der Mann musste Tobys Freunde benachrichtigt haben, als er nicht mit den Jungs zum Pokerabend erschien.

Als er sich auf Toby konzentrierte, legte Tullion seine Hand auf die seines Geliebten und sagte leise: „Toby, ich glaube, deine Freunde sind besorgt, weil ich ein Vampir bin.“ Er zwang sich zu einem Lächeln, nach dem er sich nicht fühlte. „Sie könnten besorgt sein, dass ich dich verletzen werde, was ich niemals tun würde.“

Tobys Brauen hoben sich und er blinzelte. „Oh.“

Zumindest war er nicht angespannt, also betrachtete Tullion das als Sieg.

„Also, du warst hungrig und bist wegen meines Blutes mit mir nach Hause gekommen“, murmelte Toby. „Das erklärt das Beißen.“ Sein Lächeln sah ein bisschen enttäuscht aus.

„Zumindest habe ich ein paar Orgasmen davon gekriegt."

Tullion bemühte sich, einen Weg zu finden, um Tobys Vermutung zu korrigieren. Verdammt, was, wenn die Männer beschlossen, sie zu töten, wenn er Toby als seinen Geliebten bezeichnete? Angeblich war es eine Sache, einen Mann wegen seines Bluts zu verführen … verbunden zu sein, war eine ganz andere.

Dann mischte sich Jared ein. „Und in diesem Sinne", stellte der Mensch fest, „ist es jetzt Zeit für dich, dich beim Alpha des Territoriums zu melden, Vampir. Steh auf und zieh dich an."

Tullion hatte keine Ahnung, wer Jared in der Hierarchie des Rudels war, wenn man bedachte, dass er nach Mensch roch, aber zwei Wolfswandler ihn unterstützten. Nachdem er entschied, dass seine Beziehung zu Toby zu erklären warten konnte – und während er betete, dass er die Chance dazu bekommen würde –, nickte Tullion langsam.

Trotzdem konnte Tullion nicht widerstehen, Toby anzulächeln. „Politik", stellte er fest. Er streckte die Hand aus und umfasste den Kiefer seines Geliebten. „Bitte verstehe", fuhr Tullion fort. „Ich habe jede Absicht, zu dir zurückzukehren und dich wiederzusehen, Geliebter." Das Kosewort war heraus, bevor er sich zügeln konnte.

„Warte", grollte der große Blonde, der gegen den offenen Türrahmen lehnte.

Der Mann stieß sich von seiner Stütze weg und schenkte dem großen und leicht dicklichen grauhaarigen Mann, der neben ihm stand, ein kleines Lächeln. Dann stolzierte er durch das Zimmer auf die gegenüberliegende Seite des Bettes. Tullion spannte sich an, als er den breitschultrigen, muskulösen Mann beobachtete.

Als der Mann nach Toby griff, hielt Tullion sich nur mit Mühe davon ab, auf ihn zu springen.

Der Mann legte eine Hand auf Tobys Schulter und schob das Haar von Tobys Hals weg. Zuerst eine Seite, dann die andere, und Tullion wurde klar, wonach er suchte. Der Mann hielt inne und fuhr mit dem Daumen über die Nadelstiche, die Tullions Beanspruchungsbiss darstellten.

Nachdem er sich ein paar Sekunden lang von dem Mann betasten gelassen hatte – aus Verwirrung, dem Geruch seines Geliebten nach zu schließen –, zog sich Toby von dem Kerl zurück. „Was machst du da, Grady?", schnappte Toby und runzelte die Stirn.

Grady hob mit ernstem Gesichtsausdruck eine Augenbraue. „Du wusstest nicht, dass er ein Vampir ist?"

„Er heißt Tullion, Jungs", antwortete Toby. Toby warf einen Blick auf Tullion und konnte ihm nicht in die Augen sehen – was Tullion zutiefst hasste. „Nein", antwortete er und konzentrierte sich wieder auf Grady. „Nein, ich wusste nicht, dass er ein Vampir ist. Warum ist das überhaupt wichtig? Casey ist mit einem Vampir verpaart", sagte er und sah zu Jared. Vielleicht bezog er sich damit auf einen seiner Freunde. „Und Frankie auch. Warum ist es so eine große Sache, dass Tullion ein Vampir ist?"

„Weil Tullion dich als seinen Geliebten beansprucht hat, Toby", stellte Edwin fest und trat näher, während der große Wolf an seiner Seite klebte.

„Und wir kennen diesen Mann nicht", kommentierte

Jared und reinigte sich müßig mit dem Dolch einen Fingernagel. Als er aufblickte und Tullions Blick begegnete, wirkte sein Lächeln ein wenig gruselig, da seine Augen gefühllos blieben. „Nach allem, was wir wissen, könnte er ein freilaufender Mörder sein.“

Grady schnaubte. „In der Tat.“ Eine gewisse Kommunikation schien zwischen den beiden Männern stattzufinden, denn Jared grinste plötzlich breit. Grady schüttelte den Kopf und konzentrierte sich wieder auf Tullion. „Bist du sicher?“

Endlich konnte Tullion Gradys Duft deuten … ein Katzenwandler. Er war in seinen über hundert Lebensjahren nicht auf viele von ihnen gestoßen, also hatte er einen Moment gebraucht, um den moschusartigen Geruch zu erkennen. Mit diesem Wissen erkannte er auch, dass er den Mann nicht anlügen konnte.

„Ja.“ Tullion konzentrierte sich ganz auf Toby und nahm seine Hand. „Ich wusste nicht, dass du über Paranormale Bescheid weißt“, erklärte er und tat sein Bestes, um zu verdrängen, dass sie ein Publikum hatten. Diese Situation wäre sicherlich nicht seine erste Wahl gewesen, um Toby mitzuteilen, dass er sein Geliebter war. „Ich betrachte dich als ein Geschenk des Schicksals“, fuhr Tullion fort. „Ich habe gerade etwas Scheiße in meinem Leben am Hals, deshalb reise ich allein, aber …“

Er las die Verwirrung und Sorge und sogar ein wenig Hoffnung im Gesicht des jungen Mannes. Letzteres mochte Tullion wirklich sehr. Es gab ihm auch Hoffnung. Tullion betete, dass die Männer im Raum ihnen nicht die Scheiße aus dem Leib schlagen würden, hob er Tobys Hände an seine Lippen und küsste die Handfläche des Mannes.

„Sobald ich die Probleme behoben habe, möchte ich zurückkehren und eine Beziehung mit dir haben. Gibst du mir diese Gelegenheit?"

„Ich, äh …" Tobys Brauen zogen sich zusammen. Er sah sich zu den anderen Männern um.

Zuerst machte sich Tullion Sorgen, dass Toby *Nein* sagen wollte.

Dann sagte Toby: „Leute, können wir bitte ein wenig Privatsphäre haben?" Sein Griff um die Decke wurde fester. „Ich denke, ähm, das ist eine private Unterhaltung, wisst ihr?"

Zu Tullions Überraschung wechselte Grady einen Blick mit dem Wolf an Jareds Seite und dann mit Edwin. Der Wolf stieß Jared einen Schritt zur Seite. Der Mensch hob eine Braue, als er auf den Wandler hinabblickte. Dann grinste Jared und ging zur Tür. Die Gruppe von Männern verließ den Raum und ließ sie wie gewünscht allein.

Toby drückte Tullions Hand, als er sich räusperte und seine Aufmerksamkeit wieder erlangte. „Tut mir leid wegen meiner Freunde", murmelte er. „Ich denke, ich bin das Baby der Gruppe." Er schnaubte und seine Wangen färbten sich rosa. „Es ist wie von einem halben Dutzend Onkel umgeben zu sein."

Tullion nickte langsam. „Darf ich fragen, wer sie sind? Oder sollte ich dich einfach um Vergebung bitten, weil ich nicht ehrlich war?"

Toby rollte mit den Augen und schnaubte. Er schüttelte den Kopf. „Entschuldige dich nicht. Ich verstehe, warum du verstecken musst, was du bist“, sagte Toby zu ihm. Er veränderte seinen Griff um die Decke und murmelte: „Ich habe noch nie zuvor nackt mit jemandem rumgesessen.“

„Nicht mal mit deine Wandlerfreunden?“, fragte Tullion. Er musste fragen und wusste dennoch nicht, ob er die Antwort hören wollte.

Toby schnaubte und schüttelte den Kopf. „Oh nein.“ Er sah auf sich selbst hinunter. „Schau mich an. Ich bin nicht gerade dafür geschaffen, nackt herumzulaufen.“

Tullion knurrte leise. Er zog die Hand, die er noch hielt, über ihre Köpfe und lehnte sich gegen den Mann, während er seine Hüfte packte. Mit einem schnellen Ziehen und Schieben rollte Tullion Toby unter sich und hielt seinen Geliebten dort gefangen. Er fuhr mit der Hand über Tobys weich gepolsterte Hüfte und Seite.

„Du bist perfekt, Toby“, knurrte Tullion. „Lass dir von niemandem etwas anderes sagen. Nicht jeder Körper ist gleich geschaffen, und ich liebe deinen und wie er zu meinem passt.“

KAPITEL 6

Tobys Mund stand offen, als er in Tullions glitzernde grüne Augen und seinen entschlossenen Gesichtsausdruck blickte. Sein Geliebter – ein Vampir – glaubte das tatsächlich. Tullion fand ihn perfekt. Niemand hatte ihn jemals als perfekt bezeichnet. Sogar seine Eltern hatten versucht, etwas an ihm zu ändern, von seiner Mutter, die ihn immer wieder auf Diät setzte, bis zu seinem Vater, der ihn immer ständig zwang, Sport zu treiben. Als er auf dem College war, hatte er sich bei ihnen geoutet, und obwohl sie ihn nicht davongejagt hatten, hatten sie ihm den Rücken gekehrt.

Aus diesem Grund war es Toby immer unangenehm gewesen, Komplimente anzunehmen. Er tat, wie er es in solchen Situationen immer getan hatte … er suchte nach einer Möglichkeit, das Thema zu wechseln. Toby räusperte sich und murmelte: „Äh, also … das sind meine Freunde. Ich arbeite mit Edwin zusammen, Edwin Aldridge. Wir sind Wissenschaftler, und ich habe einmal mit ihm in einem Regierungslabor gearbeitet. Dann traf Edwin vor einigen Monaten seinen Gefährten Byron. Das ist der Wolf, der zu seinen Füßen saß. Also, ja, wir sind dann hierher gezogen."

„Sein Gefährte?" Tullions Brauen schossen hoch. „Wirklich?"

Toby nickte. „Ja. Die Jungs sind alle verpaart", erklärte er. „Carson war der andere Wolf. Er ist einer der Vollstrecker des Rudels, und der Mann bei ihm war sein Gefährte, Jared." Toby zuckte die Achseln, als er den verblüfften Ausdruck auf Tullions Gesicht sah. „Grady ist einer von Stone Ridges Detectives. Lyle Sullivan ist der andere. Er ist derjenige, der vorbeikam und dich gerochen haben muss. Ich weiß, dass er ein Wandler ist, aber ich bin mir nicht sicher, welche Art."

Toby wusste, dass er plapperte, aber er schien nicht die Klappe halten zu können. Mit dem nackten Mann, der auf ihm lag, und obwohl seine Freunde im Nebenzimmer waren und er wusste, dass die Wände seines Hauses sehr dünn waren, konnte er nicht verhindern, dass sich sein Schwanz verdickte. „Und der Typ, der neben Grady an der Tür stand, war Gordon. Er ist Gradys Gefährte."

Tullion senkte den Kopf und fing Tobys Lippen ein, um sein Geschwafel zum Verstummen zu bringen. Er steckte die Zunge zwischen seine Zähne und rieb damit an Tobys. Toby öffnete weit den Mund und stöhnte bei dem sinnlichen Gefühl, das die Zunge seines Geliebten ihm bereitete.

Als Toby Tullions leises Knurren hörte, wurde er mutiger. Er leckte versuchsweise über die Zunge des anderen Mannes. Toby legte den Kopf schief und erlaubte Tullions Zunge, tiefer einzutauchen. Dann schlang er die Arme um den Oberkörper seines Geliebten und strich mit den Händen über die starken Linien seines Rückens. Er schwelgte in dem Wissen, dass er das Privileg hatte, dies zu tun.

Toby drehte den Kopf und beendete den Kuss. Er schnappte nach Luft, erschauerte bei dem Pochen in seiner

Erektion. „Ist Sex immer so?“ Da er noch nie Sex gehabt hatte und nichts kannte, um es zu vergleichen, fühlte sich Toby von diesem treibenden, brennenden Bedürfnis überwältigt, ihn zu berühren und berührt zu werden.

„Bis wir unsere Bindung beendet haben, ja“, antwortete Tullion ebenfalls atemlos. Dann grinste er breit und zeigte seine Zähne. „Andererseits werde ich dich immer wollen, sexy Mann. Und glaube nicht, dass ich nicht bemerkt hätte, wie du das Thema gewechselt hast.“ Er senkte den Kopf und beknabberte Tobys Hals für ein paar Sekunden, dann flüsterte er in sein Ohr: „Ich finde dich sexy und perfekt, und ich freue mich auf viele Jahre, die ich damit verbringen werde, dir zu zeigen, wie aufrichtig ich das meine.“

„Aber du kennst mich nicht“, quietschte Toby, verwirrt von der Überzeugung, die er in Tullions Stimme hörte. „Ich bin ungeschickt und fett und geeky. Was ist, wenn du entscheidest, dass du mich hasst?“

Das Geräusch eines leisen Seufzens erreichte Tobys Ohren genau zu der Zeit, als Tullions warmer Atem sein Ohrläppchen neckte. „Wenn du ungeschickt bist, werde ich dich auffangen. Und ich habe es immer bevorzugt, mit jemandem zusammen zu sein, der etwas mehr Fleisch auf den Rippen hat. Ich möchte nicht befürchten, dass ich meinen Geliebten in Stücke breche.“ Tullion leckte über sein Ohrläppchen und fügte hinzu: „Was das Geek-sein betrifft. Das könnte man auch von mir sagen. Es gab einmal eine Zeit, als ich meine Freizeit damit verbrachte, Sprachen zu lernen. Ich spreche zwölf fließend und komme in weiteren fünf Sprachen zurecht.“ Tullion hob den Kopf, traf Tobys Blick und wackelte mit den Brauen. „Ich kann mich in weiteren drei in Schwierigkeiten bringen.“

Toby starrte zu Tullion auf und sein Mund klaffte ein wenig offen.“ Du kannst zwanzig Sprachen sprechen?“

„Mehr oder weniger“, antwortete Tullion und zuckte mit den Schultern, als er sanft mit einem Daumen über Tobys Stirn rieb. „Rechne noch ein paar Dialekte dazu, und man könnte von zwei Dutzend reden.“

„Was machst du jetzt zum Spaß?“, fragte Toby und brauchte einen Moment, um zu Atem zu kommen.

Tullion seufzte, aber diesmal klang es müde. „Jetzt habe ich keinen Spaß. Ich bin …“ Er verzog das Gesicht und hielt inne. Sein Blick wanderte zu einer Stelle über Tobys Schulter. „Ich wurde zu Unrecht beschuldigt, meinen Zirkelanführer ermordet zu haben“, gab er leise zu. „Ich habe mich auf ein paar Bekannte verlassen, um meinen Namen reinwaschen zu können, aber –“

„Du bist also tatsächlich Tullion Kuznetsov“, stellte Jared von der Tür aus fest. „*Dieser* Tullion.“

Toby riss seinen Kopf hoch, vermied es knapp, seinen Kopf gegen Tullions zu stoßen und funkelte Jared an. „Gehe ich in euer Schlafzimmer, wenn du mit Carson alleine bist?“

Jared grinste völlig unverfroren. „Du würdest nicht in unser Schlafzimmer kommen, weil es dich bis ins tiefste Innere in Verlegenheit bringen würde.“

„Arschloch“, murmelte Toby.

„Und stolz darauf“, antwortete Jared und verbeugte sich.

Als Jared sich aufrichtete, trat ein jetzt menschlicher

Carson hinter ihn und legte einen Arm um seine Schulter, um seinen Brustmuskel zu berühren. „Hör auf, Toby zu verarschen, Liebster", befahl er schroff. „Wenn das, was wir von Vince herausgefunden haben, richtig ist, steckt Tullion in gewaltigen Schwierigkeiten."

Tullion ließ Toby los. Er hielt eine Hand auf ihrer Decke und hielt sie bedeckt. „Wer ist Vince?", fragte er vorsichtig. „Was hat er gesagt?"

„Vince ist ein Vampir, ein Vollstrecker für die Ältesten des Amerikanischen Vampirrates", erklärte Carson. „Er ist mit Frankie verpaart, einem Wandler in unserem Rudel. Er hat uns mitgeteilt, dass ein Vampir namens Tullion Kuznetsov auf der Flucht ist, nachdem er wild geworden ist und seinen Zirkelanführer brutal ermordet hat." Er verschränkte die Arme vor der Brust. „Wir müssen ihm sagen, dass du hier bist."

Toby packte Tullions Arm mit beiden Händen und hielt ihn fest, als ob ihn das allein sicher und an seiner Seite halten könnte. „Aber du bist unschuldig, oder?" Seine Stimme klang nicht ganz so stark und fest, wie er es geplant hatte. Was wusste er eigentlich über diesen Mann? Nun, außer dass er ihn wie ein Gott gefickt hatte?

„Ja", murmelte Tullion. „Ich bin unschuldig. Ich hörte meinen Anführer schreien, aber als ich ankam, hatte der Dolchstoß ins Herz ihn bereits getötet."

Carsons Augen verengten sich. „Du bist geflohen. Das lässt dich ziemlich schuldig aussehen."

„Ich wurde mit dem blutigen Dolch in der Hand gefunden, weil ich ihn gerade aus Boris' Herz gezogen hatte", fauchte Tullion. Sein Arm spannte sich unter Tobys Griff an, seine Frustration war offensichtlich. „Ich habe versucht, ihn zu retten!“

„Ich habe gehört, dass keine anderen Gerüche im Raum bemerkt wurden“, hakte Jared nach. „Können Vampire nicht so gut riechen wie Wandler? Oder ist es so eine Tier-Sache?“

„Jared“, knurrte Carson warnend.

Jared legte den Kopf schief und sah seinen Gefährten über die Schulter an. „Was? Es war nur eine Frage.“

Carson schüttelte den Kopf und konzentrierte sich auf Toby und Tullion. „Du hast einen von uns als deinen Geliebten beansprucht, obwohl die Bindung noch nicht vollständig ist. Wenn du die Bindung abschließt, können wir dir ein kleines Maß an Schutz bieten“, erklärte Carson. „Wir haben ein paar Kontakte, durch die wir diskret herausfinden können, wer daran beteiligt ist.“

„Äh, ich …“, begann Tullion und hielt dann inne. Seine Brauen zogen sich zusammen, als er von dem Paar in der Tür zu Toby schaute. Während seine Lippen lächelten, funkelten seine grünen Augen nicht so, wie Toby es bewunderte, wenn er ihn erregt anstarrte. „Ich muss darüber nachdenken.“

„Du hast nicht viel Zeit, Vampir“, sagte Jared zu ihnen. Er warf erneut einen Blick über die Schulter und sagte dann: „Declan wird in Kürze hier sein. Triff deine Wahl und zieh dich an.“

Toby war von Verwirrung erfüllt, als er beobachtete, wie das Paar aus der Tür trat und die Tür hinter sich schloss. „Ich verstehe nicht“, murmelte er. „Was ist hier gerade passiert?“ Toby konnte nicht erkennen, was das Ultimatum war …, wenn es eines gegeben hatte.

Tullion beugte sich vor und drückte einen Kuss auf Tobys Schläfe. Dann rutschte er aus dem Bett. Ohne Rücksicht auf seine Nacktheit kniete sich Tullion neben die Matratze, streckte die Hand aus und hielt Tobys Hand sanft in seinen.

„Carson erklärte im Wesentlichen, dass, wenn ich von deinen Wandlerfreunden Schutz erhalten möchte, du und ich unsere Bindung vervollständigen müssen", erklärte Tullion.

„Was soll das heißen?"

Tullion senkte seinen Blick auf ihre gefalteten Hände und drückte leicht. „Ich ergieße mich in dich und verbinde unsere Lebenskräfte. Weil sie dich als Teil ihres Rudels betrachten, würde ich für eine Weile die gleiche Sicherheit bekommen."

„Oh", flüsterte Toby und dachte darüber nach. „Also, ähm, wir wären im Wesentlichen verheiratet, oder?", fragte er. Konnte er sich einem völlig Fremden – wenn auch einem sexy Fremden – versprechen, um dessen Leben zu retten? Unter normalen Umständen würde Toby niemals auch nur darüber nachdenken. Er hatte jedoch bereits die Hände dieses Mannes an sich gefühlt, es genossen, mit ihm zu schlafen und von ihm gehalten zu werden. Toby hatte die Beziehungen gesehen, die Paranormale mit ihren menschlichen Gefährten aufbauen konnten, und um ehrlich zu sein, sehnte er sich nach einer solchen Verbindung. Toby nahm seinen Mut zusammen und bestätigte zaghaft: „Also, wir könnten uns nur gegenseitig haben, richtig? Äh, bis wir sterben?"

„Ja", bestätigte Tullion. „Das wäre der Fall."

„Also, ähm", begann Toby und wählte sorgfältig den

besten Weg, um zu sagen, was er wollte. Dann hielt er inne, als ihm etwas einfiel. Toby musterte Tullion und bemerkte seinen nachdenklichen Gesichtsausdruck und die gerunzelten Brauen. Es traf ihn … hart. „Du willst mich nicht", platzte es aus ihm heraus.

Tullions Augen weiteten sich. „Was? Nein! Das stimmt überhaupt nicht", bestritt er schnell. Er griff nach Tobys Hüften und zog ihn an die Bettkante. Dann manövrierte Tullion Toby so, dass er sich zwischen seine Schenkel knien konnte und einen Arm um seinen Oberkörper schlang. Mit der anderen Hand umfasste er Tobys Nacken und drängte ihn, seinem Blick zu begegnen. „Du bist mein Geliebter. Nichts würde mir mehr gefallen, als uns fürs ganze Leben zu verbinden und den Rest meiner Tage damit zu verbringen, alles über dich zu erfahren. Aber ich kann nicht."

„Warum?" Toby hasste es, dass er so enttäuscht klang, aber er konnte nichts dagegen tun. Was sollte er empfinden, wenn er erfuhr, dass das Schicksal ihm einen sexy Hengst gewährte, er ihn aber nicht haben konnte? „Meine Freunde können helfen."

Tullions Gesichtsausdruck wirkte so wehmütig, als er in Tobys Augen starrte. „So sehr ich geehrt und geschmeichelt bin, dass du dich ohne Zögern mit mir verbinden würdest, kann ich dir das nicht antun, Toby", sagte er. „Du bist mein Geliebter. Ich werde dein Wohlergehen immer über mein eigenes stellen."

Als Toby den Mund öffnete, um dieser Aussage zu widersprechen, verstärkte Tullion seinen Griff um seinen Hals und rieb die empfindliche Haut hinter seinem Ohr. Toby keuchte bei dem angenehmen Gefühl.

„Wenn ich meinen Namen nicht reinwaschen kann“, flüsterte Tullion, „werde ich getötet. Ich kann mich nicht mit dir verbinden, wenn ich weiß, dass das über meinem Kopf hängt.“ Er lächelte, aber Traurigkeit erfüllte seine Augen. „Mein Tod würde deinen Tod bedeuten. Wenn ich sterben muss, möchte ich wissen, dass du ein langes, erfülltes Leben führst. Ich möchte, dass du Liebe und Glück findest. Bitte versuche es zu verstehen.“

Toby schloss die Augen und holte tief Luft. Er seufzte tief. Er konnte nicht anders, es klang, als würde Tullion aufgeben, aber es war nicht so, als würde er den Mann so gut kennen. Trotzdem konnte Toby nicht anders als zu fragen: „Kommst du wieder zurück zu mir?“

„Solange ich lebe und atme, will ich an deiner Seite sein“, schwor Tullion.

Bereit zu nehmen, was er bekommen konnte, nickte Toby. Er hob seine Hände zu Tullions Schultern und fuhr mit den Fingerspitzen über seine breiten Schlüsselbeine und seine starken Schultern hinunter. „Also, wie geht es jetzt weiter?“, fragte Toby leise und genoss die festen Muskeln unter seinen Fingerspitzen.

„Nun, wie deine Freunde gesagt haben“, antwortete Tullion und massierte sanft Tobys Nacken. „Wir kleiden uns an, und ich werde mit dem Alpha reden.“ Er beugte sich vor und drückte einen leichten Kuss auf Tobys Lippen. „Egal, was mit mir passiert, ich möchte, dass du in Sicherheit bist.“

Toby nickte. „Okay.“ Dann runzelten sich seine Brauen. „Äh, lass mich aufstehen, und ich werde mir ein paar

Klamotten überwerfen." Er glaube nicht, dass er so sitzen bleiben konnte, ohne mehr zu wollen als das, wofür sie Zeit hatten, oder was angemessen war, wenn Leute auf sie warteten.

Tullion nickte. Nach einem weiteren Streicheln über Tobys Wirbelsäule und einem Druck auf seinen Nacken ließ Tullion ihn los und hockt sich auf die Fersen, dann stand er auf und trat zurück.

Toby wandte seinen Blick ab und versuchte, nicht wiederholt auf Tullions Schaft zu blicken. Sogar auf Halbmast war der Schwanz des Vampirs ein wunderschöner Anblick, dick und lang, an seinem linken Oberschenkel liegend. Toby hoffte und betete, dass er eines Tages diesen hübschen Schaft nackt in sich spüren würde.

Kleidung. Richtig.

Toby rutschte vom Bett und – er kämpfte gegen den Drang an, sich zu bedecken, weil er wusste, dass es ein lächerlicher Impuls war, da Tullion bereits alles und noch mehr gesehen hatte – eilte zu seiner Kommode. Trotzdem konnte er nicht verhindern, dass die Röte sich ihren Weg über seine Brust, seinen Hals und seine Wangen bahnte. Sein Gesicht fühlte sich an, als stünde es in Flammen.

Er riss die unterste Schublade seiner Kommode auf und griff nach einer Jogginghose. Aus der Schublade darüber nahm er ein T-Shirt heraus. Toby ließ die Unterwäsche aus und zog die Kleidung an. Als er sich umdrehte, entdeckte er Tullion, der auf der Seite des Bettes saß.

„Was machst du?"

Tullion lächelte. „Meine Klamotten sind im Badezimmer. Ich nehme nicht an, dass ich dich überzeugen könnte, sie zu holen?“

Tobys Gesicht wurde noch heißer, als er sich daran erinnerte, warum Tullions Klamotten im Badezimmer waren. „J-ja.“ Er eilte zur Tür und als er sie öffnete, hörte er, wie Tullion leise seinen Namen rief. Als er sich umdrehte, krümmte Tullion seinen Finger, und Toby gehorchte der stummen Aufforderung.

Tullion erhob sich, als Toby sich näherte. Er schlang die Arme um seinen Körper und zog ihn in eine enge Umarmung. Tullion schmiegte sein Gesicht an Tobys Nacken und flüsterte: „Es tut mir leid, dass es so sein muss, mein Geliebter. Wir werden nicht lange getrennt sein.“

Besorgt umarmte Toby seinen Geliebten zurück. Er inhalierte den moschusartigen Geruch des Mannes. „Es wird alles in Ordnung kommen“, flüsterte Toby und rieb den Rücken seines Geliebten. „Wir werden das klären.“ Dann, um die Stimmung zu verbessern, fügte er hinzu: „Dann kannst du mit mir zu einem fantastischen Rippchen-Essen im Caribou hier in der Stadt ausgehen. Dort gibt es einen tollen Grillabend.“

„Ich freue mich darauf“, antwortete Tullion. Er zog seinen Kopf zurück und drückte einen Schmetterlingskuss auf Tobys Lippen. „Jetzt“, sagte er mit einem müden Lächeln. „Kleidung.“

Toby nickte, ein wenig verwundert über den müden Ausdruck auf Tullions Gesicht. Er ging zur Tür hinaus und warf einen Blick über die Schulter. Die Art und Weise, wie der Blick seines Geliebten hungrig über seinen Körper wanderte, erwärmte ihn von innen nach außen. Toby lächelte, drehte sich dann um und schloss die Tür hinter sich.

Er ging ins Badezimmer und hob den Kleiderstapel vom Boden auf. Dann ging er zurück und rannte in seiner Eile fast einen anderen Mann um. Ein starkes Paar Hände stützte ihn. Tobys Augen weiteten sich, als er Vincent Marché und direkt hinter ihm Lexington Paistro entdeckte. Sein Mund stand offen bei dem Erscheinen der Vampir-Vollstrecker und er fragte sich, wann sie angekommen waren.

„Geht es dir gut, Toby?“, fragte Vince. Er senkte den Kopf und schnupperte an ihm. „Du bist nicht verletzt?“

„Nein, nicht verletzt“, antwortete Toby automatisch. „Mir geht’s gut.“

„Und dein Liebhaber?“, fragte Lex unverblümt. „Wo ist er?“

Tobys Wangen erhitzten sich, als er das Kleiderbündel in seinen Händen hielt. „Wartet auf seine Klamotten.“

Vince kicherte. „Tut mir leid, heißer Feger. Wollte nur pinkeln. Geh und gib deinem neuen Mann seine Sachen.“

Toby nickte und schlüpfte an den beiden vorbei in sein Zimmer. Als er sich im Raum umsah, runzelte er die Stirn. Er ging zum Bett, legte den Stapel auf die Matratze und drehte sich dann langsam im Kreis. Mehrere Dinge trafen ihn gleichzeitig. Die unterste Schublade seiner Kommode mit den Jogginghosen war offen und durchwühlt, Tullions Brieftasche war von seiner Kommode verschwunden, und eines der Fenster stand offen.

Tobys Blut verwandelte sich zu Eis in seinen Adern, und seine Knie fühlten sich schwach.

Tullion war weg.

KAPITEL 7

Einen Monat später

Tullion tat sein Bestes, um die scharfen Schmerzen in seinem Bauch zu ignorieren … und in Brust, Seite und Oberschenkel. Er hasste es, sich hungrig zu fühlen und wusste, dass er dringend Nahrung brauchte, um von den Wunden zu heilen, die ihm die Verfolger zugefügt hatten, denen er drei Nächte zuvor begegnet war.

Leider hatte er nicht die Zeit – oder verdammt, das Wissen – gehabt, eine Blutbank oder eine Notfallklinik in Lyon, Frankreich, zu überfallen. Da er Informationen brauchte, war Tullion im Begriff zu tun, was er nach Kräften zu vermeiden versucht hatte. Er plante, seine Familie in seinen Kampf mit einzubeziehen.

Obwohl er das jüngste von neun Geschwistern war, war Tullion ein Versehen gewesen. Mit etwas mehr als vierhundert Jahren hatten seine Eltern bestimmt nicht vorgehabt, ein weiteres Kind zu haben. Obwohl Tullion sie nur für knapp sechzig Jahre in seinem Leben gehabt hatte, wusste er, dass sie ihr Bestes für ihn getan hatten, und nach fünfzig Jahren vermisste er sie immer noch sehr.

Das bedeutete auch, dass seine acht Geschwister, sechs

Brüder und zwei Schwestern, alle bereits erwachsen gewesen waren und ihr eigenes Leben führten, während er aufwuchs. Sie betrachteten ihn als Familienmitglied, aber er war ihnen nie nahe gewesen. Zu diesem Zeitpunkt hoffte Tullion, dass ihr gemeinsames Blut ausreichen würde, da ihm die Optionen ausgehen.

Tullion schlüpfte durch eine Lücke im Wachschema des Zirkels und rannte über den Hof. Er nahm an, dass eine Kamera ihn erwischen würde, aber wenn er seinen Bruder Petre finden könnte, könnte er um Asyl bitten … vielleicht. Immerhin war Petre Teil eines französischen Zirkels, an dessen Spitze das Trio der französischen Ratsmitglieder stand. Tullion wurde vom russischen Teil des Rats gesucht, und wenn ihm nicht die Schuld in die Schuhe geschoben worden wäre, sondern er ihn tatsächlich begangen hätte, auch aus gutem Grund.

Zu der Zeit, als Tullion das Gebäude erreichte, war er außer Atem, verschwitzt, und seine Oberschenkelmuskeln zitterten. Er wusste, dass er im letzten Monat an Muskelmasse verloren hatte, da er sich nicht mehr direkt von einer Quelle nähren konnte. Zuerst hatte Tullion sich nicht von einem anderen genährt, weil er sich bei dem Gedanken daran gefühlt hatte, als würde er Toby betrügen. Dann hatte er erkannt, dass ihm die Wahl abgenommen worden war, da für ihn jeder Mensch sauer zu riechen begann … wie Milch nach dem Verfallsdatum.

Tullion sprang hoch und packte den Boden des Balkons. Er biss die Zähne zusammen gegen den Schmerz, der durch seine Brust schoss, dann richtete er sich auf, packte das

Geländer und zog sich über den Sims. Tullion ließ sich wenig graziös auf seinen Rücken fallen und kümmerte sich nicht einmal darum, dass der Stein an seinem Rücken und seinem Hintern kratzte. Er rang nach Atem.

„Verdammt."

Tullion brauchte ein paar Sekunden, mehr, weil sein Kopf aufhören musste, sich zu drehen, als weil er die Zeit hatte, zu Atem zu kommen. Er stand auf, humpelte zur Tür und überprüfte das Schloss. Dann holte er ein paar Werkzeuge heraus und duckte sich davor, um es zu knacken.

Bevor Tullion überhaupt beginnen konnte, wurde die Tür aufgerissen. Er wäre auf seinen Arsch gefallen, doch eine starke Hand ergriff seine Schulter und zog ihn auf die Füße.

„Komm rein, Tu", befahl Petre schroff. „Warum zum Teufel hast du so lange gebraucht? Wo bist du gewesen?"

Tullion machte einen Satz nach vorne. Müdigkeit, Schmerz und Hunger ließen seine restliche Kraft rasch schwinden. Wenn Petre ihn nicht festgehalten hätte, wäre er flach auf sein Gesicht gefallen. Er packte die Schultern seines Bruders und schaffte es, sein Gleichgewicht zu finden.

„Verdammt, Tu!" Petre packte Tullions Nacken und benutzte seinen Griff, um seinen Kopf nach oben zu neigen. „Du schläfst ja fast im Stehen." Er ließ Tullions Nacken los und legte seinen Arm um Tullions Taille. „Lass uns dich in meine Räumlichkeiten bringen", murmelte er.

Müde und benommen wehrte sich Tullion nicht gegen Petre. Dankbarkeit überschwemmte ihn, dass sein Bruder sich zu freuen schien, ihn zu sehen. Das war ein gutes Zeichen dafür, Hilfe von dem Vampir zu bekommen. Tullion wurde durch eine Reihe von Korridoren geführt, aber er achtete nicht darauf, da es seine ganze Aufmerksamkeit erforderte, sich auf die Worte seines Bruders zu konzentrieren.

„Wir haben versucht, dich zu finden, kleiner Bruder", murmelte Petre. „Ich weiß nicht, warum zum Teufel du nicht früher zu uns gekommen bist, aber jetzt bist du immerhin hier." Er schnaubte. „Gut, dass du an einem Abend gekommen bist, an dem ich die Monitore überwacht habe. Gute Arbeit zwischen den Wachposten. Ich muss diesen Fehler beheben."

„Danke", murmelte Tullion. „Und ich wollte dich nicht mit reinziehen."

„Hast du deinen Zirkel-Anführer wirklich getötet?"

Tullion verzog das Gesicht. Er hätte diese Frage erwarten sollen. Trotzdem tat es weh. „*Nyet*!", knurrte er. „Ich habe Boris nicht ermordet."

„Das hat Viktor auch gesagt", kommentierte Petre. Er grinste Tullion an. „Es ist immer schön zu wissen, dass ich recht hatte. Wir haben nie an dir gezweifelt."

„Wir?"

Petre schnaubte spöttisch, als er eine Tür öffnete. „Deine Familie." Er veränderte seinen Griff um Tullions Taille und nahm mehr von seinem Gewicht auf sich. „Aber wir sind alle sauer, dass du nicht früher zu uns gekommen bist, kleiner Bruder."

Sobald sie den Raum betreten hatten, erkannte Tullion eine Frau, Elizabette, die auf sie zueilte. „Petre, was ist los?" Als sie sie erreichten, umfasste sie Tullions Kiefer. „Tullion!" Sie trat sofort zurück, deutete auf eine Chaiselongue und sagte:

„Leg ihn nieder, und ich werde ihm einen Spender holen. Er muss sich nähren."

Als Petre Tullion auf das Kissen legte, winkte er mit der Hand. „Nein. Kein Spender. Blutkonserve." Aus einem Beutel zu trinken war bei weitem nicht so angenehm, aber auf diese Weise musste er den Spender nicht riechen und nur mit dem bitteren Geschmack von Blut kämpfen, das nicht von seinem Geliebten stammte.

Petre warf Elizabette einen Blick zu und kniete sich vor ihn. „Du bist schwach, Tullion", sagte er leise. „Warum lehnst du einen Spender ab?"

„Niemand außer meinem Geliebten ist erträglich", murmelte Tullion. Er lehnte seinen Kopf auf das Kissen und ließ seine Augenlider auf Halbmast sinken. Er lächelte abwesend, als seine Gedanken sich zu Toby wandten. Sein Herz schmerzte vor Sehnsucht. „Ich vermisse Toby so sehr."

Petres Augen weiteten sich. Er wandte sich an Elizabette und begann auf Französisch zu sprechen. „Hol den Arzt. Lass ihn mehrere Blutbeutel mitbringen."

Elizabette nickte und eilte dann aus dem Raum.

Petre nahm seine Hand und drückte sie leicht. „Du bist sicher. Ich werde für dich um Asyl bitten. Wir werden das in Ordnung bringen."

„*Merci beaucoup.*" Tullion schaffte es, seinen Dank zu flüstern, bevor ihn die Dunkelheit überwältigte.

Tullion erwachte erschrocken und ruckte nach vorne. Sofort packten zwei starke Hände seine Schultern und drückten ihn wieder nach unten. Tullion begann zu kämpfen, bis er die tiefe Stimme seines ältesten Bruders hörte, der beruhigend auf Russisch zu ihm sprach.

„Beruhige dich, Tullion. Du bist hier sicher“, murmelte Borscht.

Tullion öffnete seine gummiartigen Augenlider und blinzelte zu seinem Bruder auf. „Borscht. Was tust du hier?“

Borscht schnaubte. „Mein Bruder, der wegen Mordes angeklagt wurde und seit fast drei Monaten auf der Flucht ist, taucht halb tot vor Petres Haustür auf. Natürlich wird er da mich anrufen“, schnappte er. „Wir haben dich gesucht. Was zum Teufel ist los?“

Seufzend entschloss sich Tullion, Bilanz zu ziehen, während er sich ein paar Sekunden kaufte, ehe er entschied, wie er antworten sollte. Während sein Körper schmerzte, fühlte er sich nicht länger ausgehungert. Es gab jedoch ein seltsames Stechen in seinem Arm. Er blickte nach unten und bemerkte eine Infusion in seinem Arm – eine Infusion, die er wahrscheinlich in seinem Streben nach Freiheit fast herausgerissen hatte –, die mit einem Beutel Blut verbunden war. Das erklärte, warum er sich nicht mehr ausgehungert fühlte.

Tullion konzentrierte sich wieder auf Borscht. „Wie lange bin ich schon hier?“

Borscht kniff die Augen zusammen und sagte: „Zweieinhalb Tage.“

„Ich wollte meine Familie nicht in meine Probleme hineinziehen“, gab Tullion zu. „Aber ich bin hergekommen, weil Petre den französischen Ältesten des Rates untersteht, nicht den russischen. Ich dachte, ich könnte mir etwas Zeit erkaufen."

Borscht starrte ihn an. „Das ist das Dümmste, was ich je gehört habe. Jedes Problem von einem von uns ist das Problem von uns allen."

„Und wir sind viele", knurrte Aleksei und machte auf sich aufmerksam, als er in den Raum schritt. „Du hättest zuerst zu uns kommen sollen." Er funkelte Tullion an, kräuselte seine Lippe und zeigte seinen Fangzahn.

Während Borscht, der älteste von Tullions Brüdern, einen ausgeglichene, besonnene Persönlichkeit hatte, die seine massige, zwei Meter große Gestalt Lügen strafte, war Aleksei – der an vierter Stelle Geborene der Geschwister, der eine schlanke, drahtige Figur von eins achtzig hatte – bekannt für seine Hitzigkeit und Impulsivität. Borscht war das Familienoberhaupt geworden. Nachdem Petre sich mit seiner Geliebten Elizabette verbunden hatte, hatte Borscht sich von ihrem alten Zirkel getrennt, den größten Teil der Familie mitgenommen und einen eigenen Zirkel gegründet. Tullion war der Einzige gewesen, der bei Boris geblieben war, da er gerade eine Vollstreckerposition erhalten hatte.

Aleksei blieb neben dem Bett stehen und funkelte ihn an, als er wütend hinzufügte: „Wenn wir die Informationen von deinen Freunden früher erhalten hätten, hätten wir das schon vor Monaten klären können." Schnaubend fügte er hinzu: „Wann zum Teufel hast du die Schwuchtel überhaupt getroffen?"

Tullion biss die Zähne zusammen und biss sich nur auf die Zunge. Er hätte wissen müssen, dass mindestens eines seiner russischen Geschwister so reagieren würde. Bevor

Tullions noch träger Verstand herausfinden konnte, wie er reagieren sollte, betrat Petre den Raum. Eine stirnrunzelnde Elizabette stand in der Tür, die Arme über den üppigen Brüsten verschränkt.

Offensichtlich hatte Petre Alekseis Kommentar gehört, denn er schlug Aleksei auf den Hinterkopf. Als Aleksei sich umdrehte und ihn anknurrte, schnappte Petre: „Pass auf deine Zunge auf, Arschloch. Der Bruder von Elizabette, Jean-Pierre, bevorzugt die Gesellschaft von Männern."

Aleksei warf einen Blick über die Schulter und runzelte die Stirn. Trotzdem wirkte er überhaupt nicht reuig. „Unnatürlich", murmelte er.

„Nun, du hast jetzt einen Schwager", fuhr Petre schroff fort. „Also schlage ich vor, du behältst deine Meinung für dich."

Alekseis Brauen zogen sich zusammen. „Wovon zum Teufel redest du?"

Anstatt zu antworten, wandte sich Petre an Tullion. „Wie fühlst du dich? Besser?"

Während eine von Borschts Brauen in offensichtlicher Verwirrung hochgezogen wurde, trat auch er näher und befragte ihn. „Wie geht es dir?"

„Besser", gab Tullion zu. „Hab zumindest nicht das Gefühl, ohnmächtig zu werden."

Petre nickte. „Gut. Und jetzt …" Er ließ sich auf dem Stuhl neben dem Bett nieder, legte die Unterarme auf die Schenkel und beugte sich zu ihm. „Woher kennst du Caspian Carpathian?"

Tullion zermarterte sich sein Gehirn. „Ich kenne keinen

Caspian Carpathian", antwortete er verwirrt.

„Vincent Marché? Lexington Paistro? Sebastian Russo? Jared Templeton?" Borscht fing an, Namen runterzurattern.

Bei jedem schüttelte Tullion seinen Kopf. „Nein, ich …" Er hielt inne, als der letzte eine Erinnerung wachrüttelte. „Tobys Freund heißt Jared. Ich kenne seinen Nachnamen nicht, aber …" Er sah sich zu seinen Brüdern um. „Warum? Wer sind sie?"

Borscht schnaubte. „Sie arbeiten für die Ältesten des Amerikanischen Vampirrates. Sehr hoch angesehen, wie es scheint, von Vespa."

„Der Älteste Kolton Vespa?", vergewisserte sich Tullion.

Alekseis Augen verengten sich. „Ja. Caspian und Sebastian arbeiten in verschiedenen Bereichen der Diplomatie, und Vincent und Lexington sind Vollstrecker. Jared ist ein Mensch." Er verschränkte die Arme vor der Brust und knurrte: „Die meisten von ihnen sind Schwuch – Homosexuelle", fügte er hinzu. „Was zum Teufel, Tu?"

Mit offenem Mund warf Tullion einen Blick auf seine Brüder. So wie Petre Aleksei bereits geschlagen hatte, wusste er, dass er zumindest die Unterstützung seines jüngsten Bruders hatte. Er ignorierte Alekseis bigotte Haltung und konzentrierte sich auf Borscht. Während er sprach, betete Tullion, dass sein ältester Bruder sich nicht von ihm abwenden würde.

„Ich war eine Weile in Kontakt mit Viktor und Anatoly", sagte Tullion ihnen. „Sie versuchten herauszufinden, wer mir die Sache angehängt hat. Als ich mich nicht mehr mit

Viktor in Verbindung setzen konnte, konnte ich mich nur noch auf Anatoly verlassen."

Borscht runzelte die Stirn. „Ich habe letzte Woche mit ihm gesprochen. Er sagte, er hätte nichts von dir gehört."

Tullions Augen weiteten sich. „Was? Ich habe vor drei Tagen mit ihm gesprochen. Ich sagte ihm, ich sei auf dem Weg hierher, und dann wurde ich von russischen Vollstreckern angegriffen" gab er zu. „Scheiße! Er hat mit mir gespielt! Er ist irgendwie involviert!"

„Nun, das macht Jareds Informationen viel plausibler", kommentierte Petre.

Petres Blick begegnend, sagte Tullion: „Jared ist ein Mensch, der mit einem Wolfswandler verpaart ist. Toby ist ein Mensch, der irgendwie mit dem Rudel verbunden ist. Sie betrachten ihn als einen der ihren." Er wandte sich an Borscht. „Sie kommen aus Amerika. Tief in den Bergen bin ich über sie gestolpert, als ich wegen Lebensmitteln angehalten habe. „Er leckte sich die Lippen und gab dann zu: „Toby ist mein Geliebter."

„Was?", fauchte Aleksei.

Tullion ignorierte ihn und suchte stattdessen den Blick seines ältesten Bruders – des Familienoberhauptes. Borscht lächelte leicht. „Glückwunsch, mein Bruder. Ich freue mich sehr für dich." Er schnaubte leise. „Ich bin sogar ein bisschen eifersüchtig. Ich bin über dreihundert Jahre alt und warte immer noch."

„Du wirst ihn finden", flüsterte Tullion. Bei Borschts schiefem Grinsen wurde ihm klar, was er gesagt hatte. „Oder sie", fügte er hinzu und bekam dafür ein Lachen von seinem

Bruder. Er seufzte und ließ seine Augenlider auf Halbmast sinken. Seine Gedanken begannen zu wandern und er wandte seine Aufmerksamkeit Petre zu. „Ich könnte wirklich etwas *Pirozhki* vertragen."

Petre grinste. „Wie wäre es mit Wurst und Käsecrêpes? Ich habe den Koch gebeten, sie zu etwas Besonderem zu machen."

„Schön", flüsterte Tullion. Er warf einen Blick auf die Infusion in seinem Arm. „Kann das dann also jetzt raus? Bin ich ausreichend hydratisiert?"

„Ich werde Doktor Moreau bitten, hochzukommen", stellte Elizabette von der Tür aus fest.

„Elizabette", rief Tullion leise. Als sie sich umdrehte, seinem Blick begegnete und fragend eine Braue hob, lächelte Tullion sie an. „Vielen Dank."

Elizabette nickte einmal. „Nikita, Vadim und Zakhar sollten in Kürze eintreffen", sagte sie und bezog sich dabei auf zwei seiner anderen Brüder und eine Schwester. „Oh, und es gibt eine Reihe von Vampiren und ein paar Menschen, die darauf warten, dich zu sehen."

Tullions Herz schlug in seiner Brust. „Menschen?" *Wie zur Hölle – Scheiße, wen kümmerte das?* „Wer?"

Elizabette kicherte. „Ich schicke ein paar von ihnen rein." Sie grinste breit, als sie sich abwandte.

Vorfreude durchfuhr ihn und Tullion wandte sich an Petre. „Über was redet sie?"

Petre lächelte. „Du hast den Namen Toby erwähnt, bevor du ohnmächtig geworden bist. Als ein Toby von Mitgliedern, die für einen Ältesten gearbeitet haben, hierher begleitet wurde, kannst du dir vorstellen, welche Wellen das geschlagen hat.“ Er zuckte die Achseln und sein Gesichtsausdruck wurde ein bisschen ernster. „Einige von ihnen sind bei Master Jean-Paul“, sagte er und bezog sich damit auf den Anführer des Zirkels. „Also bin ich sicher, dass er in Kürze hier oben sein wird.“

Ein Geruch erregte Tullions Aufmerksamkeit und er sah zur Tür. Sechs Männer standen zusammengedrängt da, aber sein Blick war nur auf einen gerichtet. „Toby“, flüsterte Tullion. „Geliebter!“ Er streckte seine Hand aus und betete, dass sein süßer Mensch zu ihm kommen würde.

Zu Tullions Erleichterung ging Toby nach einem kurzen Blick auf die Gruppe von Leuten im Raum langsam auf ihn zu und blieb an seiner Seite stehen. Er schob die Brille auf seiner Nase nach oben, knabberte an seiner Unterlippe und starrte auf ihn hinunter.

Toby verlagerte nervös sein Gewicht und murmelte: „Du hast mich verlassen.“

Tullion sah, wie sich Tobys dichte, dunkle Brauen zusammenzogen, was seine Unsicherheit genauso ausdrückte wie sein Geruch. Tullion griff nach der Hand seines Geliebten. „Ich dachte, es wäre das Beste.“

Borscht schnaubte. „Genau wie du es für das Beste gehalten hast, nicht zu deiner Familie zu kommen.“ Sein Bruder schüttelte den Kopf. „Es tut mir leid, Bruder, aber du musst auf den Kopf geschlagen werden.“ Er runzelte immer noch die Stirn, als er Tullion liebevoll ansah, und murmelte: „Jugendliche Dummheit und Stolz.“

Tullion drückte Tobys Hand und ignorierte die

Beleidigung … und alle anderen im Raum. Wie kam es, dass all ihre ernsthaften Gespräche vor einem Publikum geführt wurden? „Wirst du mir vergeben?"

Toby warf einen Blick auf die Infusion und dann auf den fast leeren Blutbeutel. Er drückte Tullions Hand und zog sich dann zurück. Zuerst dachte Tullion, Toby würde ihn ablehnen. Er öffnete den Mund, um ihn zurückzurufen, aber Toby trat nur ein paar Schritte nach links. Er blieb an der Kommode stehen, wo eine Reihe von medizinischen Gegenständen abgelegt waren.

Tullion sah fasziniert zu, wie Toby ein paar Gegenstände in die Hand nahm und zu ihm zurückkehrte. Mit beeindruckendem Geschick klemmte sein Geliebter die Infusion ab, zog sie heraus und drückte ein wenig Mull auf die Stelle, an der sich die Nadel befunden hatte. „Ich vergebe dir unter einer Bedingung", murmelte Toby, als er ein Stück grünes Klebeband um Tullions Arm wickelte, um die Gaze zu fixieren.

„Alles", antwortete Tullion, als er zusah, wie Toby ihn losließ und die medizinischen Gegenstände beiseite räumte.

Toby rollte den Infusionsständer vom Bett weg und legte den abgeklemmten Schlauch auf die handtuchüberzogene Kommode. Dann drehte er sich wieder zu Tullion um und kehrte an seine Seite zurück. „Mach das nie wieder", flüsterte Toby. „Ich bin dein Geliebter. Das heißt, wir sind ein Team." Toby leckte sich die Lippen, legte die Hände auf die Matratze und beugte sich zu ihm. „Du musst auch an mich glauben."

Tullion erkannte, dass er von seinem Geliebten zu lange getrennt gewesen war, um seinem Menschen irgendeinen

Wunsch zu verweigern. „Ich werde tun, was ich kann."

Toby gluckste, und der Klang war wie Balsam für Tullions Seele. „Mit anderen Worten, du wirst dein Bestes geben." Er nickte. „Am besten du versprichst nicht, was du nicht sicher halten kannst." Toby setzte sich auf den Stuhl neben dem Bett, streckte die Hand aus und nahm Tullions rechte Hand zwischen seine. „Bist du jetzt bereit zu hören, was ich und meine Freunde ausgegraben haben? Oder hast du vor, weiterhin wegzulaufen?"

KAPITEL 8

Toby konnte das breite Grinsen auf seinen Lippen nicht unterdrücken. Während ein Teil von ihm Tullion eine runterhauen wollte – und, um die Wahrheit zu sagen, war er mehr als bereit gewesen genau das zu tun, als er in dem gewaltigen Herrenhaus angekommen war – wollte ein größerer Teil von ihm sich den neben sexy Vampir legen, sich dicht an seiner Seite zusammenrollen und einfach den Geruch des Mannes einatmen. Leider hatte Toby angesichts des Publikums im Raum nicht so viel Mut.

Verflixt nochmal, alles, was er tun konnte, war Tullions Hand zu ergreifen und sie festzuhalten.

„Was zum Teufel, Borscht!“, knurrte ein großer, drahtiger und muskulöser Mann. Er winkte Toby und Tullion mit einer Hand zu, während er sich zu dem massigen Schlägertypen umdrehte, der mit verschränkten Armen am Fußende des Bettes stand. „Bist du damit einverstanden?“

Der Schlägertyp ließ die Arme sinken und sah von Tullion zu Toby, dann schaute er sich im Raum um. Schließlich richtete er seinen Blick auf Toby, und seine dunklen Augen durchbohrten ihn. In stark akzentuiertem Englisch fragte er: „Du bist Toby?“

Toby schluckte schwer bei diesem durchdringenden

Blick. Er zwang sich zu einem kurzen Nicken.

„Name ist Borscht." Der Mann streckte die Hand aus. „Borscht Kuznetsov. Ich bin der älteste Bruder dieses Idioten."

Toby beugte sich über das Bett und nahm die Hand des großen Mannes – äh, des Vampirs. „Sch-schön, dich kennenzulernen."

Toby konnte sich nicht erinnern, dass Tullion viel über seine Familie gesagt hatte, aber nun ja, sie hatten auch nur diese eine Nacht zusammen verbracht. Eigentlich nicht einmal eine Nacht. Trotzdem hatte Toby ziemlich schnell herausgefunden, dass Tullion, als er gegangen war, er die *du bist mein Gefährte, und ich muss für deine Sicherheit sorgen*-Karte ausgespielt hatte. Na ja, die Vampirversion davon.

Es hatte vierundzwanzig Stunden gedauert, zusammen mit der Unterstützung seiner Freunde – und deren Kontakten mit Vampiren –, bis Toby über die *ich Armer, hab Mitleid mit mir*-Phase hinweggekommen war und zum *Was zum Teufel, wie kann er es wagen, mich zurückzulassen*-Stadium überzugehen. Toby konnte seinen Freunden gar nicht genug für ihre Unterstützung danken.

Toby musste daran denken, Jared einen Geschenkkorb zu schicken, nachdem er all die endlosen Stunden am Computer verbracht hatte, um den Spuren von Geld in Tullions Zirkel zu folgen und so weiter. Ihm und Raul – Jareds bester Freund und seine rechte Hand. Sie waren mit Wolfswandlern verpaart. Er könnte ihnen je einen Korb voller aromatisierter Gleitmittel, Körpersaucen und wärmender Gele schicken. Sie würden das zu schätzen wissen.

Borscht deutete mit dem Daumen auf den drahtigen Kerl. „Dies ist einer der mittleren Brüder, Aleksei. Er ist ein Arschloch, also vergiss ihn einfach.“ Borscht konzentrierte sich auf den Bruder, über den er sprach und der finster dreinschaute. „Wir freuen uns, dass unser Bruder seinen Geliebten gefunden hat, Mann oder nicht.“

Aleksei kräuselte seine Lippe und zeigte seine Fangzähne. „Was auch immer.“ Er verschränkte die Arme vor der Brust und drehte sich zu der Gruppe von Männern um, die sich in der Nähe der Tür versammelt hatten. „Wer ist Jared? Und woher wissen wir, dass wir diesen Informationen vertrauen können?“

Jared lächelte breit. „Och, was ist los, Vamp? Bist du verärgert, dass ich die Papierspur zuerst gefunden habe?“

„Welche Papierspur?“, murmelte Tullion. „Was ist los?“ Dann seufzte er und zog an Tobys Hand. „Komm her. Hab dich vermisst. Will dich halten.“

Toby spürte, wie das Blut sein Gesicht erhitzte, als er errötete, obwohl ihn beim Wunsch seines Geliebten Freude erfüllte. Nachdem er sich verlegen umgesehen hatte, gab Toby Tullions Drängen nach und ließ sich auf das Bett neben ihm sinken, den Rücken gegen das Kopfteil des Bettes gelehnt. Seufzend schob sich Tullion neben ihn und rieb mit der Schulter an Tobys.

„Wer zum Teufel sind all diese Leute?“, knurrte ein stämmiger Mann, als er sich seinen Weg in den Raum bahnte. Mit tiefgrünen Augen blickte er über die Männer hinweg, als er an ihnen vorbeikam. „Warum gibt es hier Wandler?“ Dann konzentrierte er sich auf Tullion und Toby. „Und das?“, fragte er und winkte dem Paar zu.

Aleksei grinste, als er antwortete: „Es scheint, dass Tullions Geliebter ein Mann ist."

„Das ist genug, Vadim", knurrte Tullion und starrte den riesigen Kerl wütend an. „Ich habe deine Einstellung schon satt, obwohl ich es hätte erwarten sollen." Er legte eine Hand auf Tobys Oberschenkel. „Ignoriere die bigotten Typen."

Tobys Augen weiteten sich, als er das Trio ansah, das gerade den Raum betreten hatte. Dem ersten großen Vampir war ein weiterer Mann gefolgt, dieser schlanker und sehniger, und eine geschmeidige, drahtige Frau. Toby vermutete aufgrund ihres Aussehens, dass es sich um Geschwister handelte. Wie viele Brüder und Schwestern hatte Tullion?

„Wirst du mir auch an den Kopf knallen, dass mein Geliebter ein Mann ist?", schnappte Tullion.

Die dunkelblonden Brauen des zweiten Neuankömmlings schossen hoch. Nach einem Moment grinste er breit und zeigte seine Reißzähne. „Glückwunsch, kleiner Bruder." Er trat vor und streckte eine Hand nach Toby aus. „Ich bin Zakhar. Das sind Vadim und Nikita." Er grinste und zwinkerte. „Die einzigen, die du noch nicht getroffen hast, sind Nikolai und Natalia. Jemand musste den Zirkel im Auge behalten."

Toby nahm Zakhars Hand und akzeptierte den Händedruck.

„Also, ist das deine Familie? Freunde?", fragte Zakhar, nachdem er Tobys Hand losgelassen hatte. „Ich hörte, es soll Neuigkeiten geben, habe aber noch nicht gehört, was es ist." Dann blickte er Tullion finster an. „Und wenn du dich nicht im Bett erholen würdest, würde ich dir eins auf die Nuss geben, weil du deiner Familie nicht vertraust und dir nicht von uns helfen gelassen hast. Du musst immer so verdammt unabhängig sein", beendete er murrend.

„Ich habe ihm schon die Leviten gelesen", stellte Borscht milde fest. „Nun, wie wäre es mit vorstellen?" Er verschränkte die Arme vor der Brust.

Caspian trat vor. „Ich bin Caspian Carpathian. Ich bin Diplomat für die Ältesten in Nordamerika. Dies ist mein Mitarbeiter Vincent Marché und sein Geliebter Frankie Drunger", sagte er und zeigte auf die Männer. „Hier haben wir Carson Angeni und Jared Templeton. Die Wandler sind Teil des Wolfsrudels von Stone Ridge in Colorado, in dem Tullion Toby kennengelernt hat, der ein Ehrenmitglied durch Vereinigung ist." Er blickte Aleksei finster an und sagte spitz: „Ich bin auch mit einem Mann verbunden, also schlage ich vor, du behältst deine bigotten Meinungen für dich. Zumal Jared und sein Freund Raul, der ebenfalls mit einem männlichen Wolfswandler verpaart ist, die Informationen gefunden haben, die den Namen deines Bruders reinwaschen."

Aleksei knurrte, aber eine Geste von Borscht brachte ihn zum Schweigen.

Borscht nickte einmal. „Wir bedanken uns für die Unterstützung. Bitte teile uns mit, was sie gefunden haben."

Jared grinste Aleksei breit an und schritt dann auf den Beistelltisch zu, während er eine Akte herausholte, die er vermutlich hinten in seinem Gürtel verstaut hatte. „Wusstet ihr alle, dass der Master des Zirkels, Boris, einen Bruder namens Misha Shavinkof hatte?"

Borscht nickte und drehte sich um, um seinen Schritten zu folgen. „Ja. Vor zwei Jahrhunderten wurde er wegen Mordes an einer Spenderin verurteilt, als die Frau sich weigerte, ihn sich nähren zu lassen. Er wurde aus seinem Zirkel verbannt.“

Nickend ging Jared zum Schreibtisch und legte die Akte ab. Nachdem er sie aufgeschlagen hatte, nahm er ein Stück Papier und reichte es Borscht. „Sein Bruder war derjenige, der ihn auslieferte. Nachdem er verbannt worden war, stellte Mischa Boris auf der Suche nach Rache nach. Er hat versagt.“

Nachdem er das Papier überflogen hatte, kommentierte Borscht: „Dies besagt, dass er vor seiner Flucht von einem Vampir namens Cristoff gejagt und tödlich verwundet wurde. Seine Leiche wurde nie gefunden.“

„Glaubst du, er hat überlebt?“, fragte Petre, nahm das Blatt, das Borscht ihm hinhielt, und überflog es ebenfalls.

„Das tue ich“, antwortete Jared. Er nahm ein weiteres Blatt in die Hand.

Aus seinem Blickwinkel konnte Toby, als Jared es Borscht hinhielt, erkennen, dass mehrere Bilder darauf waren.

„Das erste ist eine Skizze von Mischa vor zweihundert Jahren. Die Bilder rechts wurden in den letzten Wochen aufgenommen.“

„Er trägt eine Wachuniform“, kommentierte Borscht, bevor er Aleksei das Blatt überreichte.

Der Bruder zischte. „Ich kenne diesen Mann. Er heißt jetzt Mansur.“

„In der Tat“, mischte sich Caspian ein. „Das letzte Bild wurde aufgenommen, als er bei der Versammlung der russischen Ratsmitglieder als Wachmann eingesetzt wurde." Er verschränkte die Arme vor der Brust. „Jared fand auch Telefonanrufe und Überweisungen zwischen Mischa und Stasik."

„Der *Zweite* meines Zirkels?", keuchte Tullion.

„Es scheint, als hätte Stasik es satt gehabt, darauf zu warten, dass der alte Boris ins Gras beißt", stellte Jared trocken fest und reichte Borscht ein weiteres Blatt Papier. „Er hat mit Anatoly zusammengearbeitet, um dich schuldig aussehen zu lassen."

„Wir haben diese Informationen an die Mitglieder des Russischen Rates geschickt", sagte Caspian ihnen.

Toby hatte das alles schon gehört, aber es überwältigte ihn trotzdem. Vor allem, da jetzt so viele Leute zusammengedrängt waren, um die Details zu besprechen. Nachdem Toby gehört hatte, dass Mischa undercover gelebt hatte, auf den richtigen Zeitpunkt und auf Rache gewartet hatte, wollte er nur, dass alles geklärt wurde.

„Warum ich?", fragte Tullion leise. „Und wie konnten sie Boris töten? Ich konnte niemanden riechen."

Jared zuckte die Achseln. „Neidisch auf deinen Erfolg mit Sprachen? Falscher Ort zur falschen Zeit?" Er schnaubte. „Vielleicht hat er nicht gemocht, wie du dich angezogen hast. Wer zum Teufel weiß das?"

„Nur Gefährten finden, dass Familienmitglieder ganz unterschiedlich riechen", meldete sich Frankie zum ersten Mal zu Wort. Als alle innehielten und ihn ansahen, zuckte er mit den Schultern. „Caspian hat es gesagt. Ich und mein Bruder riechen gleich für ihn, aber wir riechen für Vince verschieden, weil wir Gefährten sind."

Tullion nickte langsam. „Also, der Bruder hätte im Raum sein können und wir haben ihn nicht gerochen. Zum Teufel, niemand würde auch nur darüber nachdenken, nach ihm zu suchen."

„Richtig. Jetzt, da wir das aus dem Weg haben …", stellte Jared fest und manövrierte um jeden herum, der den normalerweise geräumigen Raum füllte. Er blieb neben dem Bett stehen und grinste zu Tullion hinunter. „Hiermit rate ich dir, gut auf Toby aufzupassen, oder du wirst dem Zorn unseres Rudels ins Auge sehen." Jareds Augen funkelten auf seltsame Weise, als sein Grinsen breiter wurde. „Und mir."

Spöttisch lächelte Tullion nur. Statt die Drohung zu kommentieren, antwortete er: „Danke, dass ihr Toby zu mir gebracht habt. Ich habe ihn vermisst."

Jared schnaubte. „Dann hättest du nicht weggehen sollen."

„Ignoriere ihn", murmelte Toby, drehte sich um und legte seinen Kopf auf Tullions Schulter. Er lächelte, als er spürte, wie sein Geliebter einen Kuss auf seinen Kopf drückte. Toby hatte Tullion mehr vermisst, als er ausdrücken konnte. Zuerst hatte die schmerzende Einsamkeit Toby verblüfft, und er konnte seinen Freunden nicht dankbarer sein, ihm zu helfen, nicht nur seinen Geliebten zu retten, sondern auch den Vampir aufzuspüren.

Während Toby darüber nachgedacht hatte, Tullion um Vergebung betteln zu lassen, weil er ihn verlassen hatte, wusste er, dass dieser Kurs sie nur beide bestrafen würde. Seine Wandlerfreunde hatten ihm genug Geschichten erzählt, in denen sich Gefährten uneins fühlten und dass es nichts als Schmerz verursacht hatte. Am Ende wollte Toby nur, dass das ganze Durcheinander beseitigt wurde, damit sie gemeinsam weitermachen konnten.

Tullion legte seinen Arm um Tobys Schultern und zog ihn näher an sich, wobei er ihn gegen seine Seite drückte. „Vergib mir, dass ich dich verlassen habe. Ich habe Vampire gerochen und befürchtet, dass ich nach Russland zurückgebracht werde, bevor ich meinen Namen reinwaschen kann."

„Das waren Lex und Vince", sagte Toby zu ihm. „Sie waren gekommen, um zu helfen."

„Ich war ein Idiot", murmelte Tullion.

Toby kuschelte sich an seinen Hals. „Wir alle machen Fehler."

„Hoffentlich mache ich keine so großen mehr", murmelte Tullion.

Toby zuckte die Achseln und gab zu: „Ich war noch nie in einer Beziehung, also können wir die Sache zusammen vermasseln, oder?" Er lächelte schüchtern, als er ihn ansah.

Tullion nickte und hob seine freie Hand zu Tobys Kinn. „Diese Idee gefällt mir." Dann senkte er den Kopf und drückte einen sanften Kuss auf Tobys Lippen, während er sanft an ihnen saugte.

Aleksei grinste abfällig und murmelte: „Verdammt ekelhaft." Seine tiefe Stimme war bei den leisen Gesprächen im Raum geradeso zu hören. Alle wurden still.

Toby spannte sich an und beendete den Kuss. Er spürte, wie seine Wangen rot wurden. Irgendwie hatte Toby bei

Tullion völlig vergessen, dass sie von über einem Dutzend Männern umgeben waren.

„Hey, mach meinen kleinen Kumpel nicht fertig", knurrte Frankie. Der große Wolfswandler schubste Aleksei gerade so fest, dass er ihn ein paar Schritte zur Seite taumeln ließ. „Du solltest glücklich sein, wenn dein Bruder seinen Gefährten findet. Ich war glücklich, als mein Bruder Reb seinen Gefährten fand", fuhr er fort. „Und Reb hat sich für mich gefreut."

Aleksei schnaubte, seine Lippen lösten sich von seinen Zähnen. „Mit zwei Männern kann man sich nicht fortpflanzen", schnappte er. „Es wird der Tod deines Zirkels oder deines Rudels sein."

Frankie grinste breit. „Nein, ist es nicht. Ich werde bald Vater sein."

Mit gerunzelter Stirn war Alekseis Verwirrung in seinem Gesichtsausdruck zu sehen. „Was zur Hölle bedeutet das?"

Vincent trat neben sie und schlang seinen Arm um die Schultern seines größeren, kräftigeren Geliebten. „Geh mit der Zeit, Aleksei. Künstliche Befruchtung."

„Welche Frau würde das Kind einer Schwuchtel austragen?" Aleksei keuchte angewidert.

Petre trat an Alekseis Seite, ballte die Faust und schlug seinem Bruder gegen den Kiefer. „Ich habe dir gesagt, du sollst deine Zunge hüten. Du magst mein großer Bruder sein, aber du hast ein bösartiges Mundwerk."

Aleksei stolperte zurück. Er knurrte und hob die Finger an seine geschwollene Lippe. „Was zum Teufel ist los mit dir?", brüllte er. „Wie kannst du damit einverstanden sein?"

Borscht durchquerte den Raum und zeigte auf die Tür. „Raus jetzt, Alek“, befahl er, und seine braunen Augen verdunkelten sich fast zu schwarz bei seinem Zorn. „Es ist Zeit, dass du und ich uns mal unterhalten!“

„Warum seid ihr alle hier?“, schrie ein anderer Mann. Er sah sich im Raum um und zeigte auf die Tür. „Mein Patient braucht Ruhe. Alle raus.“

Petre hob eine Hand. „Es tut mir leid, Doktor Moreau. Es ist unsere Familie und die Familie seines Geliebten. Wir haben uns nur Sorgen gemacht.“

„Und ihr sorgt euch, indem ihr euch gegenseitig anschreit?“, fragte der Arzt kalt. Dann sah er Toby und Tullion auf dem Bett an und fragte: „Und sein Venenzugang? Wer hat seine Infusion entfernt?“

„Mir geht es gut, Doc“, versicherte Tullion. „Ich danke dir für alles, was du für mich getan hast.“

„Ich habe die Infusion herausgenommen“, gab Toby zu. „Der Blutbeutel war so gut wie leer, also habe ich ihn entfernt.“ Er zeigte auf die Kommode. „Alles ist da.“

„Und Sie sind ein Arzt?“ Der Franzose blieb wirklich verärgert. „Sie haben eine Ausbildung im medizinischen Bereich?“

„Nun, nicht direkt im medizinischen Bereich“, antwortete Toby. „Aber ich habe viel Übung darin, Blut von Tieren und Menschen abzunehmen. Ich bin Chemiker. Ich habe ein paar Jahre in einem Labor mit meinem Mentor gearbeitet, und wir haben immer unsere eigenen Proben genommen.“ Er sah den unglücklichen Arzt Stirnrunzelnd an. „Ich weiß, was ich tue. Ich würde niemals etwas tun, um meinen Gefährten zu verletzen."

„Geliebter", murmelte Tullion und stieß gegen seine Schulter.

Toby schnaubte. „Entschuldigung, ich lebe mit einem Wandlerrudel zusammen. Haarspalterei", sagte er und sprach das Wort mit einem Schmunzeln aus.

Der Arzt schnaufte, kam aber trotzdem herüber. Nach einer kurzen Überprüfung von Tullions Vitalwerten warf er beiden einen strengen Blick zu, als er ihnen sagte: „Auch wenn es dir viel besser geht, bist du immer noch unterernährt. Du brauchst Ruhe, Essen und Blut. Nicht unbedingt in dieser Reihenfolge." Damit sammelte er seine medizinische Ausrüstung ein und ging.

Jared lehnte eine Schulter gegen das Kopfende, schob die Hände in seine Taschen und grinste sie breit an. „Wollt ihr Ratschläge zu guten Stellungen beim Heilen?"

„Ich denke, wir schaffen das schon", erwiderte Tullion schroff, als sich Tobys Gesicht erwärmte.

Toby wusste einfach, dass er so rot war, dass er wahrscheinlich praktisch leuchtete.

KAPITEL 9

„Also, was ist mit deinem Motorrad passiert?"

Tullion drehte sich zu seinem Geliebten um, als er ihn vom Flugzeug zum Flughafen führte. Er lächelte, war kaum in der Lage, die Dankbarkeit zu verarbeiten, die er für Toby und seine Freunde empfand. Nachdem sie die Wahrheit über Mischa aufgedeckt und festgestellt hatten, dass der Vampir seinen Namen geändert und in Kontakt mit ein paar Vampiren aus Tullions Zirkel gestanden hatte, war sein Name reingewaschen.

Auch seine Brüder waren dankbar, wenn auch noch ein bisschen wütend auf Tullion, weil er nicht gleich zu ihnen gekommen war. Im Nachhinein wusste Tullion, dass er einen Fehler gemacht hatte, seiner Familie nicht zu vertrauen, aber er hatte versucht, sie zu beschützen. Zumindest hatte er sich das gesagt. Tullion wurde klar, dass er ein egozentrischer, stolzer Idiot war.

Aber jetzt nicht mehr.

Die Vollstrecker des Russischen Rates hatten Stasik aufgegriffen, suchten aber weiterhin nach Mischa. In der Zwischenzeit hatte Tullion beschlossen, Toby – Gott sei Dank, dass er es endlich geschafft hatte, den süßen Menschen am Vortag für sich zu beanspruchen – zurück zu seinem Rudel nach Amerika zu bringen. Seine Brüder hatten gefragt, ob er zu ihrem Zirkel in Russland zurückkehren wolle, aber Tullion wollte, was für Toby das Beste war. Das bedeutete, dass Tullion nach Stone Ridge zog.

Als er aus dem Flugzeug stieg und durch den Flughafen ging, bemerkte Tullion, dass er auch darüber nicht sehr bestürzt war. Er hatte nicht zu seinem eigenen Zirkel zurückkehren wollen, da außer Viktor keiner von ihnen an ihn geglaubt hatte. Er wusste immer noch nicht, was mit seinem besten Freund passiert war. Seit dem Tag nach dem letzten Mal, als Tullion mit ihm gesprochen hatte, hatte niemand mehr etwas von ihm gehört. Das war jetzt fast anderthalb Monate her.

„Ich habe das Motorrad in einem Lager geparkt, zusammen mit allem anderen, was ich nicht mitnehmen konnte, als ich nach Frankreich flog“, antwortete Tullion schließlich. Er grinste seinen Geliebten breit an. „Warum? Hast du Lust, hintendrauf mitzufahren?“

„Nun“, begann Toby und dehnte das Wort in die Länge. „Ich bin noch nie mit einem gefahren. Ich nehme an, es könnte Spaß machen.“

Tullion kicherte. Er konnte die Hoffnung in der Stimme seines Geliebten riechen, auch wenn er sie nicht in seinen Worten hörte. Vorfreude erfüllte ihn. Tullion freute sich darauf, seinen Geliebten auf eine schöne Fahrt in die Berge mitzunehmen, vielleicht eine kurze Wanderung zu unternehmen und ein Picknick zu machen. Er würde wetten, dass die Wölfe ihn auf ein paar gute Pfade schicken könnten.

Tullion legte seinen Arm um Tobys Schultern und sagte

zu ihm: „Ich freue mich darauf, mir dir loszufahren und dir dann zu zeigen, wie viel Spaß es machen kann." Er bog nach links ab und folgte den Schildern zum Langzeitparkplatz. „In der Zwischenzeit hat Carson uns jedoch ein Auto dagelassen. Komm schon. Es sollte nur eineinhalb Autostunden von deinem Zuhause entfernt sein."

„*Unser* Zuhause", murmelte Toby.

Wenn Tullion kein Vampir mit außergewöhnlichem Gehör gewesen wäre, wäre er nicht sicher, ob er die geflüsterten Worte gehört hätte. Er lächelte und nickte. „Unser Zuhause." Er mochte, wie sich das anhörte.

„Es sei denn, du möchtest etwas Anderes suchen", sagte Toby hastig. „Ich meine, ich weiß, dass es klein ist. Und es gibt keine Waschküche. Als jemand das Haus in ein Doppelhaus umgewandelt hat, hat er den Raum für die Wäsche auf die andere Seite gemacht", schwatzte er weiter. „Aber es war billig und genug für mich, also sollten wir vielleicht darüber nachdenken, etwas Neues zu finden, oder? Ich bin sicher, wir wollen nicht für immer in einen Waschsalon gehen müssen, oder?"

Während Toby plapperte, hatten sie das Auto erreicht, ihre Taschen hineingeworfen und waren in das Fahrzeug gestiegen. Tullion setzte sich ans Steuer. Er griff nach Tobys Schenkel und drückte ihn. „Entspann dich", drängte er. „Ich liebe die Idee, dass du mich in deinem Haus willkommen heißen wirst." Er hielt inne und fügte dann hinzu: „Aber du hast auch recht." Als er das Auto in Bewegung setzte, grinste er seinen Geliebten an. „Wer weiß? Vielleicht kaufen wir das ganze Haus und machen daraus wieder ein richtiges Zuhause.

Es ist wirklich ein wunderschönes Haus. Es ist eine Schande, was die Eigentümer damit machen mussten, um über die Runden zu kommen."

Toby nickte. „Ich bin völlig einverstanden. Ich habe mich in das Haus verliebt, als ich es gesehen habe", gab er zu. „Glaubst du wirklich, sie könnten verkaufen wollen?"

„Es ist etwas, über das wir uns informieren können", versicherte Tullion und freute sich, wie begeistert sein Geliebter von der Idee war. Er tippte erleichtert auf das Navi und stellte fest, dass bereits jemand Tobys Adresse in Stone Ridge in das Gerät eingegeben hatte. „In der Zwischenzeit freue ich mich darauf, mein Motorrad abzuholen und dich in der Stadt auszuführen, um mit dir anzugeben."

Toby kicherte und wurde ein bisschen rot. „Ich denke, es ist umgekehrt."

Tullion beobachtete, wie die Bäume dichter wurden, als sie die Stadt verließen. Er schüttelte den Kopf. „Ah, mein Geliebter", grollte er. „Ich versichere dir: In meinen Augen kann niemand es mit dir aufn –"

Tullion flog zur Seite und versuchte gleichzeitig, das Fahrzeug auf der Straße zu halten. Das Kreischen und Knirschen von Metall auf Metall sowie der Schrei seines Geliebten füllten Tullions Ohren. Er starrte aus dem Fenster auf den Geländewagen, der aus dem Nichts gekommen war und auf sie gekracht war. Tullion riss das Steuer herum, als er aufs Gas trat, und entging knapp einem weiteren Treffer des größeren Fahrzeugs.

„Geht es dir gut?", schrie Tullion und hoffte, dass der großäugige, deutlich in Panik versetzte Toby sich auf ihn konzentrieren würde.

„Wer sind die?“, wimmerte Toby und umklammerte den *Oh Scheiße*- Griff, während er über seine Schulter spähte.

„Ich wette, du musst nur einmal raten“, grummelte Tullion. „Hast du eine Verbindung?“ Tullion raste so schnell, wie er es wagte, um eine Kurve, und wünschte, er würde die Straßen besser kennen. Er ging ein Risiko ein und jagte den Motor des Autos hoch. „Festhalten!“

„Verbindung?“, keuchte Toby. Er sah sich wild um. „Was?“

Tullion beobachtete den Rückspiegel und bemerkte, dass der Geländewagen ungefähr zur selben Zeit aufholte, als eine scharfe S-Kurve – Geschwindigkeitsbeschränkung auf fünfzig Kilometer pro Stunde – vor ihm erschien. „Dein Telefon, Toby“, schnappte Tullion schroff. Er biss die Zähne zusammen, beschleunigte in der Kurve und hielt das Lenkrad fest.

„Oh, j-ja“, antwortete Toby kurz bevor er kreischte.

Aus den Augenwinkeln sah Tullion, wie Toby sich gerade davon abhielt, zur Seite zu kippen, als sie durch die Kurve rasten. „Tut mir leid“, murmelte Tullion. Er warf einen Blick in den Rückspiegel und bemerkte, dass er ein paar hundert Meter Vorsprung gewonnen hatte. „Hast du dein Handy zur Hand?“, fragte er und versuchte, sich auf die Straße und den Rückspiegel zu konzentrieren.

„J-ja“, sagte Toby. Er fummelte mit seinem Handy herum und versuchte mit einer Hand auf sein Telefonbuch zuzugreifen. „Mist.“ Toby ließ das Telefon fallen und beugte sich vor, um es zu holen.

Als Tullion eine weitere Kurve vor sich sah, wurde er langsamer, da er Toby nicht wieder gegen die Seite des Wagens knallen wollte. Leider erlaubte das ihren Verfolgern, sie einzuholen. Mit zusammengebissenen Zähnen riss Tullion das Lenkrad herum, während er auf Russisch heftig fluchte und mit der anderen Hand nach der Schulter seines Geliebten griff.

Der Stoß des SUVs, das gegen das Heck der Limousine knallte, bewirkte, dass Tullion nach vorne geschleudert wurde. Tobys Schulter löste sich aus seinem Griff, als er sich von ihm abwandte. Tullion hörte Toby schreien, gefolgt von einem scharfen Knall und einem Wimmern.

Knurrend blickte Tullion zu Toby hinüber und sah, wie der sich die Schulter rieb, während er sein Handy an die Brust drückte. Blut tropfte seine Schläfe hinunter.

„Oh, verdammt", knurrte Tullion. „Ruf deine Freunde an, Toby", drängte er. „Wir brauchen einen Treffpunkt."

„Warte, warte!", rief Toby. „Ich erkenne diesen Bereich. Es gibt eine – abbiegen, abbiegen, abbiegen!"

Tullion gehorchte seinem Geliebten, drehte das Lenkrad nach links, drückte ein wenig auf die Bremse und rutschte um die Kurve. Tullion spürte, wie das vordere Ende driftete und die Reifen quietschten. Er trat mit dem Fuß aufs Gaspedal und schaffte es, das Fahrzeug zu begradigen, bevor er wieder vorwärts raste.

„Okay, okay, gleich ist es wieder soweit, ähm, rechts", sagte Toby, als er das Telefon an sein Ohr hob. „Hi, ähm, Lark. Hier ist Toby. Oh ja, wir sind gut gelandet. Ähm, na ja, wir werden gejagt … ja, ich fürchte schon."

„Hier abbiegen?", schrie Tullion, als er ein Straßenschild

vor sich entdeckte.

„Äh, nein – warte. Ja! Ja!"

„Verdammt", knurrte Tullion und schaffte es gerade noch, die Abzweigung zu nehmen.

„Wir kommen zu euch", rief Toby in sein Telefon, kurz bevor er es verlor und mit einem überraschten Schrei zur Seite kippte.

Das SUV folgte ihnen und schaffte es, erneut in Tullions Heck zu rasen und sie durchzurütteln. Tullion murmelte leise und drehte den Motor hoch. Ihr leichtes, kleineres Fahrzeug fuhr noch einmal ein Stück davon und verschaffte ihnen etwas Luft zum Atmen.

„Wohin fahren wir?", fragte Tullion knapp und bemühte sich, das Fahrzeug auf der Straße und die Geschwindigkeit zu halten. Dem Ziehen nach links entnahm er, dass er einen platten Reifen hatte. Sekunden später, als sie um die Kurve bogen und ein wenig ins Schleudern gerieten, bestätigte das Kreischen von Metall auf Asphalt seinen Verdacht. „Hurensohn", knurrte er. „Ich hoffe, es ist nicht weit."

„Nein", quietschte Toby erneut, als Tullion in eine scharfe Kurve fuhr. „Links! Links! Auffahrt!"

Tullion gehorchte, rutschte fast über den Kies und hätte das Auto fast um einen Baum gewickelt. Gut, dass eine tiefe Furche ihre Bewegung ablenkte. Natürlich, als Tullion wild die Auffahrt entlang hüpfte und den Kratzern und Schlägen lauschte, nahm er an, dass das Auto sowieso erledigt war. Die Federung war völlig hinüber.

Als Tullion eine Lichtung vor sich sah, verlor er in der letzten Kurve beinahe die Kontrolle, weil er gerade ein halbes

Dutzend Wölfe entdeckte, als das Fahrzeug eine weitere Furche traf. „Verdammte Scheiße!", rief er und schaffte es kaum, das Fahrzeug wieder in die Spur zu bringen. „Warum machen sie nicht ihre verdammte Auffahrt eben?", grummelte er, als er mitten auf der Lichtung zum Stehen kam. „Wo zum Teufel sind wir überhaupt?"

„Beim Alpha-Haus", antwortete Toby. Als er aus dem Fahrzeug sprang, schrie er: „Komm schon!"

Tullion wollte folgen. Nur, als er die Autotür öffnete, hörte er das Dröhnen eines Motors und entdeckte den großen schwarzen Geländewagen, der ihnen gefolgt war, … und wer auch immer fuhr, wurde nicht langsamer. Tullion sprang aus dem Fahrzeug, schlug seine Schulter an und rollte sich ab. Er entspannte sich, ließ seinen Körper sich immer wieder überschlagen und stellte sicher, dass er sich nicht im Weg des Fahrzeugs befand.

Tullion sprang auf die Füße und ignorierte sowohl das Heulen und Knurren der Wölfe als auch das Knurren und Brüllen eines Vampirs. Stattdessen rannte er über den Hof zu Toby, der sich aus dem Dreck aufrappelte. Tullion schlang seine Arme um seinen Geliebten und fuhr mit seinen Händen zügig über dessen Körper.

„Geht es dir gut?", fragte Tullion.

„J-ja", antwortete Toby, schlang seine Arme um Tullion und klammerte sich an ihn. „Geht es *dir* gut?"

„Ja, Süßer", antwortete Tullion und küsste schnell Tobys Kopf. „Nur ein paar Kratzer." Seine Aufmerksamkeit wanderte zu dem SUV.

Jetzt stand das Fahrzeug da, mit beiden Vordertüren

offen. Auf der Fahrerseite standen vier Wölfe knurrend und zähnefletschend da und wichen von etwas zurück. Nach einer Sekunde entdeckte Tullion eine niedergestreckte Gestalt. Er seufzte, unfähig, sich der Erleichterung zu erwehren, die er empfand, als er einen sehr verstorbenen Mischa sah.

Tullion blickte nach rechts und sah ein halbes Dutzend Wölfe um eine andere Gestalt kreisen. Die Wandler knurrten und schnappten, ihre Eckzähne waren entblößt und Speichel tropfte, während ihre großen pelzigen Körper versteckten, wer auch immer auf dem Beifahrersitz saß.

Plötzlich stand Tullion der Mund offen und er sah zu, wie ein riesiger Königstiger auf die Lichtung trat. Seine silbernen Streifen schimmerten im Mondlicht. Das massige Tier warf einen fast abweisenden Blick auf die knurrenden Wölfe und trabte weiter auf das Haus zu. Direkt hinter ihm folgte eine riesige Eidechse, deren sehnige, grünlich-braune Haut sich wellte, als sich die langen Krallen an den Füßen der Kreatur in die Erde gruben.

Was ist das nur für ein Wandlerrudel?

Tullion hatte noch nie von einem Wolfsrudel gehört – Hölle, von irgendeinem Rudel –, das andere Wandler-Spezies in seinen Reihen akzeptierte. Instinktiv schob Tullion Toby hinter sich und ließ seine Krallen herausfahren. Trotzdem war er sich nicht sicher, wie zum Teufel er es mit einem so merkwürdigen Paar aufnehmen sollte.

Toby tätschelte seine Hand. „Ruhig, Hübscher", murmelte er. „Grady und Lyle werden uns nicht verletzen."

„D –das sind Grady und Lyle?", flüsterte Tullion, voller Ehrfurcht bei dem Anblick eines Tiger und einer … Eidechse?

Was zum Teufel war Lyle überhaupt?

„Er ist ein Waran“, sagte ein großer Afroamerikaner.

Hoppla. Er musste das laut gesagt haben.

Tullion nickte. „Richtig. Das ist ähm … ungewöhnlich“, flüsterte er.

„Tatsächlich. Lyle ist einzigartig“, sagte der Mann mit einem irischen Akzent, der seine Worte leicht färbte. Der Mann drehte sich um und streckte die Hand aus. „Alpha Declan McIntire.“

Glotzend – zur Hölle, wie konnte er das nicht? Der Typ hatte es geschafft, fast ein Dutzend Wölfe zu versammeln, ganz zu schweigen von den Menschen und … anderen … in nur wenigen Minuten – Tullion nahm die Hand des Alphas. „Tullion Kuznetsov. Vielen Dank, dass Sie mich in Ihr Gebiet gelassen haben.“

Declan lachte. „Schön, dich endlich zu treffen, Tullion. Willkommen“, sagte er und hielt Tullions Blick mit seinen durchdringenden, tiefgrauen Augen fest. „Pass jetzt gut auf unseren Toby auf, oder du wirst mit vielen Wölfen zu tun haben, die dich gerne daran erinnern werden, was von dir erwartet wird.“

Tullion nickte und verkniff sich eine Grimasse, als er spürte, wie seine Nackensehnen verkrampften – wahrscheinlich, weil er aus dem Auto gerollt war. „Es wird nie einen Anlass dazu geben“, schwor er.

Der Alpha-Wolf nahm ihn offenbar beim Wort und lächelte. „Gut. Dann lass uns mal sehen, wer dich verfolgt hat, hmm?“

Tullion legte einen Arm fest um Tobys Taille und trat

neben den Alpha-Wolf. Scheiße, er war ein großer Kerl. Tullion glaubte nicht, dass er den Kerl in Tierform sehen wollte.

Gab es Wölfe in der Gewichtsklasse von über hundertdreißig Kilo?

Declan folgend beobachtete Tullion, wie der Alpha leise knurrte und den anderen befahl, einen Schritt zurückzutreten. Die Wölfe taten alle wie angewiesen und enthüllten eine zusammengekauerte Gestalt. „Anatoly, du Scheißkerl. Ich wusste, dass du beteiligt bist“, knurrte Tullion und kräuselte seine Lippe. „Du hast meinem Bruder nicht gesagt, dass du mit mir gesprochen hast. Es gab keinen anderen Grund. Dann fand Jared die Papierspuren. Warum? Für Geld?“

Anatoly verzog knurrend seine Lippen. „Du hättest sterben sollen, als die Vollstrecker dich in Paris, New York und Lyon angriffen. Wie zum Teufel hast du es geschafft zu fliehen?“

Tullion schnaubte. „Ich hätte es mir denken können, als du nicht weiter gekommen bist bei der Suche nach dem, der mir das angehängt hat.“ Er schüttelte den Kopf, und Wut stieg in ihm auf. „Ich kann nicht glauben, dass ich dir vertraut habe.“ Tullion wandte sich ab und sah Declan an. „Was zum Teufel du ihm auch antun willst, es ist in Ordnung. Halt ihn nur verdammt noch mal von mir und Toby fern.“

„Überhaupt kein Problem“, versicherte Declan.

Dann drehte er sich zu der schroffen Stimme um, die sagte: „Könnte er wissen, was mit deinem Freund passiert ist? Viktor Minsky, richtig?“

Tullions Brauen zogen sich zusammen, als er einen sehr

nackten Grady sah, der auf ihn zukam. Eifersucht ersetzte schnell seinen Zorn, aber ein Blick auf Toby beruhigte ihn. Sein Geliebter schien seinen Blick fest auf das Gesicht des Mannes gerichtet zu halten.

Declan tätschelte Tullion den Rücken und erregte seine Aufmerksamkeit. „Du lebst jetzt im Wandlergebiet, Tullion. Daran musst du dich gewöhnen.“ Er zwinkerte. „Wir sind kein schüchterner Haufen.“

„Richtig“, murmelte Tullion. Dies könnte sich als interessant erweisen. Er tat, was er eigentlich tun sollte, und konzentrierte sich auf die Frage, denn es war eine verdammt gute. „Er könnte es. Wenn nicht er, wird er bestimmt wissen, wer es tut.“

Ein nackter Carson überquerte den Hof und blieb neben seinem Alpha stehen. „Entschuldigung, Alpha. Ein paar Zähne zu viel und zu viel Kampfgeist von dem verdammten Vampir. Er ist tot.“ Während sich der große Indianer entschuldigte, klang er überhaupt nicht erschüttert.

Tullion tat es auch nicht leid.

„Es ist in Ordnung, Carson“, antwortete Declan. „Es gab sowieso einen Hinrichtungsbefehl für Mischa.“

Jared kam mit einem rothaarigen Menschen an. Er grinste breit und sagte: „Ich habe gehört, dass ein Verhör bevorsteht. Ich weiß genau, wo wir unseren lieben Freund hier hinbringen können.“ Er lächelte Anatoly verschlagen an. „Komm, mein Freund. Du und ich, wir werden uns mal nett unterhalten.“

Der andere Mann verdrehte die Augen und sagte: „Du bist viel zu angetan davon.“

Lachend warf Jared Carson eine Jogginghose zu. „Zieh dich an, Injun, bevor ich die Kontrolle verliere und deinen geilen Arsch gleich hier ficke.“

Carson schüttelte den Kopf, nahm aber die Hose und zog sie an.

Declan drehte sich zu Tullion und Toby um und bot Tullion seine Hand an. Als sie einander die Hände schüttelten, sagte er: „Ich denke, Jared und Raul haben das gut in der Hand. Mach dir keine Sorgen. Grady und Carson werden sie im Zaum halten.“ Er verengte die Augen mit Blick auf Jared und den Rotschopf, der Raul sein musste. „Jedenfalls wahrscheinlich.“

„Hi, ich bin Lark. Ich bin Declans Gefährte“, sagte ein schlanker Blonder. „Ich bin Arzt. Habt ihr zwei irgendwelche Verletzungen? Ich kann einen Blick darauf werfen, bevor ihr geht.“

„Mir geht es gut“, versicherte Tullion. Er schlang einen Arm um Toby und drückte seinen Geliebten an seine Seite. „Wie geht es deinem Kopf, Süßer? Bist du in Ordnung?“

Toby nickte. „Ja. Ich will nur nach Hause.“

Tullion stimmte zu, dann fragte er nach einem Blick auf sein Auto: „Kann uns jemand mitnehmen?“

KAPITEL 10

Toby sah sich im letzten neu gestalteten Schlafzimmer um. Genau wie Tullion vorgeschlagen hatte, hatten sie nachgeforscht, wem das Doppelhaus gehörte, in dem Toby wohnte. Die Familie, die das Gebäude umgebaut hatte, hatte es sowieso schon verloren, und es befand sich im Besitz einer Gesellschaft, die Objekte vermietete. Obwohl die Immobilie nicht zum Verkauf stand, hatte Tullion ihnen ein Angebot gemacht, das sie nicht ablehnen konnten. Toby war sich nicht sicher, ob er den endgültigen Kaufpreis wissen wollte.

Während Toby weiterhin besorgt war, dass er finanziell nicht mithalten konnte, hatte Tullion ihm versichert, dass es sich bei ihnen um eine Partnerschaft handelte. Er war sich immer noch nicht sicher, was die *was mir gehört, gehört auch dir*-Einstellung des Vampirs anging, aber er hatte Konfrontation immer gehasst, also entschied er sich, es einfach zu übersehen. Außerdem, wie könnte er Nein sagen, als Tullion ihm gesagt hatte, dass die andere Seite über zwei Schlafzimmer verfügte und sie eine Wand einreißen könnten, um das zweite Schlafzimmer und Tobys winzige Bibliothek in ein großes Labor zu verwandeln? Sein Liebhaber war einfach zu gut, um wahr zu sein.

Mit diesen Gedanken beschäftigt, hatte Toby, als ihm

die Idee gekommen war, die Hilfe seiner Freunde in Anspruch genommen. Er hatte Lark und Edwin gesagt, dass er das Haus renovieren wollte – in den wenigen Tagen, in denen Tullion weg sein würde, um seinen Freund Viktor zu retten. Jared und Raul hatten von Anatoly erfahren, dass Mischa Viktor entführt, festgehalten und gefoltert hatte, um herauszufinden, wo sich Tullion versteckte.

Während Toby gehofft hatte, dass Tullions Freund in Ordnung sein würde, hatte er erfahren, dass seine Wünsche nicht in Erfüllung gegangen waren. Zwei Tage zuvor hatte Tullion angerufen, um ihm mitzuteilen, dass sie Viktor gefunden hatten, aber er war schwer verletzt und konnte nicht transportiert werden. Toby hatte Tullion versichert, dass, obwohl er ihn vermisste, mit ihm alles in Ordnung war und er sich die Zeit nehmen musste, um sich um seinen Freund zu kümmern.

Dann hatte Toby ihn gefragt, ob er Viktor mitbringen wollte, damit er bei ihnen leben könnte, während er sich erholte. Die Stille am anderen Ende der Leitung hatte so lange gedauert, dass Toby sich unwohl gefühlt hatte. Schließlich konnte Toby es nicht ertragen und hatte zaghaft den Namen seines Geliebten gesagt.

„Habe ich dir schon gesagt, wie sehr ich dich liebe?"

Toby hatte bei Tullions geflüsterten Worten den Mund aufgerissen. „D-du liebst mich?"

Tullion kicherte. „Ja, Toby. Ich nehme an, ich hätte warten sollen, bis ich dich sehe, aber ich liebe dich sehr. Du hast so ein großes Herz, einen Fremden in unser Haus einzuladen, nur weil er mein Freund ist."

„Er wurde verletzt, weil er dir geholfen hat“, hatte Toby geantwortet. „Es ist das Mindeste, was wir tun können, nachdem er bewiesen hat, dass er ein wahrer Freund ist.“

„Und deshalb liebe ich dich“, hatte Tullion gemurmelt. „Ich werde ihn fragen.“

Am Ende hatte Viktor zugestimmt. Natürlich nahm Toby an, dass Tullion ihm wahrscheinlich keine allzu große Wahl gelassen hatte. Nach allem, was Toby herausbekommen hatte, war der Mann ziemlich durcheinander. Sie hatten sogar Doktor Ailean Carmichael im Haus, der darauf wartete, Viktor bei seiner Ankunft zu untersuchen. Toby kannte den Arzt nicht so gut, aber er kannte den Gefährten des Katzenwandlers, Drake Whitton. Drake war auch ein Wissenschaftler und obwohl sie nicht an den gleichen Dingen arbeiteten, teilten sie sich ein Labor, so dass Toby den kleinen Afroamerikaner ziemlich gut kannte.

„Hey, Toby, wann sollen sie hier sein?“, fragte Edwin.

Toby wurde aus seinen Gedanken gerissen, legte das Kissen auf das Kopfende des Bettes und drehte sich zu seinem Chef und Freund um. „Äh, gegen vier oder so.“

„Nun, es ist jetzt vier Uhr“, sagte Edwin und sah sich im Raum um. „Als du um Hilfe gebeten hast, während Tullion weg war, hätte ich nicht gedacht, dass wir es schaffen würden.“ Er grinste und zwinkerte. „Du bist ein Sklaventreiber.“

Toby kicherte und folgte Edwin aus dem Raum. „Ich denke, das war Kiernan. Ich weiß nichts über das Bauen. Wenn Kiernan also nicht hier gewesen wäre, um alle auf Trab zu halten, wäre es nie möglich gewesen.“

Kiernan Wabinaw grinste. Der große, stämmige Mensch

blieb neben ihm stehen und sah sich im Raum um. „Dies ist ein großartiges Zuhause. Ich finde es toll, dass ihr dieses Haus wieder zusammenbaut. Es in ein Doppelhaus zu verwandeln, war eine Ungerechtigkeit für die alten Knochen dieses Schmuckstücks."

Toby nickte und betrachtete die Holzböden, die mittelgroße Küche, die in ein kleines Esszimmer und einen geräumigen Wohnraum führte. Es war kein großes Zuhause, aber für eine Familie mit zwei Personen – na ja, drei mit Viktor – wäre es perfekt. Verdammt, wenn eines Tages ein Kind dazukommen sollte, wäre es immer noch perfekt. Da Toby wusste, dass er dazu nicht bereit war, grinste er stattdessen Kiernan an.

„Vielen Dank. Ich finde es toll, was daraus geworden ist."

Das Geräusch eines Fahrzeugs, das zum Haus fuhr, erregte die Aufmerksamkeit aller.

Kiernan tätschelte leicht Tobys Schulter. „Das ist unser Stichwort", brummte er. „Kommt schon, alle", sagte er. Kiernan trat einen Schritt zurück und begann, diejenigen, die mit ihm beim Bau zusammengearbeitet hatten, durch die Hintertür zu führen.

Demitri, Kiernans junger Wolfswandlergefährte, umarmte Toby, trat dann zurück und schenkte ihm ein schüchternes Lächeln. „Glückwunsch."

„Danke", antwortete Toby. „Und danke auch dir und deinem Gefährten. Ohne euch alle hätte ich das nicht geschafft."

Seine mit Lipgloss geschminkten Lippen in einem

breiten Lächeln verzogen, betrachtete Demitri ihn durch seine Wimpern, als er leise murmelte: „Dafür hat man doch Rudelkameraden." Damit grinste er wieder, lief dann hinüber, wo sein Gefährte wartete, die Tür für ihn offen hielt und seinen schlanken, jungen Gefährten liebevoll anlächelte.

Toby huschte durch das Wohnzimmer, als Ailean vom Sofa aufstand, auf dem er gewartet hatte. Toby öffnete die Haustür und schaffte es gerade noch, sich nicht auf seinen Geliebten zu stürzen. Stattdessen beobachtete Toby, wie Tullion jemandem aus dem SUV half. Sein Arm war um einen schlanken Mann geschlungen, von dem Toby annahm, dass er Viktor war. Carson stand auf der anderen Seite von Viktor und bot seine Hilfe an.

„Hier drinnen", drängte Toby und winkte das Trio ins Haus. „Alles ist in unserem Gästezimmer vorbereitet."

„Du hast das Gästezimmer eingerichtet?", fragte Tullion und hob überrascht die Brauen.

Toby nickte und lächelte. „Ja, hier entlang."

„Verdammt, Toby", murmelte Tullion. „Du hast das alles gemacht, während ich weg war? Wie?"

„Das Rudel hat mir sehr geholfen", sagte Toby.

Toby trat durch die Tür zum Gästezimmer und ging aus dem Weg.

Carson führte das sich langsam bewegende Trio an und drehte sie alle zur Seite, um durch die Tür zu gelangen. Viktor begegnete Tobys Blick und flüsterte, während seine blauen Augen stumpf und voller Müdigkeit blieben: „Glückwunsch. Das ist schrecklich nett von dir."

Toby lächelte und hoffte, dass er zuversichtlich klang.

„Danke. Du bist hier immer willkommen."

„Bringt Viktor bitte aufs Bett", befahl Ailean.

Carson und Tullion gehorchten schnell.

Sobald die zwei Viktor auf das Bett gelegt hatten, kam der Arzt dazu und begann ihn zu untersuchen.

Tullion ging zu Toby und schlang die Arme um ihn. Er senkte den Kopf und nahm Tobys Mund mit seinem eigenen gefangen. Toby öffnete sich sofort für Tullions Zunge und begegnete ihr zärtlich. Er seufzte und sank in den Griff des Vampirs, leckte an Tullions empfindlichen Fangzähnen.

Stöhnend hob Tullion seinen Kopf und schaute in Tobys Augen. Er keuchte, als er grinste. „Ich habe dich so vermisst, Toby", flüsterte er.

„Hab dich auch vermisst", antwortete Toby. Er lächelte schüchtern zu seinem Geliebten auf, während sein Schwanz in seiner Jeans pochte, dann nahm er seinen Mut zusammen und murmelte: „Ich bin froh, dass du zurück bist. Ich möchte dir etwas sagen."

Tullions grüne Augen funkelten, als er auf ihn herabblickte. „Ach ja? Was?"

„Ich liebe dich", platzte es aus Toby heraus. „Ich liebe dich über alles."

Tullion schob seine Hand über Tobys Rücken und umfasste seinen Kopf. Mit ernster Miene antwortete er: „Ich liebe dich auch, Toby. Vielen Dank für das Geschenk unseres Hauses."

„Werdet ihr zwei etwa vor mir ficken?", krächzte Viktor mit Belustigung in seiner müden Stimme.

Toby errötete heftig und sah sich im Raum um. An

einem gewissen Punkt während ihrer Knutscherei war der Arzt wohl fertiggeworden, und er und Carson waren gegangen. Jetzt war Viktor der Einzige mit ihnen zusammen im Raum.

Der Vampir grinste und hielt einen MP3-Player mit Ohrstöpseln hoch. „Geschenk von Carson." Er zwinkerte. „Verschwinde, Tullion. Zeig deinem Geliebten, wie glücklich du bist, zu Hause zu sein. Ich weiß, du konntest es kaum erwarten."

Toby starrte ihn an.

Tullion grinste jedoch breit. „Das klingt nach einer perfekten Idee."

Während Viktor rau lachte, zog Tullion Toby aus dem Schlafzimmer. Er schloss die Tür hinter sich und ging dann durch das Haus zu dem Raum, auf den sie sich als ihr Schlafzimmer geeinigt hatten, als sie das Gebäude gekauft hatten.

Innerhalb von Sekunden hatte Tullion seine Krallen verlängert und sowohl seine eigene Kleidung als auch die von Toby aufgetrennt. Dann zeigte er Toby genau, wie sehr er ihn vermisst hatte.

ÜBER CHARLIE RICHARDS

Charlie begann im Alter von acht Jahren mit dem Schreiben von Fantasy-Geschichten und als sie mit neunzehn ihren ersten erotischen Liebesroman in die Finger bekam, erkannte sie ihre wahre Berufung. Jetzt konzentriert sie sich auf das Schreiben von homoerotischen Romanen, zumeist aus der Kategorie Paranormal, mit Helden jeglicher Art.

Dank der Hilfe und Unterstützung ihres Ehemanns hat sich Charlie endlich eines ihrer lebenslangen Ziele erfüllt: mit ihren Pferden auf ein großes Stück Land ziehen. Man trifft sie häufig mit ihrem Laptop und einer Tasse Tee oder einem Glas Wein beim Schmieden ihres nächsten Abenteuers an. Charlie erforscht gerne die Berge in ihrer neuen Heimat Oregon, am liebsten auf dem Pferderücken, in einem Geländewagen oder auf einem Motorrad.

Me and the Muse Publishing

WWW.MEANDTHEMUSE.COM

Printed in Germany
by Amazon Distribution
GmbH, Leipzig

23836827R00161